CONTENTS

朝起きたら探索者《シーカー》になっていたのでダンジョンに潜ってみる 2

いかぽん

[Illustrator] tef

「大地くんも疲れたでしょ。おいで〜」
[こだちかざね]
小太刀風音

「風音さん！弓月！」

「先輩、
うちのベッドも空いてるっすよ。
そんなところに突っ立ってないで、
こっちに来るっす」
[ゆづきほたる]
弓月火垂

「「ぐうっ……！」」

[Illustrator]
tef

第一章

少し遅めの昼食を終えてラーメン屋を出ると、真夏の日照りと蒸し暑さが容赦《ようしゃ》なく襲いかかってきた。

「うわぁ、やっぱ店を出ると暑いね」

風音《かざね》さんが、照りつける太陽のまばゆさに目を細めながら感想を漏《も》らす。

俺の一つ年上の彼女にして、探索者《シーカー》仲間でもある小太刀《こだち》風音さん。

綺麗《きれい》な黒髪をポニーテールにしたスポーティな美人だが、彼女には少し残念でポンコツで愛らしい一面もあることを今の俺は知っている。いずれにせよ、俺にはもったいないぐらいの自慢の彼女であるが。

「早くもエアコンが恋しくなってきたっす。店内に戻るっすよ」

一方、店から外に出るなりすぐにUターンして店内に戻ろうとしたのは、俺の一つ年下の後輩、弓月火垂《ゆづきほたる》だ。

やや癖のあるショートカットの髪型も含め、どこか少年にも似た中性的な容姿を持つ弓月だが、一応はれっきとした女子である。俺が弟分扱いすると、生意気にも不満そうにするのだ。

「待て待て。お前は永久にラーメンを食う気か。午後もダンジョンに行くって話しただろ」

俺――六槍大地《むそうだいち》は、そんな弓月の首根っこをひっ捕まえて制止する。

弓月もツッコミ待ちだったようで、てへっと舌を出して茶目っ気を見せた。

「ダンジョンまで行けば、この暑さも関係ないからな。それまでの辛抱だ」

「ダンジョン内は季節感ないっすからね」

「それじゃ、汗をかく前にダンジョンまで行こっか」

風音さんが言って、店の前に停《と》めてあった自転車の鍵を開け、スタンドをあげる。

俺と弓月もそれに倣《なら》い、各々《おのおの》が自分の自転車にまたがってラーメン屋をあとにした。

駅前の賑《にぎ》やかな商店街を抜け、緑豊かな川べりの土手の上を走る。やがて目的地近くにたどり着くと、俺たちは自転車を降りて、河川敷の草地へと下っていった。

俺たちが向かうのは、「ダンジョン」の入り口がある一帯だ。河川敷のその一帯には、探索者《シーカー》を支援するための施設が並んでいる。

俺たち三人は「ダンジョン総合案内」の看板が掲げられた建物に併設された駐輪場に自転車を停めると、施設内に入り、更衣室でダンジョン用装備へと着替えて外に出た。

日常の衣服から、ダンジョン用の武具へと装備を変えた俺、風音さん、弓月の三人。

探索者《シーカー》に相応《ふさわ》しい身なりとなった俺たちは、川べりの土手の横っ腹に開いたトンネルに潜り、その先にある転移魔法陣へと足を踏み入れる。

一瞬の後、まばゆい光に包まれた俺たちは、ダンジョンの内部へと瞬間転移した。


今からおよそ二ヶ月前のある日、俺は「力」に目覚めた。

探索者《シーカー》と呼ばれる特別な能力を持った人類の一人となった俺は、バイトで稼《かせ》いだなけなしの所持金の中から持ち出した軍資金1万円を頼りに、自宅の近所にあった「ダンジョン」に潜った。

俺はダンジョン内に徘徊《はいかい》しているモンスターと戦い、苦労もしながら、少しずつ強くなった。そして風音さんと出会い、バイトの後輩だった弓月も仲間となり、徐々に力を付けながらダンジョンの深層へと進んできた。

最初は1レベルだった俺も、ダンジョンの第一層から第八層までを順繰《じゅんぐ》りにクリアした今では、２５レベルという一つの到達点に至っている。

２５レベルは、一般探索者《シーカー》の成長上限だ。「限界突破」という例外を除けば、これ以上にレベルは上がらない。２５レベルは一人前の熟練探索者《シーカー》を示す水準とも言えるだろう。

そんな俺たちが次に挑むのは、ダンジョンの第九層——通称「遺跡層」だ。

第一層から第四層までの「洞窟《どうくつ》層」、第五層から第八層までの「森林層」をクリアした俺たちにとって、遺跡層は新たな領域となる。

２５レベルの熟練探索者《シーカー》にとっても、遺跡層はかなり困難なエリアらしい。多くのパーティは、第九層か第十層で軒並み苦戦を強《し》いられ、それらの階層が実質的な限界探索領域になると聞く。

だが俺たちのパーティには、普通の探索者《シーカー》のパーティが持っていないであろう、ちょっとした——いや、かなり飛び抜けた贈り物《ギフト》がある。

それも含め、俺たちの実力でどこまでやれるか、といったところなのだが——

このときの俺たちは、まだ知らなかったのだ。

かつて夢に見た「あの出来事」に遭遇《そうぐう》し、俺たち自身が「例外」に至ることになろうとは——

さておき、昼食をとってダンジョンに戻ってきた俺と風音さん、弓月の三人。

今日の午前中の探索では、俺たちは満を持して第八層のボスモンスターを討伐したのだが。いろいろな要素がかみ合った相乗効果によって、ボス戦は予想していた以上の楽勝という結果に終わった。

そのため三人とも、ＭＰはまだ十分に（具体的には最大値の七割前後）残っている。

ＭＰの回復手段は、夜中の睡眠による自然回復以外はきわめてシビアなので、ＭＰの枯《こ》渇《かつ》はその日の探索の終わりの合図と考えるのが一般的だ。

逆に言うと、今日はまだ十分に余力が残っているので、ボス戦後だがそのまま第九層の味見をしようという話になったのである。

転移魔法陣を使って、第八層と第九層の中継地点に降り立った俺たちは、そこから下層へと続く螺旋階段《らせんかいだん》をぐるりぐるりと下っていく。

やがて到達したのは、石造りの迷宮だった。

螺旋階段を下りてきて、俺たちが今立っているのは正方形の部屋。広さは十メートル四方ぐらいか。どういうわけか青空が広がっていた森林層とは違って、ちゃんと天井もある。天井までの高さは、俺の背丈の二倍ほど。洞窟層と同様、壁がうっすらと発光していて、特別に灯《あか》りを用意する必要はない。

階段を背後に負って立つと、正面、右手、左手にそれぞれ通路が続いている。ほかにはこれといって何もなく、殺風景な石壁が全方位を覆《おお》っていた。

俺は風音さん、弓月と顔を見合わせてうなずき合うと、二人とともにダンジョンを進んでいく。選ぶ道は左手側。ネットであらかじめ第九層のマップを調べてきたが、南西の端に向かうのはこの道だ。

なぜ南西の端を目指すのかといえば、そこに俺たちが受け取り得る、次なる贈り物《ギフト》の可能性を見出《みいだ》しているからだが——

石造りの廊下を歩きながら、パーティのムードメーカーである弓月が、いつものようになにげない言葉を口にする。

「いかにも『ダンジョン』って感じっすね」

「確かに。森林層とか、ダンジョンって言われてもいまいちピンとこなかったからな」

　俺が応じると、そこに風音さんが事前に仕入れた情報を挟んでくる。

「この階に出てくるモンスターは『ガーゴイル』と『フレイムスカル』だったよね。『ガーゴイル』は防御力が高いから、物理攻撃重視のパーティは厳しいって書いてあった」

「うちは『フレイムスカル』が嫌っすよ。なんすか『火属性耐性』って。うちに対する嫌がらせっすか？」

「その代わりに、森林層後半では楽できたからな。しょうがないだろ」

「じゃあ先輩、うちのこと守ってくれるっすか？」

「普段どおりにな。ただ『フレイムスカル』は魔法を使ってくるって話だから、弓月もどうしたって被弾対象になると思うぞ」

「ぶーっ。もうちょっと色気のあること言ってくれてもいいのに」

「だから俺に色気を求めるなと。だいたいお前相手にそんなもの出してどうする」

「あはは、二人は相変わらずだなぁ。でも魔法攻撃に対しては、魔力の高さがそのまま魔法防御力になるってことだから、火垂ちゃんは比較的安全なんじゃないかな。私のほうが危ないかも」

「たしかに。回避の鬼の風音さんでも、魔法攻撃をよけるのはさすがに難しいですよね」

「魔法はね～。【回避強化】も修得したし、多少はよけられる、かも？　でも黒装束《くろしょうぞく》の防御力も役に立たないし、私も相性が悪い相手だよ」

　そんな雑談と攻略談義の入り混じったトークをしながら、俺たち三人は石造りのダンジヨンを進んでいく。

するとやがて、最初のモンスターの群れに遭遇した。

「うわぁ、いきなり出たっすよ『フレイムスカル』。あー、やだやだ」

そう弓月が愚痴《ぐち》ったとおり、現れたモンスターは、直前に噂《うわさ》をしていた相手だった。

そいつらの外見は、一言で表現するなら「青い炎に包まれた、宙に浮かぶ髑髏《どくろ》」だ。人間の骸骨《がいこつ》の頭部だけが、空中にふよふよと浮いていて、それの周囲を燃え盛る青色の炎が覆っている形である。

それが三体。

通路の先の角から現れた三体の「フレイムスカル」は、その身に赤色の燐光《りんこう》をまとわせはじめる。魔法発動の準備動作に違いない。

俺たちもまた、遭遇したタイミングで動き始めている。弓月は魔法発動のために魔力を高め、俺と風音さんは接近戦を仕掛けるべく駆け出していた。

俺たちの力は、遺跡層のモンスターを相手に、どこまで通用するのか。

第九層、初戦闘の開始だ。

＊＊＊

俺と風音さん、二人の探索者《シーカー》が敵に向かって駆けていく。

接近戦を仕掛けるにはまだ少し距離があり、敵の魔法発動のほうが早いだろう。

だが向こうが近付いてきてくれないのであれば、こちらから行くしかない。純粋な魔法の撃ち合いをしたいと思えるほど、うちのパーティは魔法攻撃に特化していない。

魔法合戦で機先《きせん》を制したのは、弓月だった。

「耐性があっても、まったく効かないわけじゃないっす！　【エクスプロージョン】！」

敵に向かって駆ける俺の横を、紅蓮《ぐれん》の魔力塊《まりょくかい》が高速で通り過ぎた。

直後、魔力塊はフレイムスカル三体を巻き込んで爆発、激しい炎を巻き起こす。

だがその爆炎の中から、三つの火炎弾が唸《うな》りをあげて飛び出してきた。

各一つずつ、俺、風音さん、弓月の三人に直撃する。

弾速が速すぎて、防御も回避も間に合わなかった。

「ぐぅっ……！」

焼けるような痛みがあるが、重傷ではない。この程度のダメージなら、あと数発はもらっても耐えられるはず。

爆炎に包まれたフレイムスカル三体は、当然のように健在だった。

まあそれはそうだろう。フレイムスカルは、「火属性耐性」という特性を持っている。

火属性魔法のダメージを半減してしまう効果があり、弓月にとっては天敵とも言える相手だ。

だが魔法で倒せなければ、接近戦だ。

足の速い風音さんが、敵のもとにいち早く滑り込んだ。

「痛かったんだからぁ――お返し！」

短剣二刀流で、フレイムスカルの一体に二連撃を加える。

一瞬で二発の斬撃を受けたフレイムスカルは、黒い靄《もや》となって消滅、魔石に変わった。

よし。【エクスプロージョン】と物理攻撃の一手で倒せるなら、まだ戦いようがある。

次は俺の番だが――一体のフレイムスカルを目の前にして、一瞬迷う。

通常攻撃で倒せるか、それとも【三連衝《さんれんしょう》】を使って確実に仕留めるか。

いや、戦闘終了後に回復魔法を三発使うことが確定している。

ならば――

「はぁっ！」

槍による通常攻撃で、フレイムスカルの一体を攻撃した。

相手は回避動作を見せる。かなりの速さ。

スキル【命中強化】の効果を受けた俺の体は、すぐさま補正をかけ、まったく危なげなく攻撃を命中させる。

だが俺の槍の一撃を受けても、そのフレイムスカルが消滅する様子はなかった。

チッ、ダメか。

「うっわ、残りＨＰ１とかひどいっす！【ファイアボルト】！」

後方から火炎弾が飛んできて、瀕死《ひんし》のフレイムスカルに直撃。

その個体はさすがに消滅し、魔石となった。

それにしても、残りＨＰ１？　ひどくない？　妖怪イチタリナイの仕業？

そして残る一体のフレイムスカルは、最後《さいご》っ屁《ぺ》でもう一発だけ弓月狙いで火炎魔法を撃ってきたが、その後に風音さんの手であっさりと屠《ほふ》られた。

戦闘終了だ。

俺は二人の仲間のもとに行って、ダメージの治癒に取り掛かる。

「二人とも、お疲れ様。ダメージは大丈夫？」

「うん。私は被弾したの一発だけだったから、そんなには。それより二発受けた火垂ちゃんが……」

「あー、痛いは痛いっすけど、別にそれほどでもない感じっすよ」

「ほう。回復の前にＨＰを教えてもらってもいいか？」

「うっす。えぇっと、うちのＨＰは今、『９３／１２０』っすね。二発もらって、２７点ダメージ受けたみたいっす」

「マジで⁉　俺とか一発で２４点もらってるんだが。風音さんは？」

「私は２６点……。火垂ちゃん、ちょっと魔法防御力が高すぎない？」

「お、おおっ、そうなんすか？　うちちょっとフレイムスカルが好きになったかもしれないっす」

弓月、ここに来てまさかの魔法防御力無双。魔力の当たり能力値っぷり、相当だな。

とは言え、それなりのダメージを受けていることに変わりはない。

俺は三人に一発ずつ【アースヒール】をかけて、やけどによるダメージを癒していく。

回復量は十分だったようで、全員の傷は完全に癒された。

「一回の戦闘で、俺のＭＰ１２点消費か。ちょっとキツイな」

「それに私や大地くんが集中砲火を受けるとヤバそうだし、何か考えたほうがいいかも。たしか武具店に『抗魔《こうま》の指輪』って売ってたよね。魔法防御力を上げる指輪」

「あったっすね。でもあれ確か、一個２５万円するっすよ」

「安くはないな。でも背に腹は代えられないし、検討の余地はあるか」

「抗魔の指輪」、魔法攻撃が飛んでこない森林層では、購入品検討の際にリストアップすらしてなかったやつだな。

しかし、やはり渡る世間は金なのか。どこも世《せ》知辛《ちがら》い。

だがここから先は、レベルアップによる戦闘力のカバーはできないのだから、不足は装備で賄《まかな》うしかない。

ちなみに経験値もカウンターストップしている。モンスターを倒しても経験値を得られないのは、なんとなく寂しい。

全体的に、そこはかとない行き詰まり感を覚える。すべての一般探索者《シーカー》は同じ条件なのだから、こういうものなのだろうが。

だが行き詰まりするにせよ、この第九層を攻略して南西部の端に到達するぐらいのことは、やれないことはないはずだ。

たどり着いた先に何が待っているのかは分からないが――

「よし、行くか。できれば今日中に、ガーゴイルにも触っておきたいな」

「だね。南西の端を本格的に目指すのは明日になるかな」

「ガーゴイル相手なら、うちの魔法が火を噴くっすよ～！」

俺は二人の仲間とともに、第九層の探索を続けていく。

＊＊＊

次に遭遇したモンスターの群れは、ちょっと面倒くさい相手だった。

通路の先から姿を現したモンスターは、全部で四体。

そのうち一体は、フレイムスカルだ。

残りの三体は、初見のモンスター――といっても、ずっと話題にしていたやつだが。

「出たっすね、ガーゴイル！　うちの魔法のサビにしてくれるっすよ！」

弓月はその身に、赤色の燐光をまとわせていく。

俺と風音さんもまた、同様に魔法発動の準備だ。

一方で敵方は、フレイムスカルはその場で静止して魔法発動準備。

残る三体のガーゴイルは、翼をはばたかせ、低空飛行で俺たちに向かってきた。

ガーゴイルは、二本の角と翼が生えた、悪魔のような姿をした石像型モンスターだ。石のように硬い肌は生半可《なまはんか》な物理武器攻撃を寄せ付けず、鋭い牙や爪による攻撃力も侮《あなど》れないという。

だが火属性魔法が効くのであれば、うちには心強いダメージディーラーがいる。

さらに言えば、もう一人の範囲攻撃魔法の使い手も。

「轟《とどろ》く爆炎よ、すべてを焼き尽くせ！　【エクスプロージョン】！」

「巻き起これ、風刃《ふうじん》の嵐！　【ウィンドストーム】！」

激しい爆発と、風の刃《やいば》を大量に含んだ嵐。

二種類の範囲攻撃魔法が、三体のガーゴイルをまとめて包み込んだ。

敵後衛のフレイムスカルは残念ながらターゲットから外れてしまったが、これは致し方ない。

問題は、これでガーゴイルがどうなるかだが――

爆風の中から飛び出してきたガーゴイルは、一体だけだった。

残る二体は消滅し、魔石へと変わっていた。

「うっひゃ！　また残りＨＰ３とか！」

「そう来たか――【ロックバレット】！」

どうやら【エクスプロージョン】と【ウィンドストーム】を重ねたダメージでは、ガーゴイルを落とせるか落とせないかのギリギリ線上らしい。

残った一体のガーゴイルも、俺の【ロックバレット】を受けて消滅、魔石へと姿を変えた。

あとはフレイムスカル一体だけだ。

その後フレイムスカルからは、こちらが近接戦を仕掛けて倒すまでに、二発の火炎魔法が飛んできた。

これは二発とも風音さんを目標にしていたが、風音さんはそのうち一発を、見事な回避能力を見せてすんでのところで回避。結果、被弾は一発だけとなった。

魔法もやはり、命中率が高いとはいえ、よけられなくはないんだな。

俺にはとうてい無理だと思うが。【回避強化】を修得した後の風音さんの回避能力、いよいよ神がかっている感じがする。

それはそうと――

「あちゃー。宝箱、出ちゃったかぁ……」

戦闘終了後、フレイムスカルを倒したあとに、宝箱が一個出現していた。

風音さんが、少し微妙な顔を見せる。

「ん？　どうしたんすか風音さん。宝箱が出たのに、なんでそんな顔してるっす？」

「いやぁ、この階から出るんだよ、『ミミック』が」

「ああ。そんな話もあったっすね」

「修得可能スキルには出たんだけど、取らなかったんだよね、【トラップ探知Ⅱ】」

風音さん、なんとも苦渋《くじゅう》の表情。

この階の宝箱から、新規に「ミミック」という種類の罠《トラップ》の可能性が追加される。

これは宝箱を開けようとすると、その宝箱が牙をむき、モンスターとなって襲い掛かってくるという仕掛けだ。

ちなみに、開ける前の箱を攻撃しても無駄。普通の宝箱もそうだが、不思議な力によって一切のダメージを受けないようになっている。

正体を現したあとは倒せるようになるのだが、それまでは武器で殴ろうが魔法をぶつけようが無意味らしい。

しかもこの「ミミック」というトラップは、通常の【トラップ探知】のスキルでは見破ることができない。

その上位スキルである【トラップ探知Ⅱ】を修得していれば見破ることができて、それを条件として、通常の【トラップ解除】によって「ミミック」というトラップも解除できるようになるとのこと。

なお、そうして【トラップ解除】に成功したら、普通の宝箱になるのだという。ダンジョンには相変わらず、どういうことなのかよく分からない仕掛けが多い。

風音さんには、２１レベル段階で更新された修得可能スキルリストに、【トラップ探知Ⅱ】が出てはいたらしい。

ただあまりにも修得したいスキルが多すぎたために、泣く泣く修得を断念したのがこのスキルだったのだとか。

　まあ２１レベル以降に取ったスキルが【二刀流強化】【回避強化】【ＨＰアップ（耐久力×６）】の三つと【短剣攻撃力アップ】の二段階ランクアップなので、無理もないと思う。あの段階では一番の課題として見えていたのは森林層ボスの打倒だし、スキルの修得ミスと言ってしまうのも酷《こく》だろう。

　そもそもどんなスキルを修得するのかは、自分の能力のことなんだから、個々人の判断をなるべく尊重するべきだと俺は思う。パーティメンバーといえども、よほどでなければ横からケチをつけるものでもない、というのが俺の考えだ。

　風音さんから相談してきたならともかく、本人が自分で決めたことなら、なるべくその判断を否定したくはない。

　もちろん程度問題はあるにせよ、ミミックの脅威《きょうい》度《ど》も加味して考えれば、【トラップ探知Ⅱ】を取らなかったことが、よっぽどひどい判断だったとも思えないしな。

　俺はひとまず【アースヒール】で風音さんの負傷を癒す。

　それから風音さんは、宝箱に取り掛かった。

「通常の【トラップ探知】には反応なし、と。じゃあ私が開けるから、二人はすぐに攻撃できる準備をして下がってて。特に火垂ちゃんは距離取ってね。ミミックだったら、舌を伸ばして捕まえにくることもあるっていうから」

「いや、風音さん。開けるのは俺がやりますよ。俺のほうがＨＰも高いし」

俺はそう言ってみたが、風音さんは手のひらを見せて、ノーを言い渡してきた。

「だーめ。これは私が開けます。私のほうが回避力あるし『黒装束』だって着てる。大丈夫だよ。でもありがとう、大地くん」

こう言われてしまえば、俺としては引き下がるしかない。実際にも、どっちのほうが総合防御力が上かと問われれば、確かに風音さんだと思うし。

そして準備ができると、風音さんはごくりと唾《つば》をのみ——

宝箱に向かって、そっと手を伸ばした。

＊＊＊

風音さんがそーっと、宝箱に手を伸ばす。

それはさながら、近所の家で飼っている犬に、びくびくしながら手を伸ばす子供のような姿だった。

でも残念ながら、その宝箱は近所の家で飼っている犬ほど、かわいらしいものではなかったのだ。

風音さんが宝箱のふたを、わずかに開いたときだった。

ふたがひとりでに、ぐぱぁっと開いた。

ふたと箱の間にはギザギザの鋭い牙がずらりと生え、風音さんに噛《か》みつこうとする。

「うひっ、やっぱりぃっ！」

風音さんはとっさにバックステップし、攻撃を回避した。

コンマ一秒でも反応が遅れていたら間に合わなかったぐらいには、ギリギリの回避成功だった。

「出たっすね、ミミック！　【フレイムランス】！」

「はぁっ！」

間髪《かんはつ》入《い》れずに、弓月の魔法攻撃と、俺の槍の一撃がミミックに叩《たた》き込《こ》まれた。

ミミックの動きは非常に素早く、俺の槍はあやうく外れそうになったが、そこは【命中強化】様々だ。弓月の魔法ともども命中。

だがそれでも、ミミックは落ちない。

今の俺たちの実力でこの二発の攻撃を叩き込めば、ミュータントエイプでも撃沈できるはずなのだが。

残念ながらミミックのステータスは、ミュータントエイプをも大幅に上回る。

「このっ！　おとなしくしなさい！」

さらに、すぐさま体勢を整えた風音さんが、二本の短剣でミミックに斬りかかった。

この攻撃を受けて、さしものミミックも黒い靄となって消滅した。

戦闘終了だ。俺たち三人は、ホッと息をついた。

なお、ミミックを倒しても魔石は落ちなかったが、新たな宝箱が出現した。

無限ミミックみたいなことはなく、こうして出てきた宝箱は安全なものらしい。

念のため警戒して開けたが、前情報どおりに普通の宝箱だった。

風音さんが、宝箱の中から内容物を取り出す。

「これは『ＭＰポーション』かな。火垂ちゃん、一応鑑定お願い」

「ほい来たっす、【アイテム鑑定】！　ん、『ＭＰポーション』で間違いないっすよ」

宝箱の中から出てきたのは、「ＭＰポーション」だったようだ。なかなかのお宝だな。

「ＭＰポーション」は、消費アイテムとしてはかなりの高級品だ。

そして、あまりコストパフォーマンスが良いアイテムとも言えない。

具体的には、武具店での販売価格が２万円で、効果は「ＭＰを１０ポイント程度回復する」というもの。

こんなものを常用していたら、一日の稼ぎがみるみるうちに削られてしまう。

したがって「帰還の宝珠《ほうじゅ》」などと同様、いざというときの緊急用のアイテムとして用いられるのが普通のようだ。

俺たちは手に入れた「ＭＰポーション」を【アイテムボックス】に収納し、第九層の探索を再開する。

といっても、下見の役割はすでに概《おおむ》ね果たしたように思う。

厄介なのはフレイムスカルだけで、ガーゴイルはうちのパーティにとってはほとんど脅威にならないことが分かった。

これなら回復役である俺のＭＰ消費も、それなりの水準に抑えられるだろう。

予算に余裕があれば「抗魔の指輪」を買ってフレイムスカル対策をしてもいいな。

結局この日は、第九層で三時間ぐらい探索をしてから帰還した。

戦闘風景も、トータル六回行った戦闘はすべて、今の戦力で対応可能な範囲内だった。

この調子なら、明日には目標地点を目指せそうだ。

風音さんや弓月とも合意して、俺たちは明日の探索で、第九層南西部の端へと向かうことにした。

＊＊＊

ダンジョン第九層探索、二日目。

俺たちは南西部の端を目指して、順調に歩みを進めていた。

俺たちの現在の目標地点、ダンジョン第九層の南西部の端——そこに何があるのかは、正直に言ってまったく分からない。

ひょっとしたら、何もないかもしれない。

「ダンジョンの妖精」と呼ばれる謎の少女に導かれた俺たちは、第七層の秘密の小部屋で、「黒装束」や「【三連衝】のスキルスクロール」といった類《たぐい》まれな宝物《ほうもつ》を手に入れた。

それと同じような途方もない宝物が手に入る可能性もあるし、場合によっては逆に、何らかの危険《リスク》に遭遇するかもしれない。

比較的はっきりと予想できるのは、その場所はおそらく、過去に誰も訪れたことのない未踏《みとう》の地だということだ。

俺たちだけの特権。ほかの探索者《シーカー》たちの手垢《てあか》がついていない、オリジナルの何か。

その魅力に惹《ひ》かれ、俺たちはその場所を目指していた。

この日の一戦目は、ガーゴイル三体との戦いだった。

これは難なく完封勝利。弓月と風音さんの範囲攻撃魔法コンボで二体が撃墜《げきつい》され、瀕死となった残りの一体を俺が片付けるという、昨日と似た展開となった。

次の二戦目は、ちょっと強敵。フレイムスカル四体との遭遇。

第九層で最も厄介なモンスター編成といえる「フレイムスカル四体」だが、それを相手にしても俺たちが怯《ひる》むことはない。

いつも通りに弓月が範囲攻撃魔法をぶっ放し、俺と風音さんが接近戦を仕掛ける。

四体すべてのフレイムスカルを片付けるまでに、風音さんに向けてトータル五発の魔法攻撃が集中したが、それでもさほど大きな問題にはならなかった。

フレイムスカルへの「対策」が功を奏したのだ。

戦闘終了後、俺はいつもどおりに治癒に回る。

「痛《い》ったた〜。四体全部が私を集中砲火してくるとか、そんなことある？　大地く〜ん、治して〜。お姉ちゃん痛くて死んじゃうよ〜」

「はいはい風音お姉ちゃん、今すぐ治すから。残りＨＰはいくつです？」

「えーっとね、全部で四発もらったから……『５８／１２０』か。うあー、半分持っていかれたぁ。これでも一発はよけたんだけどなぁ」

「『抗魔の指輪』がなかったら危険域だったかもですね。それだけ削られた場合は、こっちかな——【グランドヒール】！」

俺は風音さんに向け、上位の治癒魔法を行使する。

【アースヒール】より強力な治癒の光が風音さんに降り注ぎ、負傷を完全に癒した。

「おおっ、一発で全部治った！　すごいね【グランドヒール】」

「治癒効率はいいですからね。でもあまり出番ないし、取ったの失敗だったかもしれないと思ってます」

「気にしすぎだよ。いつもありがとうね、大地くん」

傷が癒えた風音さんは、俺に向かってにっこりと微笑《ほほえ》みかけてくる。笑顔が天使すぎる。好き。

俺が２５レベルで修得した【グランドヒール】は、【アースヒール】の強化版魔法だ。

【ガイアヒール】のような麻痺《まひ》回復効果はないが、単純なＨＰ回復量が非常に大きく、ＭＰ消費もリーズナブル。

これら三つの回復魔法を比較すると——

【アースヒール】……ＭＰ４、回復係数１・３

【ガイアヒール】……ＭＰ８、回復係数２・０、麻痺回復
【グランドヒール】……ＭＰ６、回復係数２・６

　といった具合になる。

「回復係数」というのは、回復魔法の効果の大きさをあらわす指標で、術者の魔力にこれを掛け合わせたものがおおよそのＨＰ回復量になる。

【グランドヒール】は、見ての通りコスパがいい。それに加えて、ピンチの局面では大回復量が役に立つと思って修得した。

　だが実際のところ、この魔法が必要になるほどの局面は滅多に訪れない。

　あまり出番がない魔法なので、ほかのスキルを取っておいた方がよかったかなと思ったりもする。

「でも『抗魔の指輪』の効果、相当なもんっすね。風音さんがうちと変わらないぐらいの魔法防御力になってるっすよ」

「だな。昨日は風音さん、フレイムスカルの【ファイアボルト】一発で２５点ぐらいもらっていたけど、この感じだと『抗魔の指輪』を装備した今日は１５点ぐらいだろ。四割カットは大きい。買って正解だったな」

　俺は目の前まで寄ってきた弓月の頭をなんとなくなでながら、そう答える。弓月は「にへへ～っ」と頬《ほお》を緩めて、嬉《うれ》しそうになでられていた。

　昨日までは、俺と風音さんの指には「毒・麻痺除《よ》けの指輪」が装備されていたが、今は

「抗魔の指輪」という新アイテムが代わりに身に着けられている。

武具店で一個25万円で売られていたこのアイテムを、俺たちはなけなしの50万円をはたいて二個購入した。「魔法防御力+20」という効果を持つこのアイテムは、期待どおりに、装備者が受ける魔法ダメージを大幅に軽減してくれた。

ちなみに弓月のぶんがないのは、純粋にお金が足りなかったからだ。優先順位の問題で、素《す》で魔法防御力が高い弓月は後回しになった。

「抗魔の指輪」の力によって第九層探索の危険度やリソース消費を抑えることに成功した俺たちは、順調に目的地へと向かっていく。

そして片道三時間ほどの道程を進んだ頃、目的地と思《おぼ》しき地点にたどり着いた。

何の変哲もない、廊下の行き止まり。

俺はそこに、第七層の宝箱に入っていたペンダントを置いて、しばらく待った。

すると——ゴゴゴゴッ。

行き止まりだった正面の石壁が、ひとりでに動いた。

中央で左右真っ二つに割れた石壁が、スライド式の扉のように開いたのだ。

その奥に現れたのは、さらに先へと進む通路だった。

風音さんと弓月のほうを見ると、二人の目はキラキラと輝いていた。この先に行きたいと、その目が如実《にょじつ》に訴えかけていた。

無論、ここまで来て進まない手はない。リスキーだからやめておこうなんて選択肢は、一ヶ月以上も前、第七層に踏み入る前に捨ててきた。

そもそもダンジョンができたばかりの頃の探索者《シーカー》たちは、こういった未知の領域といつも戦ってきたのだ。

慎重と臆病。勇敢と無謀。正と負の価値観は、隣り合わせだ。

俺は二人の仲間とうなずき合うと、「帰還の宝珠」が風音さんの【アイテムボックス】に入っていることを確認してから、石壁の奥に現れた通路を進んでいった。

＊＊＊

石壁の奥に現れた通路を進んでいく。

通路は二度ほど角を曲がりながら進み、やがて一つの扉の前へとたどり着いた。

ここまでは一本道で、ほかに進むべき道は見当たらない。

扉は木造に見えるが、例によってダンジョン内の仕掛けなので、見た目の材質にどれほどの意味があるかは分からない。

俺はその扉に手をかけ、慎重に開いていく。

扉を奥へと開くと、その先には――

「宝箱が二つ。それに加えて、さらに先に続く扉、か……」

扉の先にあったのは、小部屋だった。

左右の壁沿いに宝箱が一つずつあって、正面にはもう一つ別の扉がある。

俺は風音さんにアイコンタクトをする。

風音さんはうなずくと、左右の宝箱にそれぞれ【トラップ探知】を行った。

結果はいずれも、反応なし。通常の罠は仕掛けられていないらしい。

「でもこの階だと、ミミックの可能性は、高めに見積もっておいた方がいいよね……。失敗したなぁ～、やっぱり【トラップ探知Ⅱ】を取っておくんだったか」

苦い顔をする風音さん。

この段に至ると、確かにそうかもなという気はしてくる。

左右の宝箱が両方とも「ミミック」で、片方を開けたら両方同時に襲い掛かってくる――なんて可能性まで想像すると、【トラップ探知Ⅱ】があればなぁと思ってしまうのは否《いな》めない。

でも今さらないものねだりをしても仕方がない。

俺は風音さんの肩を叩いて、「大丈夫。何とかなります」と伝える。

風音さんは「大地くん、大好き」と笑顔で返してきつつ、一度深呼吸をしてから、一つ目の宝箱に取り掛かった。

結果から言うと、「ミミック」の可能性に対する心配は、杞憂《きゆう》に終わった。

風音さんが警戒しながら一つ目の宝箱のふたを持ち上げると、何事もなく箱は開いた。

「これは……弓、だよね。矢は入ってないみたいだけど」

風音さんが一つ目の宝箱の中から取り出したのは、一張《いっちょう》の弓のようだった。透き通ったアイスブルーの成りを持った、不思議な弓だ。

今すぐ弓月に【アイテム鑑定】をさせたいのは山々だが、もう一つの宝箱も開けてしまわないと落ち着かない。なので、まずはそちらから取り掛かることにした。

風音さんが、二つ目の宝箱を開ける。こちらもミミックではなかった。

風音さんが二つ目の宝箱の中から取り出したのは、一個の髪飾りだった。椿《つばき》の花を模《も》した装飾が施されている。

「これは……髪飾り？　簪《かんざし》かな」

宝物を取り出したあとの宝箱は、どちらもすぐに消滅した。

残る探索目標は、正面の扉だけだ。

だがその前に、弓月が二つのアイテムに【アイテム鑑定】を行う。

まずは弓のほうから。

「この弓の名称は『フェンリルボウ』っすね。説明を読んだ感じ、すんごい特殊な弓みたいっす」

「ほうほう。どんなだ？」

「要約は難しいんで、特殊効果の説明をそのまま読み上げるっすね。『魔法威力＋５（要両手装備）この弓を引くと、氷の矢が現れる。この矢に撃たれたものは氷属性の魔法ダメージを受ける。氷の矢の威力は使用者の魔力と【弓攻撃力アップ】スキルに影響され、筋力の影響は受けない。氷の矢を一本撃つごとに使用者はＭＰを１０点消費する』だそうっす」

「要するに『氷属性の単体攻撃魔法を撃てる弓』ぐらいの感覚でいればいいのか？」

「あー、それが分かりやすいかもしれないっすね」

えらい複雑な特殊効果を持った弓のようだ。強いのか弱いのか、よく分からんな。

いや、待てよ。

「でも『魔法威力＋５』ってことは、それだけでも純粋に強くないか？　たしか弓月が装備してる『ソーサリースタッフ』、魔法威力修正は＋３だったよな。『フェンリルボウ』の魔法威力の修正って、装備しているだけで普通に働くやつだろ？」

「この書き方だと、そうじゃないっすかね。書き方を信用していいのか分かんないっすけど」

ひどくテクニカルな判断が必要になってくる案件だった。

確かなことは分からないので保留案件だが、その弓――「フェンリルボウ」は、ひとまず弓月の【アイテムボックス】にしまっておくことにした。

魔法威力修正がある武器や防具って、装備した状態で魔法を使うだけでも、やんわり『耐久値』が削られていくんだよな。

というわけで、【アイテム鑑定】一点目、終わり。

二点目の髪飾りに取り掛かる。

弓月がふむふむとつぶやいてから、こう口にした。

「こっちはシンプルっすね。でもシンプルに強いっす。アイテム名は『椿のかんざし』。『装備部位：頭』『防御力＋１５、魔法防御力＋１０、敏捷力《びんしょうりょく》＋２、魔法威力＋２、女性専用装備』だそうっす」

「うわぁ……」

俺と風音さん、二人で生暖かい声を上げてしまう。

「黒装束」と同格……は言いすぎかもしれないが、相当な性能の頭部防具だ。

ていうか「黒装束」や「【三連衝】のスキルスクロール」のせいで感覚が狂っているが、この「フェンリルボウ」や「椿のかんざし」も相当ヤバいクラスの装備品なのでは？

こんなのを持ち歩いていたら、俺たちは歩く貴重品として、悪い探索者《シーカー》たちの餌食《えじき》になってしまうのではなかろうか……って、今さらか。今さらだな。

「椿のかんざし」は、ひとまず風音さんが装備することにした。

ところで、この防具の防御力、どう働くんだろう。かんざしの部分にピンポイントに攻撃が命中しないと防御力を発揮しないようだと、まともな防具としての効果は皆無に近いと思うが。

でも魔法防御力もあるし、「抗魔の指輪」の効果の働き方を考えると、これも体全体の防御力を高めるみたいな感じなのかもしれないな。

さておき。これで宝箱のアイテムはいずれも獲得し、効果も把握した。

あとは正面の扉だけだ。

例によって、ここで引き下がる手はない。

最大限に警戒をしつつ、扉の取っ手に手をかけ、奥に向かって開いていくと――

――そう、油断をしていたわけじゃないんだ。

でも第七層でもこの第九層でも、トントン拍子で強力なアイテムが次々と見つかって、宝箱には罠も仕掛けられていなかった。それに気を良くした俺たちに、気の緩みがまったくなかったと言えば、嘘《うそ》になるかもしれない。

ただ気の緩みがなかったら、どうこうできたわけでもないだろう。ほとんど不可抗力だったと思う。

「なっ……!?」

「ま、まぶしい……!」

「なんすかこれ……!?」

扉を開くと、その向こう側からまばゆい光があふれ出し、俺たち三人を包み込んだ。

視界が真っ白になり、奇妙な浮遊感のようなものに襲われる。

俺はとっさに風音さんと弓月を手で探り、二人の手をつかんだ。いつもハイタッチをしているから、二人の手の感触はよく覚えている。

俺は二人を自分のもとに引っ張り寄せ、抱き寄せる。二人からも、俺に抱き着いてきた感覚があった。

何も見えないし、何も聞こえない。

ただ二人の体の感触だけが、俺に与えられた確かなもので――

第二章

気が付くと俺たちは、どこか見覚えのある丘の上にいた。

ダンジョンの中とは思えない光景。

見上げれば、まばゆい太陽と青い空、白い雲。

あたりを埋め尽くすのは、一面の大草原だ。

その大草原を貫くようにして、一本の道が、俺たちのいる丘の上からゆっくりと下っていた。

道をたどれば、しばらく先に街のようなものが見える。

高い石壁にぐるりと囲われた中世ヨーロッパ風（？）の街並みで、街の中にはお城らしきものもあった。

俺と風音《かざね》さん、弓月《ゆづき》の三人は、輪になって互いを抱き合うようにして、寄り添って立っていた。

誰からともなく離れていく。

「ここは……」

「ダンジョンの中？　とは思えないけど」

「うち、この光景、夢で見た覚えがあるっすよ」

「「あっ」」

そうだ。いつかの日、夢で見た「異世界」の光景にそっくりなんだ。

風音さんと弓月も、同じような夢を見たと言っていた。

「じゃあこれは……また、夢なの……？」

風音さんは自分の頬《ほお》をつねって、「痛っ」とつぶやく。

夢だとつねっても痛くないという検証方法も、妥当なのかどうかあやしいものだが。

「じゃあ先輩、夢かどうか調べるために、うちの耳元で『火垂《ほたる》は今日もかわいいな』って甘い声でささやいてみてほしいっす」

「ん、普通に断る」

「なんでっすかー！　夢の中でまでサービス精神が足りない先輩っすね！」

「うん。だからこれ夢じゃないんだわ。多分」

これは現実の光景、だと思う。

俺の記憶が確かなら、俺たちは先ほどまで、ダンジョンの第九層にいたはずだ。

隠し通路の先で見付けた秘密の小部屋。そこにあった扉を開いて、まばゆい光に包まれた。そして視覚も聴覚も働かないような真っ白い光の中で、長い間なのか短い間なのか分からないが謎の浮遊感のようなものを味わって、今ここだ。

俺の脳裏《のうり》に、武具店のオヤジさんの言葉がよみがえる。

『逆に「呪い」を受けてパーティメンバー全員が行方不明《ゆくえふめい》になったとかも聞いたことはあるが』

「ダンジョンの妖精」に関する話を聞いていたときだ。

「祝福」の噂《うわさ》があると同時に「呪い」の噂もあるとオヤジさんは言っていた。

ここがどこなのかは分からないが、元いた場所に戻れないのだとしたら、俺たちの扱いは「行方不明」になるのではないか。

「——そうだ、『帰還の宝珠《ほうじゅ》』は⁉」

「あっ……ちょっ、ちょっと待ってね、今出すから——【アイテムボックス】！」

風音さんが目の前の地面に【アイテムボックス】を出現させる。

スキルはちゃんと働くようだ。

風音さんは【アイテムボックス】のふたを開いて、中を探り——

「……ん？　なんか入れた覚えのないアイテムが入ってる。……『限界突破イベントガイド』？」

「「えっ」」

俺と弓月の声がハモる。何ですと？

風音さんは【アイテムボックス】の中から、「帰還の宝珠」ともう一つ、謎の小冊子を取り出した。

小冊子は、紙束にひもを通して、革製の表紙と裏表紙を付けたような古風なものだ。

表紙には「限界突破イベントガイド」と記されている。

風音さんが中を開いて、俺と弓月が後ろからのぞき込む。

そこにはこんな記述があった。


限界突破イベントへようこそ！

幸か不幸か、キミたちは「異世界」へと転移した。

これから１００日間、キミたちはこの異世界で生活をしていかなければならない。

この世界で命を落としたら、当然ながら、キミたちの人生はここでおしまいだ。

そうならないよう最善を尽くしてほしい。

なお１００日が経過したら、キミたちは望むと望まざるとにかかわらず、元の世界へと自動的に帰還することとなる。

それ以外の帰還方法は「ない」と断言しておく。もちろん「帰還の宝珠」も無効だ。

さて、そろそろ本題に入ろう。

これは「限界突破イベント」だ。

キミたちはこの世界で、２５レベルという限界を超えて、レベルアップをすることができる。

レベルアップの方法は、主に二つ。

一つは通常どおり、モンスターを倒して経験値を獲得する方法だ。

この世界にいる間、キミたちの経験値はカウンターストップ状態が解除され、新たに経験値を獲得することが可能となっている。

見知ったモンスターと出遭うこともあるだろう。

未《いま》だ見ぬモンスターと遭遇《そうぐう》することもあるかもしれない。

いずれにせよキミたちは、モンスターを倒した分だけ、通常どおりに経験値を獲得することができる。

だがこの方法には、あまり大きな期待はしないほうがいいと助言しておく。

この世界でキミたちは、元いた世界のダンジョンほど効率的に、頻繁《ひんぱん》に、反復的に適正レベルモンスターと遭遇することはないだろう。

この限界突破イベントにおいてより重要なのは、もう一つの方法だ。

そのもう一つの方法とは、「ミッション」をクリアすることだ。

キミたちは指定されたミッションに挑戦し、課題をクリアすることによって、大きな経験値を獲得することができる。

ミッションをクリアすることによって獲得できる経験値は、モンスター討伐によって得られる経験値と比べて、非常に大きなものだ。

どのようなミッションがあるかは、この本の巻末にミッション一覧が表示されているので確認してほしい。

ミッションは随時更新される。

またミッション一覧に記されていない特別ミッションが発生することもある。そのときが来れば分かるだろう。

一般に、難易度や危険度が高いミッションほど、獲得できる経験値は大きくなる。

ハイリスクで獲得経験値も大きいミッションに挑戦するかどうかは、キミたち次第だ。

なおこの異世界で生活するための最低限の能力として、キミたちには言語能力を付与する【翻訳《ほんやく》】スキルをプレゼントしておいた。

その他、細かいことに関しては、以降のページに記述してある。暇なときにでも読んでくれたまえ。

それでは、健闘を祈る。


最初の見開きのページを使って、このようなことが記されていた。

また次のページ以降には、細部についての説明が書き連ねられているようだった。

「えーっとぉ……大地《だいち》くん、これ、どうしよう」

小冊子を閉じた風音さんが、半笑いの顔で俺を見てくる。

はい、困りましたね。どこから突っ込めばいいやら。

情報をあらためて整理してみよう。

まずこの異世界転移したっぽい現象は何かというと、「限界突破イベント」によるものらしい。

俺たちは１００日間、この異世界で生活しつつ、２５レベルという一般探索者《シーカー》の限界を超えてレベルを上げることができる、らしい。

これはまあ、朗報だな。それも相当に喜ぶべき特大の朗報だ。

ただし、いいことばかりでもない。

１００日間、限界を超えてレベル上げをできるといっても、それは俺たちがこの異世界で生き延びることができればの話だ。

この世界で死んでしまったら、当然ながらリアルに命を落とす。……正気かな？

モンスター情報が完備され、日常仕事にできるぐらい安全な現代のダンジョン探索とは、わけが違うだろう。

この世界でどう生き延びたらいいのか、いまいち想像がつかない。この世界がどんな世界なのかも分からない。決定的に情報と実感が足りない。

武具店のオヤジさんが、見知らぬダンジョンに３０日間閉じ込められたと言っていた話を思い出す。それと比べてまだマシなのか、どうなのか。

ていうか今更だけど、異世界？　そういうのアリなの？

いやアリもナシも、現実に起こってしまっているのでしょうがないのだが。

探索者《シーカー》の基本を思い出そう。目の前に起こっている現象をありのままに受け止め、それに対して俺たちが「どう行動《プレイ》するか」を考えるんだ。

課題その一、この世界で100日間生き延びること。

課題その二、100日間でできるだけレベルを上げること。

よし、これだな。

ということは――

「大地くん……！　ねぇ、大地くんってば！」

「えっ……？　ああ、すみません風音さん。考え事をしてました」

「先輩ってときどき、どっぷり思考に浸《つ》かって周りが見えなくなることあるっすよね」

熟考していたら、気が付けば風音さんに肩を揺さぶられていた。

が、熟考したことで方針は立った。

というか、心の中で状況の受け入れが完了したといったほうが正しいか。

「ひとまずは、この世界で生き延びるためにどうしたらいいかを考えましょう。それが優先順位の一番目です」

「う、うん。そう……だね」

「その上で、余裕ができたらレベルアップのことを考える。これは優先順位の二番目です。二つまとめて考えるとわけが分からなくなるので、とりあえずは一つ目に絞っていきましょう」

「……だね。うん。……すごいなぁ、大地くん。落ち着いてるし、頼りになる」

そんなわけで、基本方針はまとまった。

次は基本方針に沿った具体案の策定だ。

＊＊＊

俺は丘の上から見下ろし、道の先にある街へと視線を向ける。

「幸いなことに、街が見えていますから。とりあえずあそこに向かうべきだと思います。多分ですけど、山野をやみくもに歩き回るよりは、いくらか生存の可能性が高いかと。言語能力等のスキルも与えられているらしいですし――【ステータスオープン】」

俺は自分のステータスを開いてみる。

すると――あった、これか。

六槍《むそう》大地
レベル：２５　経験値：６７４４５／７８５７７
ＨＰ：１６２／１６２　ＭＰ：１４４／１４４
筋力：２４　耐久力：２７　敏捷力《びんしょうりょく》：２０　魔力：２４
スキル：【アースヒール】【マッピング】【ＨＰアップ（耐久力×６）】
【ＭＰアップ（魔力×６）】【槍攻撃力アップ（＋２０）】【ロックバレット】
【プロテクション】【ガイアヒール】【宝箱ドロップ率２倍】【三連衝《さんれんしょう》】

【アイテム修繕】【命中強化】【グランドヒール】【翻訳】（new!）
残りスキルポイント：０

【翻訳】というスキルが、俺のステータスに新たに追加されていた。

ちなみに、経験値も次のレベルになるのに必要な値が更新されている。

次のレベルに上がるには、えーっと……１１３２ポイントの経験値が必要か。

ＭＰも全快している。ダンジョンの例の小部屋にたどり着いたときにはそれなりに消耗していたので、これは地味にありがたい。

さておき、問題は【翻訳】スキルだ。

この【翻訳】というスキルがどういう効果を持つのか、よく分からない。

何か確かめる方法は——

「なあ弓月。お前、英語は得意か？」

「うん、英語っすか？　任せろっすよ。『ディス・イズ・ア・ペン《これはペンっす》！』」

「ん……？」

なんかつたない英語と日本語で、弓月の声が二重音声みたいにして聞こえたぞ。

口の動きは「ディス・イズ・ア・ペン」なのだが、その声は小さく聞こえて、俺の耳にはっきりと聞こえてきた言葉は「これはペンっす」だった。

テレビで外国人にインタビューするときに、日本語による翻訳音声が入るような感じ。

英語が日本語に聞こえるということは、母国語基準か？　まあそこはどうでもいいか。

「風音さん、今の分かりました？」

「う、うん。びっくりした。火垂ちゃんの声が二重に聞こえた」

「ほへー、そうなんすか。うちには分からなかったっすよ。ねぇ先輩、なんか英語でしゃべってみてほしいっす」

「あー……『キャン・ユー・スピーク・イングリッシュ？』」

「『ノー！《無理っす》』　おおっ、ホントっすよ！　面白いっすねこれ！」

しゃべっている俺のほうは、自分の言葉は特に翻訳されなかった。聞く側の能力なのかこれ。

じゃあ俺たちの言葉は通じないんじゃないか？　という疑問は残るが、俺たち三人だけではこれ以上の検証のしようがない。

とりあえず次の課題に進もう。

「【アイテムボックス】なんかのスキルは使えるみたいだけど、一応ひと通り能力を確認しておいた方がいいな。探索者《シーカー》の能力が、この世界でも使えるのかどうか。弓月、試しに【ファイアボルト】を適当に撃ってみてもらえるか？」

「了解っす！　――いけっ、【ファイアボルト】！」

弓月が突き出した杖《つえ》の先から、何もない中空に向けて火炎弾が発射された。

火炎弾は一定距離まで飛んでいって、消滅する。

「よし、魔法も使えるみたいだな。あとは適当に動いてみて――」

俺は槍を構えて、突いたり払ったりしてみた。

さらにジャンプしたり、走ってみたり。

風音さんも同じように、二本の短剣を振ったり、アクロバティックな運動をしたりしてみせた。

結果、明らかに探索者《シーカー》の動きであることが分かった。俺もそうだが、特に風音さんの体の動きは、常人女子のそれから大きくかけ離れている。

確認した限り、どうやらこの世界でも探索者《シーカー》の力は使えるようだ。

まあモンスターと戦うらしいので、そうでないとお話にならないのだが。

モンスターといえば、この世界にモンスターがいるとして、ダンジョンのモンスターと同じものなんだろうか。倒したら消滅して、魔石になったりするのかどうなのか。

さておき、次の確認事項だ。

「手持ちのアイテムを確認しておこう。二人とも、【アイテムボックス】の中のアイテムを全部出してもらえる？」

「はーい」

「かしこまりっす」

二人の【アイテムボックス】の中のアイテム、および全員の装備品を再確認すると、こんな内容だった。

六槍大地・装備品
武器：コルセスカ　盾：アイアンシールド　胴：クイルブイリ
頭：レザーヘルム　指：抗魔《こうま》の指輪

小太刀《こだち》風音・装備品
武器：クリス、ルーンクリス　胴：黒装束《くろしようぞく》　頭：椿《つばき》のかんざし
指：抗魔の指輪

弓月火垂・装備品
武器：ソーサリースタッフ　胴：ルーンローブ　頭：メイジハット
指：毒・麻痺《まひ》除《よ》けの指輪

その他アイテム
フェンリルボウ、クリス、毒除けの指輪、毒・麻痺除けの指輪、ＨＰポーション×２
毒消しポーション×５、麻痺消しポーション×２、ハイＨＰポーション
ＭＰポーション、帰還の宝珠、お弁当×３、水筒（麦茶が入っている）×３
お菓子（ミニドーナツ１袋、ポテトチップス１袋）、レジャーシート

魔石
ガーゴイルの魔石×12、フレイムスカルの魔石×9

これが今の俺たちが持っているリソースのすべてと言っていいだろう。

日本円とかは役に立たないだろうし。

消費アイテムなどは、スキルが使えるんだからおそらく効果があるだろうと思う。

ただ「帰還の宝珠」は、一応試してみたところ、まったく効果を発揮しなかった。

消費アイテムに関する問題点は、今後補充できる見込みが立たないことだ。

装備品の「耐久値」は、いずれもすぐに買い替えなければならないような値じゃなかったはずだ。無制限に使えるわけではないにせよ、ひとまず優先的に心配する項目ではない。

最優先で心配するべきなのは――

「この風音さんの手作り弁当は、食糧確保的な意味で生命線になる可能性があるな。大事に食べないと」

「んー、でも、あんまり長く食べないでおくと悪くなっちゃうと思うよ」

「うちもそろそろお腹《なか》減ってきたっすよ」

「……悪くなってしまってはもったいない。お昼にしましょう」

「「わーい♪」」

危機的状況であるかもしれないにもかかわらず、俺たちはその場でレジャーシートを敷いて、のんびりと昼食をとった。

【アイテムボックス】は、保存に関しては特に超常的な効果があるわけでもなく、リュックサックなどに入れているのと同じようなものらしい。

腐ってしまったら、せっかく風音さんが作ってくれたお弁当がもったいなさすぎるからな。背に腹は代えられない。

ちなみにこのお弁当、ここ最近は風音さんと弓月が毎日交互に、三人分ずつ作ってきてくれていた。非常にありがたい。

毎朝大変だから店売りのお弁当でいいのでは、とやんわり伝えたことはあったのだが、「飽きたらそうさせてもらうね」「今はお弁当を作るのが楽しいっす」と言われたので、それ以上は言及せずに毎日ありがたくいただいている。

え、俺が作る選択肢？　いや作れなくはないんだけど、二人が作ってくるものと比べると粗末《そまつ》なものになりそうだし、それこそ店売り弁当でいいというか何というか。

ごめんなさい。風音さん、弓月。いつも感謝してます。

なおお弁当は毎日とてもおいしいし、彩りも豊かなものだ。二人とも料理はかなり手慣れている様子。

ただこの異世界に来たせいで、こんなおいしい食事にはしばらくありつけなくなるかもしれないな。

「「「ごちそうさまでした」」」

三人で手を合わせて、昼食を終了する。

今日もおいしかったです。ありがとう風音さん。

さて、能力とアイテムの確認も終わって、昼食もとった。

となれば、行動開始だ。

ただその前に、例の限界突破イベントガイドのほかのページも、流し読みでざっと目を通しておく。

実際にこの異世界で動いてみなければ、実感が湧かない部分が大きいだろうが――

一点、目についた部分があった。

巻末にある「ミッション一覧」のページだ。

▼ミッション一覧

・人口３０００人以上の街に到達する……獲得経験値１０００

・冒険者ギルドで冒険者登録をする……獲得経験値１０００

・ゴブリンを１０体討伐する（０／１０）……獲得経験値２０００

・Ｅランククエストを１回クリアする（０／１）……獲得経験値２０００

今のところ、記されているのはこの四つの項目だけだ。

ミッションは随時更新されるとのことだから、今後増えるのかもしれない。

それぞれのミッション内容を見ただけでも、いろいろと気になることはあるな。

だが何より今は、生存が最優先項目だ。

ミッションやレベルアップのことは、安定的な生活基盤を確保できたら、そのあと考えよう。

俺たちは片付けを終えて出立の準備を整えると、丘の上から一度景色を見下ろし、街へと続く道を歩いていった。

＊＊＊

丘から下る道は、やがて別の大きな街道と合流する。

行き交う人や馬車とすれ違いながら、俺たち三人は街の門を目指していく。

その道の途中で、農夫らしい格好をした一人のおじさんが、俺たちに声をかけてきた。

「おや、あんたたちは冒険者かね。黒い髪とは珍しい。東のほうの出身かい？」

弓月が英語でしゃべったときのように、口の動きと異なる二重音声で、日本語の発音がはっきりと聞こえてくる。

さて、どうしよう。

風音さんや弓月のほうを見ると、「どーぞどーぞ」といった様子で俺に発言権を譲ってきた。キミたちのほうがコミュ力あるだろうに。

仕方がないので、俺は覚悟を決めて農夫風のおじさんに返事をした。

「えっと……言葉、通じますか？」

「おおっ、【翻訳】スキルの持ち主かい。冒険者ってやつはやっぱすごいねぇ」

よかった、言葉が通じた。

俺は普通に日本語をしゃべっているだけなのだが、相手には相手の母国語で二重音声が聞こえているのだろう。

おじさんの言い分から察するに、この人は【翻訳】スキルを持っていないと思われる。

俺が持っている【翻訳】スキルの効果が、相手側の聞き取りにも作用するわけか。

しかし「冒険者」と呼ばれていることは気になるな。

なんと答えようか――

「えぇと……このあたりでは、僕らみたいな人たちを『冒険者』と呼ぶんですか？　僕らの故郷では、僕らのような存在は『探索者《シーカー》』と呼ばれていたんですが」

「へぇ、そうなのかい。よっぽど遠くから来たんだねぇ」

嘘《うそ》にならない範囲で口から出任せを言ってみたが、どうにか話が通ったようだ。

その後、いくつか言葉を交わしてから、農夫風のおじさんと手を振って別れた。どうやら物珍しさから声をかけて来ただけのようだ。

俺はホッと安堵《あんど》の息を吐く。どうにか乗り切ったぞ。

「すごいね、大地くん。よくあんなにスラスラと言葉が出てくるね」

「ホントっすよ。先輩、バイト先での寡黙《かもく》キャラは仮の姿だったっすか？」

「いや、心臓バクバクだった。それっぽい受け答えができたのは奇跡だ。しかし俺たちの背景事情に関しては、何か『設定』を考えておく必要があるな」


ここはどうやら本当に異世界らしい——というのは呑《の》み込んだ上で、対応策を考えないといけない。

「俺たちは異世界からやってきました」と本当のことを言ってしまうのは、いろいろまずい気がする。

だが俺たちの「黒髪」は目立つようだ。今のおじさんの口ぶりによれば、この世界の東方には黒髪の人々がいそうなので、東方出身者ということにするか？


でもそれだと、何かあったときにボロが出そうだ。東方のことを知っている人に出会ったときに、どうして嘘をついたと詰められるとまずい。


となると——

『記憶喪失』の線で行くか。俺たちは気が付いたらあの丘の上にいた。それ以前の記憶はない、という方向で」

「それが一番マシそうっすね」

「ううっ……私ずっとついていけてない……。もう全部大地くんに任せるよ。私の身の安全は大地くんに委《ゆだ》ねられたよ。頼りにならないお姉さんでごめんなさい……」

風音さんが両手で、俺の手をぎゅっと握ってくる。しょぼーん(´・ε・`)とした顔で、俺を見詰める風音さんである。

異世界に来たことに戸惑って、未だにどうしていいか分からないんだろうな。

まあ、普通はそうだよなという気もする。しばらく俺が引っ張ってあげたほうがよさそうだ。

「分かりました。俺も何か判断ミスするかもしれないですけど、そのときはすみません」

「ううん、そんなのは全然大丈夫。私が決めたら、多分その何倍も判断ミスするもん。大地くんにいろいろ決めてもらった方が絶対いい」

「うちも基本、先輩に従うっすよ。先輩はいざというときには頼りになるっす」

「責任重大だな」

二人からの信頼が重い。

が、こういうときは男子の俺がしっかりしないといけないみたいな、ちょっと古臭い価値観も俺は持ち合わせているのだ。

よし、頑張ろうっと。

＊＊＊

三人でしばらく街道を進んでいくと、やがて街の門の前までやってきた。

門の前では、通行チェック待ちの人々が並んでいる。

門番は門を通ろうとする一人ひとりと、それぞれいくつかの言葉を交わし、しかる後に門の通行を許しているようだ。

やがて数人分のチェックが終わり、俺たちの番がやってきた。

「冒険者のようだが、見掛けない顔だな。それにその黒髪。遠くから旅をしてきたのか？」

門番は出会い頭に、そう問いかけてきた。

俺は考えておいた通りの設定を口にする。

「俺たち気が付いたら、この街が見えるあの丘の上にいたんですけど、それより前の記憶がないんです。それで、ひとまずこの街に来てみようと思って」

俺はそう言って、自分たちが最初に立っていた丘がある方角を指さした。

自分で言っていて、さすがに無理がある設定だったかとも思ったが、ほかに冴《さ》えた方法が思い浮かばないのも事実だ。

応対する門番は、眉間《みけん》にしわを寄せる。

「記憶喪失だというのか。しかも【翻訳】スキル持ちの冒険者か……。俺だけでは判断できんな。悪いが列を外れて、少し待っていてもらえるか。——おーい、ちょっと手伝ってくれ！」

門番が近くにあった小屋に声をかけると、しばらくして、小屋の中から別の男が現れた。

その男が俺たちの応対を始める。

俺たちは、いざとなったらいつでも逃げられるように心の準備をしながら、男の指示に従った。

いくつかの質問を受け、答えていく。元の世界に関することを除いて、正直に答えた。

男は、基本的に親切な対応をしてくれたが、俺たちが危険人物でないかどうかを疑っているようだった。

俺はできるだけ丁寧かつ穏当に、自分たちの無害さをアピールした。

しばらくして、話がまとまった。

ある条件を満たせば、門をくぐっていいと言われた。

その条件とは——

「入市税……ですか？」

「ああ。一人あたり銀貨1枚だ。これはキミたちだけじゃなく、よそ者がこの街に入るためには必ず支払わなければならないものだ」

「銀貨……俺たち多分、お金は持っていないと思います。ほかに何か……たとえば、物で支払うとか、労働で支払うとかはできませんか？」

「そうだな。冒険者だったら『ＨＰポーション』などのアイテムは持っていないか？　三人分の入市税だったら『ＨＰポーション』二本でいいぞ」

「『ＨＰポーション』ですか。——風音さん、確か二本、【アイテムボックス】に入っていたと思うんですけど」

「う、うん。今出すね――【アイテムボックス】！」

風音さんは【アイテムボックス】を出現させ、そこから「ＨＰポーション」を二本取り出す。

ちなみに【アイテムボックス】を出しても、特に驚かれたりはしなかった。

風音さんが「ＨＰポーション」を二本渡すと、男はしげしげとそれを見てから、こうつぶやいた。

「【アイテム鑑定】をしてみたが、確かにどちらも『ＨＰポーション』のようだ。よし、通っていいぞ」

「「「ありがとうございます」」」

俺たち三人は男にお礼を言ってから、街の門をくぐった。

な、何とかなった……。俺はホッと息をつく。

と、次の瞬間――

門をくぐって街の中に踏み込んだ直後に、「ピコンッ」と何かの音がした。

それと同時に、視界に「メッセージボックス」が現れる。

ステータスを開いたときと同じような半透明のボードで、そこにはこう記されていた。

ミッション『人口３０００人以上の街に到達する』を達成した！

パーティ全員が１０００ポイントの経験値を獲得！

新規ミッション『人口１万人以上の街に到達する』が発生！

▼現在の経験値
六槍大地……６８４４５／７８５７７（次のレベルまで：１０１３２）
小太刀風音……６８４４５／７８５７７（次のレベルまで：１０１３２）
弓月火垂……６８４４５／７８５７７（次のレベルまで：１０１３２）

ほう……？

これが「ミッション」か。

いろいろ不思議なことはあるが、雰囲気はなんとなく分かった気がする。

また「限界突破イベントガイド」の冊子を確認すると、ミッション一覧にある「人口３０００人以上の街に到達する」に「ミッション達成」というハンコのようなものが押され、新たに以下のミッションが追加されていた。

・人口１万人以上の街に到達する……獲得経験値３０００

スタンプラリーか何かですか、という感想はさておき。

この本、自然に新たな記述が書き込まれるんだな。そんな気はしていたけど。

ファンタジー現象の大バーゲンセールって感じだ。

さておき、ようやく街に入ることができた俺たちは、ひとまず大通りをまっすぐに進んでいく。

目指すは――「冒険者ギルド」だ。

＊＊＊

門をくぐると、ファンタジーアニメで見るような中世ヨーロッパ風の街並みが、俺たちの眼前に広がっていた。

門からまっすぐに進む道は、この街のメインストリートのようだ。

馬車がすれ違えるほどの道幅があり、石畳《いしだたみ》が敷かれている。

その左右には、住居がずらりと立ち並ぶ。住居の多くは三角屋根の木造建築。

メインストリートには、たくさんの人々が行き交っている。

その中にはちらほらと、異種族らしき姿も見受けられた。猫耳が生えた少女。耳が尖《とが》った細身の美男子。背が低くずんぐりむっくりとした、立派な髭《ひげ》を生やした小男など。

道行く人々の中には、俺たちと同じように武装をしている人も見受けられる。杖やローブを装備した魔法使い風の女性に、鎧《よろい》や武器を身につけた戦士風の男――

「ふぇぇっ……めっちゃファンタジーっすねぇ……」

「すごぉい……。ていうか、こんな中で『黒髪』ってだけで、そんなに目立つかなぁ」

「まあ黒髪の人は俺たち以外に見掛けないから、分からないでもないですけどね」

三人で思い思いの感想を漏らしながら、街のメインストリートを歩いていく。

五分ほど歩くと、街の中央広場と思《おぼ》しき場所にたどり着いた。

広場はロータリーのようになっていて、真ん中には噴水がある。

そこを左折して、別の通りに入っていく。

これは門番の人から教えてもらった「冒険者ギルド」へと向かう道だ。

「冒険者」は、モンスターと戦うことを生業《なりわい》とした、フリーランスの職業なのだとか。

それがどうも俺たち――探索者《シーカー》と似たような能力、というかほぼ「同じ能力」を持った人々らしい。

スキルや魔法を使って戦うし、【アイテムボックス】や【アイテム鑑定】などスキル詳細や、使うアイテムの内容まで一緒のようだ。

ただし、どうやら「ダンジョン」に相当するものは、だいぶ違うみたいだ。

モンスターも、ダンジョンの外を平気で闊歩《かっぽ》しているという。

それってどういう状態なんだ、と思うけど。そのあたりの詳しいことまでは、根掘り葉掘り門番の人には聞いたりはしなかった。

ただこの世界で探索者《シーカー》の能力を使って食っていくとしたら、最も手っ取り早いのが「冒険者」になることだということは分かった。

俺たちは今、この世界で通用する所持金がゼロの状態だ。

生きていくためにお金が必要なのは、この世界でも同じ。この世界でお金を稼ぐ手段が必要だ。そのために「冒険者」になる必要がある。

そして冒険者になるには、まずは「冒険者ギルド」に行くこと。

というわけで、俺たちはひとまずその場所を目指すことにした。

門番から聞いた話を頼りに街を歩いていくと、やがて目的の建物の前に到着した。

石造りの堅牢《けんろう》な建物で、スーパーマーケットほどの広さがある。

看板には「冒険者ギルド・フランバーグ支部」と異世界の文字で記されていた。

異世界の文字なのに、なぜか読める。これも【翻訳】スキルの効果だろうか。

俺はごくりと唾《つば》をのみ、入り口の扉に手をかけ、扉を開いて建物の中へと踏み込んでいく。風音さんと弓月も、おっかなびっくり俺についてきた。

建物の中、入り口付近は、役所のような雰囲気だった。

受付窓口がいくつかあり、職員が利用者対応を行っている。元の世界の「ダンジョン総合窓口」を彷彿《ほうふつ》させる光景だ。

ただ俺たちに馴染《なじ》みのあるダンジョン総合窓口とは、決定的に違う点が一つあった。

建物の敷地の半分ほどが、酒場のようになっているのだ。

そこで何組かのグループが、まだ昼過ぎだというのに酒を呷《あお》っていた。

窓口や酒場の利用者たちは、俺たち探索者《シーカー》と似たような格好をしている。中には少数だが、異種族らしき姿も見受けられた。

彼らが「冒険者」なのだろう。

冒険者たちの多くは、俺たちが建物内に踏み入ると、じろじろと不躾《ぶしつけ》な視線を送ってきた。

中には風音さんや弓月の容姿を見てか、ヒューッと口笛を吹いてニヤついた男もいる。

風音さんと弓月が、俺の背中に隠れるようにして身を潜《ひそ》めた。不安なんだと思う。

俺も不安じゃないと言ったら嘘になるが、彼女と後輩に頼られたら「男」をやりたくなるぐらいの甲《か》斐性《いしょう》はあるつもりだ。

すると先ほど口笛を吹いた男と、その連れらしき男たちが、酒場の席から立ち上がった。

赤ら顔の男たちは、何を思ったのか、俺たちに向かって歩み寄ってくる。

人数は三人。彫《ほり》が深い白人顔で、髪の色は褐色《かっしょく》やブロンド。歳《とし》は二十代の中頃ぐらいに見える。いずれもへらへらとニヤついた顔をしていた。

そいつらは俺たちの前まで来ると、俺を無視して風音さんと弓月に向けて声を掛けてきた。

「よう、お嬢ちゃんたち。ここらじゃ見ない顔だが、東国出身のお姫様かい？　ヒック」

「へへへっ、この街は初めてだろぉ？　俺たちが案内してやるよ」

「こんなナヨナヨした兄ちゃんよりも、俺たちのほうが頼りになるぜぇ。ヒャハハハッ」

吐く息が酒臭いし、足取りもややふらついているように見える。

ほかの冒険者らしき人たちは、成り行きを面白がって見ているか、我関せずという様子だった。

面倒事に巻き込まれたことだけは間違いない。

一方、声を掛けられた風音さんと弓月はというと、それぞれが俺の左右の腕にぎゅっと抱き着いてきた。

「け、結構です！　ていうかこの人、私の彼氏ですから！」

「う、うちも遠慮するっす！　うちはこの人の愛人っすから！」

……おい待て、風音さんはいいとして弓月。

この場を逃れるための嘘だとしても、その設定はどうなんだ？　ていうか本命がいる隣に愛人とかおかしいだろ。

だが状況的に、一度出してしまった設定を引っ込めるわけにもいかない。

仕方がないので俺は、二人を片腕ずつで抱き寄せる動作をする。

そして心の中で深呼吸してから、赤ら顔の男たちへ、こう言い放った。

「そういうわけなんで、俺の女にちょっかいかけるのやめてもらえますか？」

この場を乗り切るための演技でも恥ずかしい。ギルド中の視線が俺たちに向けられている。

さて、男たちがどう出るか——と思っていると、彼らはあからさまに舌打ちをした。

「チッ、なんだよ。ハーレム野郎かよ」

「こういうやつ、意外と強《つえ》ぇんだよ。舐《な》めてかかるとボコボコにされるに決まってる。俺は詳しいんだ」

「やめだやめだ。飲みなおそうぜ」

男たちはあっさりと引き下がって、酒場のテーブルに戻ってしまった。あれぇー？

だが、どうやら面倒事は避けられたようだ。ホッと一息。

風音さんと弓月が、俺に抱き着きながら、耳元でささやきかけてくる。

「大地くん、なかなか言うじゃん」

「し、仕方ないでしょうこの場合」

「にひひっ。うち、先輩の女っすか？」

「あのな。お前が愛人とか意味不明な設定作るから悪いんだぞ」

ともあれ謎のトラブルは回避できた。

俺たちは密着していた身を離して、窓口へと向かった。

＊＊＊

この世界でのお金を稼ぐ手段を得るために、「冒険者ギルド」にやってきた俺たち。

総合受付と思しき窓口へ向かおうとすると、その隣の窓口からこのような声が聞こえてきた。

「お待たせしました。こちら8個の魔石の買い取りで、合計額は銀貨8枚になります」

隣の窓口――「魔石買取」と札が出された窓口の受付嬢は、くすんだ銀色の貨幣を8枚、トレーに載せて差し出す。

冒険者であろう男が貨幣を受け取って、財布らしき小さな巾着袋に入れて立ち去った。

魔石買取、か。

この異世界と、俺たちの世界のダンジョン事情とは、どういうわけか共通点が多い。

ひょっとすると、俺たちが今持っているフレイムスカルやガーゴイルの魔石も、換金できるかもしれないな。

ともあれその前に、総合窓口だ。

俺たちが窓口に立つと、受付嬢が営業スマイルを浮かべて声をかけてきた。

「いらっしゃいませ。今日はどういったご用件でしょうか?」

「冒険者になりたいんですが、どうしたらいいでしょうか?」

すると受付嬢は、目をぱちくりとさせた。

「えぇっと……まだわが国のギルドで冒険者登録をされていない、ということでしょうか？　皆様が身に着けていらっしゃる武器や防具は、かなり上級のものとお見受けしますが……」

「はい、そんなところです」

「そうですか、失礼いたしました。それではまず、こちらの用紙に氏名などをご記入ください。読み書きはできますでしょうか？　こちらで代筆をすることもできますが」

「自分で書けると思います……多分」

受付嬢から渡された用紙には、氏名や性別などの記入欄があった。

用紙に書かれている文字は、看板などの文字と同じようにこの世界の言語だが、俺は普通に読むことができた。

ペンを受け取って、必要事項を記入していく。

書けるかどうか緊張したが、俺はこの異世界の文字で必要項目を記入することができた。これも【翻訳】スキルの効果だろう。

「では次に、ステータスをお見せください。現在のレベルなどを確認いたします」

「ステータスっていうと……【ステータスオープン】――これで大丈夫ですか？」

「はい、ありがとうございます。――わっ、レベル２５ですか。ベテランの方だったんですね」

「えっ……あー、まあ、はい」

ステータスも、この世界で普通に通用するようだ。

あと２５レベルはベテラン扱いなのか。

受付嬢に質問してみよう。

「あの、つかぬことをお聞きしますが。このせか……一般的な『冒険者』のレベルって、25レベルまでしか上がりませんか？」

「……？　はい。『限界突破の試練』に遭遇した冒険者でなければ、通常は25レベルが上限のはずですが」

受付嬢はわずかに訝《いぶか》しむような素振りを見せる。

これ以上、変なことを聞くのはやめておいたほうがいいかもしれないと思い、お礼を言って対話を切り上げた。

その後、風音さんと弓月も同じように手続きをして、三人分の「冒険者登録」が完了した。

するとまた「ピコンッ」と音がして、メッセージボックスが開いた。


ミッション『冒険者ギルドで冒険者登録をする』を達成した！

パーティ全員が1000ポイントの経験値を獲得！

▼現在の経験値
六槍大地……69445／78577（次のレベルまで：9132）
小太刀風音……69445／78577（次のレベルまで：9132）
弓月火垂……69445／78577（次のレベルまで：9132）

今回は「新規ミッション」は出なかったか。

俺たちはその後、受付嬢からこの国の冒険者に関する説明をひと通り受けてから、総合窓口をあとにする。

そして次には、すぐ隣にある「魔石買取窓口」へと向かった。

＊＊＊

俺は魔石買取窓口に行くと、ガーゴイルの魔石とフレイムスカルの魔石をそれぞれ１個ずつ、受付嬢に提示した。

「この二つの魔石なんですが、それぞれいくらになりますか？」

「こちらの二種類ですね。確認いたしますので、少々お待ちください」

受付嬢は虫眼鏡《むしめがね》のような道具を使って、魔石をのぞき込む。

俺たちが元いた世界であれば、ガーゴイルの魔石は１個７５００円、フレイムスカルの魔石は１個９０００円での買い取り価格（額面）だった。

魔石の買い取り価格は、魔石が蓄えている「パワー」によって決まるというのが、俺たちの世界での扱いだ。

コボルドの魔石ならば、パワー４なので４００円。キラーワスプの魔石ならば、パワー

２０なので２０００円といった具合だ。

したがって、ガーゴイルの魔石ならパワー７５、フレイムスカルの魔石はパワー９０ということになる。

この世界の物価はまだしっかりとは把握していないが、この冒険者ギルドに来るまでに見掛けた出店の値段などから判断するに、銅貨１枚＝１００円、銀貨１枚＝１０００円程度と見ておけば大きく外れなさそうだ。

そこから期待される、ガーゴイル、フレイムスカルの魔石の買い取り価格は――

「これは……どちらもかなり高位の魔石のようですね。こちらの魔石は銀貨７枚半、もう一方の魔石は銀貨９枚での買い取りになります。買い取らせていただいてよろしいですか？」

ドンピシャだ。この金額なら普通に売りでいいだろう。

「じゃあこれを全部、買い取りでお願いします」

俺はあらためて、手持ちの魔石をすべて提示した。

全部でガーゴイルの魔石が１２個、フレイムスカルの魔石が９個だ。

それを見た受付嬢が、目を丸くする。

「こ、このレベルの魔石を、こんなにたくさん……!?　どちらでこれを……あ、いえ、入手経路を問う必要はありませんね。すべて本物かどうかだけ確認させていただきます」

受付嬢は虫眼鏡を使って、粛々《しゅくしゅく》と魔石の確認をしていく。

やがて確認を終えると、トレーに貨幣を載せて渡してきた。

「お待たせしました。合計で金貨１７枚と、銀貨１枚での買い取りになります」

黄金色《こがねいろ》の貨幣が１７枚と、銀色の貨幣が１枚。

金貨１枚は１万円と思っておけばよさそうだな。

俺は貨幣を受け取ると、受付嬢にお礼を言って窓口を離れた。

そして風音さん、弓月と寄り集まって、安堵の息をついた。

「とりあえず当座の生活費は手に入ったみたいです」

「大地くん、すごぉい！」

「ホントっすね。六槍先輩、こういうときは意外と頼りになるっす」

「『意外と』は余計だ」

俺は弓月の頭を、コツンと軽くたたく。弓月はてへっと舌を出して、いたずらっ子の顔をした。

いやまあ、俺も自分で「意外とやるな俺」って思ってるけど。一つ一つの物事が、うまくやれるかどうか心臓バックバクですわ。

さて、この１７万円分ぐらいのお金があれば、当面は生きていくため資金に困ることはないと思う。

あとは今後の収入源の確保だな。

総合窓口の受付嬢から聞いた話によると、「冒険者」は主に「クエスト」をこなすことによって収入を得るのだという。

魔石の換金ではないのかと言うと、それも収入源の一部ではあるが、それだけでは普通は暮らしていけないのだそうだ。

このあたりは俺たちの感覚だとよく分からないが、まあ現地の人がそう言うからにはそうなんだろう。

今の魔石換金窓口の人の反応を見るに、高額魔石を多数手に入れるのは稀有《けう》なことなのかもしれない。

なお「クエスト」とは何かというと、冒険者に依頼される仕事のことらしい。

依頼された仕事を達成すれば、指定された報酬が支払われるのだとか。

このあたりも、実際に触ってみたほうが分かりやすいだろう。

俺たちは受付嬢から教えられた「クエスト掲示板」のほうへと向かった。

＊＊＊

冒険者ギルドの入り口付近にある、大型の掲示板——通称「クエスト掲示板」。

これは日々の「クエスト依頼書」が貼り出される場所で、仕事がほしい冒険者たちが定期的に確認しにくるのだという。

特に早朝は貼り出されるクエストの数が多く、掲示板前はたくさんの冒険者でごった返して、クエスト争奪戦の様相になるのだとか。

昼過ぎである今の時間は、掲示板の前はがらんとしていた。

俺たちはそこに行って、貼り出されているクエストを確認してみる。

といっても、貼られているクエストの数は少ない。めぼしいものは持っていかれた後なのだろう。

残っているのは「失踪《しっそう》した猫を探してほしい。報酬：銀貨３枚」だとか「夫の不倫調査をしてほしい。報酬：銀貨５枚」だのといった、それはモンスター退治の専門家に頼むようなものなのか？　と問いたくなるようなものばかり。

しかも報酬が、こんなのを引き受けていて生活できるのかと疑いたくなるほど安い。

ただ冒険者は街の何でも屋として扱われている側面もあり、こういったクエストでも、食い詰めた冒険者なら引き受けることもあるのだとか。

だがそんな余り物だらけのクエスト掲示板の前に、ギルドの職員らしき人物がやってきた。

職員は一枚のクエスト依頼書を掲示板に貼りつけると、その場から立ち去っていく。

クエスト概要……ゴブリン退治
クエストランク……Ｅ（推奨レベル：５レベル～）
依頼人……ウォルズ村の村長

クエスト内容……村の近くの洞窟《どうくつ》に棲《す》みついたゴブリンの群れを退治してほしい。

補足……見込まれるゴブリンの数は十体から二十体程度。ホブゴブリン、ゴブリンアーチャー、ゴブリンシャーマンらしき個体の目撃報告もあり。

報酬……金貨１２枚

こんな内容のクエスト依頼書が、今、俺たちの目の前に現れたのだ。

ところで、今の俺たちに与えられているミッションのうち、未達成のものをピックアップするとこんな感じになる。

・人口１万人以上の街に到達する……獲得経験値３０００
・ゴブリンを１０体討伐する（０／１０）……獲得経験値２０００
・Ｅランククエストを１回クリアする（０／１）……獲得経験値２０００

これはひょっとして、相当なチャンスなのでは……？

ていうかこのクエスト依頼書、すぐに取らないと、ほかの冒険者たちに持っていかれてしまうのでは？

俺は風音さんと弓月のほうを見る。

二人はぶるぶると首を横に振って、また「どーぞどーぞ」といった様子で俺に判断を委ねてきた。

――ええい、ままよ！

俺はクエスト依頼書をはがして手に取った。

周囲をきょろきょろと見回すと、酒場で飲んでいた冒険者たちの何人かが、椅子から上げた腰をまた下ろしている姿が見えた。

あっぶねー。躊躇《ちゅうちょ》していたら、絶対取られてたなこれ。

「……取っちゃいました」

「取っちゃったね」

「異世界でいきなりの初仕事っすよ」

取ってしまったものは仕方がない。

俺はクエスト依頼書を持って、クエスト受付窓口へと向かった。

そして、クエストを受託《じゅたく》する。

このクエストを依頼したウォルズ村は、街を出て数時間ほど歩いた場所にあるらしい。

しかもクエスト依頼を持ってきたウォルズ村の村人がまだギルド内にいて、村まで案内してくれるという。

俺たちは最低限の準備を整えた後、半ば成り行き任せで街を出て、案内をしてくれる村人とともにウォルズ村へと向かった。

＊＊＊

村人の案内で街を出て、のどかな街道を歩いていくこと数時間。

俺たちは目的地であるウォルズ村にたどり着いた。

道中は、新鮮な光景でいっぱいだった。草原、森林、小麦畑、牛馬をひく農夫、河川と橋、エトセトラ。

たどり着いたウォルズ村も、一面の麦畑や牧草地に囲まれた牧歌的な集落だった。

木造の柵に囲まれた敷地内の住居の数は、五十あるかないかぐらい。

日が暮れ始めるぐらいの時間に到着した俺たちは、そのまま村長の家へと案内された。

村長宅では、広めの応接室に通されて席を勧められ、三人分のお茶を用意してくれた。

着席した俺たちの向かいに座るのは、この村の村長だ。

老齢に差し掛かったぐらいの歳で、穏やかそうな人柄に見えた。

「よくぞおいでくださいました、冒険者の皆様。皆様には、村の近くの洞窟に棲みついたゴブリンどもの討伐をお願いしたいのです」

そう言って村長は、洞窟の場所を教えてくれた。

洞窟は、村を出て森の中を小一時間ほど歩いたところにあるらしい。村人の一人が案内してくれるという。

それから村長は、苦々しい顔をしてこう付け加えた。

「この村に住んでいた狩人《かりゅうど》の一人が、ゴブリンどもに殺されたのです。このままやつらを野放しにしておけば、より多くの村人が被害に遭うやもしれません。どうか冒険者様、ゴブリンどもを退治してくだされ」

「分かりました。最善を尽くします」

俺は緊張しつつも、そう答えた。

モンスターに人が殺された――俺たちの世界のダンジョンでは、滅多に聞かない話だ。

隣では風音さんと弓月も、神妙に息をのんでいた。

この世界では、ダンジョンの外にもモンスターが徘徊《はいかい》しているらしい。

俺たちの世界でも過去にはそのようなことがあったというが、現在は一般市民の目に触れるところにモンスターが現れることはまずない。

モンスターがいるのはダンジョンの中だけ。モンスターを実際に目にするのも、その脅威《きょうい》に晒《さら》されるのも探索者《シーカー》だけだ。

その点は、この異世界と俺たちの世界とでは、大きく事情が異なる。

というかこの世界、俺たちの世界のそれと同じ意味での「ダンジョン」が、あまり一般的ではなさそうなんだよな。

ひと通り話を聞き終えた俺たちは、さっそくゴブリン退治に向かうことにした。

だがそこで、一つ事件が起きる。

村長宅を出ようとしたとき、家の扉がけたたましく叩《たた》かれる音がした。

村長が応対に出ると、村人らしき男が慌てた様子でこう訴えた。

「大変だ、村長！　チェルシーのやつが、一人でゴブリンの洞窟に行っちまったらしい！」

「なんじゃと⁉　愚《おろ》かなことを。冒険者に依頼するから先走るなと、あれほど言っておいたというのに」

「えっと……どういうことですか？」

俺が聞くと、村長は再び苦々しい表情を見せつつ事情を説明した。

「チェルシーは、ゴブリンどもに殺された狩人の娘なのです。そして『覚醒者』でもあります」

「『覚醒者』？」

「はい。いずれは村を出て、冒険者になるのだと息巻いておりました。ですがそんな矢先、ゴブリンどもに父親を無惨に殺されたのです」

どうやら「覚醒者」というのは、俺たち探索者《シーカー》と同様の力を得た人のことをいうらしい。

実戦経験ゼロの1レベル探索者《シーカー》といったところか。

「たとえ『覚醒者』とて、ろくな経験も積んでおらぬ者がたった一人でゴブリンの群れを討伐しにいくなど、無謀すぎます。冒険者様、勝手を承知でお頼み申します。どうかチェルシーを、ゴブリンどもの魔の手からお救いいただけませんか？　追加の報酬もどうにかお支払いいたします。どうか、どうか」

村長はそう言って、俺たちを拝んできた。

事態を知らせにきた村人もまた、頭を下げてくる。

さらに条件を詰めると、救助できなくてもペナルティはなし。救助できたら金貨3枚の追加報酬を約束された。

さて、どうするか――

風音さんと弓月を見ると、二人は俺をまっすぐに見つめてうなずいてきた。

まあ、そうだよな。

「分かりました。俺たちにできる限りのことはします。今すぐ出立するので、洞窟までの道案内をお願いします」

「ありがとうございます！　ありがとうございます！」

村長たちから何度もお礼を言われた。

会ったこともない異世界の住人といっても、自分にかかわりがあるところで人が死ぬのは気持ちのいいことじゃない。できることなら助けてやりたいと思った。

と、そのとき――

ピコンッと音がして、視界にメッセージボックスが現れた。

特別ミッション『ゴブリンの洞窟に向かった村娘を救助する』が発生！

ミッション達成時の獲得経験点値……2000ポイント

驚いた。弓月と風音さんも、目を丸くしている。

「び、びっくりしたっす」

「ふぇぇっ、こういうのもあるんだ」

想定していなかったボーナスミッション。これが「特別ミッション」か。

だがそれよりも、今は一刻を争う事態だ。

俺たちは村人の案内で、ゴブリンが棲みついたという洞窟へと急ぐ。

手遅れにならなければいいが——

そのチェルシーという狩人の娘が、俺たちがたどり着くまで無事でいてくれることを祈るしかなかった。

＊＊＊

——Ｓｉｄｅ：チェルシー——

しばらく前のこと。

狩人の娘チェルシーは、村人たちの目を盗んで村を出た。

齢《よわい》十四の娘はたった一人、鬱蒼《うっそう》とした森の中を進んでいく。

その手には、狩りに使う弓。背には雑多な道具を入れた背負い袋と、矢筒に入れた一ダースの矢。腰には獣《けもの》の皮剥ぎなどに使う大型ナイフが提げられていた。

「絶対にこの手で殺してやる、ゴブリンども……！　一匹残らず駆逐《くちく》してやる！」

チェルシーの瞳に宿るのは、怒りと憎悪《ぞうお》だ。

父親を殺したゴブリンたちへの復讐《ふくしゅう》を、彼女は誓っていた。

憎悪の灯《ひ》を絶やさないままに、森の中を進むこと小一時間。

やがて目的の洞窟が見える場所までやってきた。

木の陰から洞窟の入り口をのぞき見て、チェルシーは口元をニィッと歪《ゆが》ませる。

「しめた。一匹でのこのこと」

洞窟の入り口前には、ゴブリンが一体うろついていた。チェルシーの存在に気付いている様子はない。

ほかのゴブリンの姿も、目視可能な範囲では見当たらない。

怒りに目がくらんだチェルシーは、その先の可能性を考えようとはしなかった。

チェルシーは音をたてないように、ゆっくりと背負い袋を地面に下ろす。

そして矢筒から一本の矢を取り出して、弓につがえた。

木の陰から慎重に身を乗り出し、弓矢の狙いを定め、矢を放った。

――ギィンッ！

チェルシーが放った矢は、ゴブリンに見事命中したかと思えた。

だが矢がゴブリンの肉体を貫くことはなく、小柄なモンスターを覆う不可視の障壁に弾かれてしまった。

「チッ……！　本当に効かないなんて！」

チェルシーはすぐさま弓を捨てると、木の陰から飛び出して、ゴブリンに向かって駆けていく。

ゴブリンもまた、さすがにチェルシーの存在に気付いた。

彼女を迎撃《げいげき》するべく、その手の粗末な小剣を構え、威嚇《いかく》するように叫び声をあげる。

弓を捨てたチェルシーだが、腰のナイフを抜くことはなく、素手で立ち向かっていく。

野生の獣と違って、モンスターには通常の武器による攻撃は通用しないと聞いたことがあった。

モンスターに効果的なダメージを与えられるのは、「魔石」を原料として作られた特殊な武器か、覚醒者の肉体を使った攻撃、あるいは魔法に限られる——というのは、どうやら眉唾《まゆつば》などではなく、本当のことらしい。

だが魔石を原料にした武器などチェルシーは持っていないし、魔法も使えない。

だったら己の肉体で殴り倒すしかない。

「——はぁああああっ！」

ゴブリンの頭部を狙って、回し蹴りを放つ。

蹴りの鋭さは、年若い村娘のものとは思えないほど。

チェルシーが「覚醒者」になったのは、一週間ほど前のことだ。

それまではまったく普通の狩人の娘でしかなく、こんな鋭い身のこなしもできなかった。

チェルシーは「覚醒者」となってから、自らがとてもすごい力を与えられた「選ばれし者」なのだと自覚するようになった。

それは同時に、少女に驕《おご》りを与えていた。

ゴブリンの群れぐらい、自分一人で倒せるに違いないと勘違いしてしまうほどに。

「なっ……!?」

ゴブリンの頭部を狙った回し蹴りは、ぶんと音を立てて空振りした。

ゴブリンが思いのほか素早い動きで、身を屈《かが》めて回避したのだ。その身のこなしの鋭さは、ほとんどチェルシーと変わらないほど。

そしてゴブリンは、バランスを崩したチェルシーの腹部に、小剣の刃《やいば》をぐさりと埋め込んできた。

「あぐっ……！」

刃が引き抜かれると、ゴブリンが手にした小剣は、真っ赤な血に染まっていた。

その刃を振りかぶり、さらに一撃を加えようとしてきたので、チェルシーは慌てて後退して距離を取った。

「くっ……！　はぁっ、はぁっ、はぁっ……！」

腹部に手を当てると、手にべっとりとした真っ赤な血がたっぷりと付いた。

チェルシーの額に脂汗がにじむ。

ゴブリンは血濡《ちぬ》られた小剣を片手に、ニタニタと笑いながら、チェルシーに歩み寄ってくる。

チェルシーは一歩、二歩と後ずさる。

「こ、こんな……こんなはずじゃ……」

自分よりも頭一個は小柄な怪物に、チェルシーは怯《おび》えていた。

自分は「覚醒者」になったのだ。ゴブリンなんかに後れを取るはずがない――

そんな自信は、早くも粉々に打ち砕かれようとしていた。

しかも、チェルシーの士気を挫《くじ》くのに十分な出来事が、もう一つ起こった。

「キシャーッ！」

「キヒヒヒッ！」

「キヒャヒャヒャッ！」

洞窟の暗闇の中から、一体、また一体と、多数のゴブリンたちが姿を現したのだ。

中には弓を手にしているものや、体が大きいもの、魔術的な格好をしたものもいた。

「あっ……ああっ……！　――や、やだ……いやぁあああ！」

少女はゴブリンたちに背を向けて、一目散に逃走を始めた。

チェルシーの怒りと憎しみは、恐怖によって塗りつぶされていた。

絶対に敵《かな》わない。あいつら全部を自分一人で倒すなんて、どう考えたって不可能だ。

逃げるチェルシーを、ゴブリンたちが追いかけてくる。

チェルシーは木々の根っこに足を取られ、転びそうになりながら、必死に走った。

やがて、ひゅるるるるっと風切音が聞こえてきて――

「うあっ……！」

ぐさりと、チェルシーの太ももに何かが突き刺さった。

ゴブリンたちのほうから飛んできた、一本の矢だった。

チェルシーはたまらず転び、地面を転がってしまう。

矢はすぐさま黒い靄《もや》となって消え去ったが、チェルシーが負った怪我《けが》がなくなるわけではない。

「いやっ……誰か……助けて……」

チェルシーは痛みをこらえて、必死に立ち上がろうとする。

だが彼女を追うゴブリンどもは、今やすぐ近くまで迫ってきていた。

逃げられない。自分はここで殺されるんだ。

そう、お父さんみたいに――

やがて一体のゴブリンが、チェルシーの目の前までやってきた。

小さな怪物が手にした小剣は、真っ赤な血で染まっている。

それが振り上げられ、チェルシーの身を引き裂こうとして――

「させるか――【ロックバレット】！」

聞き覚えのない青年の声。

ほぼ同時に、後方から飛来した岩石弾が、チェルシーの前のゴブリンに直撃した。

＊＊＊

どうにか間に合ったようだ。

村人に案内されてゴブリンの洞窟に向かった俺たちは、その途中でゴブリンの群れに襲われている一人の少女を発見した。

場所は薄暗い森の中。少女に襲い掛かろうとしていた一体のゴブリンに、俺は【ロックバレット】の魔法を放つ。

ゴブリンは岩石弾の直撃を受けて、黒い靄となって消滅、魔石へと変わった。

よし、これなら――

ゴブリンはまだ、十体以上が残っている。その中には、ホブゴブリンが二体、ゴブリンアーチャーが二体、ゴブリンシャーマンが一体混じっていた。

と言っても、この世界でモンスターに遭遇するのは初めてなので、「見た目でそう見えるやつら」ということだが。

この世界の「ゴブリン」は、俺たちの世界の「ゴブリン」と同じものなのかどうか。

俺は少女のもとに駆け寄りながら、魔導士姿の後輩に声をかける。

「弓月、確認頼む！」

「オーライっす――【モンスター鑑定】！　……ん、ステータスはうちらの知ってるゴブリンと同じっすね。ホブやアーチャー、シャーマンも完全一致っす」

よし。【モンスター鑑定】が通るし、ステータスも同じ。倒したときの消滅の仕方も同じだし、魔石になるところも同じ。

ここまで来れば、確定でいいだろう。

この世界のモンスターは、俺たちの世界のモンスターと同様の存在だ。

俺は少女のもとに駆け寄ると、ゴブリンの群れから守るべく少女の前に立つ。

見れば少女は、腹部と脚に深手を負っていた。

「大丈夫か？　あいつらを片付けたら治すから、ちょっとだけ待っていてくれ」

「あ……あなたたちは……？」

「あー……村からゴブリン退治の依頼を受けた『冒険者』だな」

俺が少女とそんな会話をする一方。

少し離れた場所に固まっていたゴブリンどもは、シャーマンの号令一下、俺たちに向かって一斉に襲い掛かってきた。

連中は俺たちの登場に驚き戸惑っていたようだが、ようやく気を取り直したようだ。

武器を振り上げ駆け寄ってくる、ゴブリンやホブゴブリン。アーチャーは弓に矢をつがえ、シャーマンは魔法発動の準備を始める。

だがそれでは、遅い。

「じゃあ風音さん、やっちゃってください」

「オーケー、大地くん！　切り裂け、【ウィンドストーム】！」

俺よりも早く少女のもとにたどり着き、すでに魔法発動の準備を整えていた風音さんが、その魔力を解放する。

ゴゥッと唸《うな》りをあげて、風の刃を大量に含んだ嵐が、ゴブリンの群れを包み込んだ。

魔法の効果範囲に巻き込まれた十体近くのゴブリンは、無数の風刃《ふうじん》に切り裂かれて次々に消滅、魔石となった。

その中には、アーチャーやシャーマンといった遠隔攻撃使いがすべて含まれていた。

効果範囲に巻き込めずに残ったのは、ゴブリンが三体と、ホブゴブリンが一体だけ。

こうなれば、あとの対処は簡単だ。

俺と風音さんの武器攻撃に、弓月の【ファイアボルト】なども織り交ぜて、残党をちゃちゃっと片付けた。

あとには地面に落ちた十数個の魔石が残るばかりとなる。

風音さんと弓月が、それを拾って回った。

「す、すごい……あのゴブリンたちを、あっという間に……これが、プロの冒険者の実力……」

助けた少女は、目を丸くしていた。

俺は、ぺたんと座り込んだ少女の前で膝をついて、治癒を施してやる。

「治癒魔法を使うぞ――【アースヒール】」

治癒の光が、少女の体を包み込む。

苦しげだった少女の表情が、すぐに和《やわ》らいだ。

「うそ……痛みが消えた……怪我が、全部治ってる……」

少女はまた、驚きの表情を見せていた。

さて、これで目の前の問題はすべて片付いたかな。

するとそのタイミングで、ピコンッと音が聞こえて、メッセージボックスが開いた。


ミッション『ゴブリンを１０体討伐する』を達成した！

パーティ全員が２０００ポイントの経験値を獲得！

特別ミッション『ゴブリンの洞窟に向かった村娘を救助する』を達成した！

パーティ全員が２０００ポイントの経験値を獲得！

新規ミッション『ゾンビを１０体討伐する』（経験値２０００）が発生！

新規ミッション『スケルトンを１０体討伐する』（経験値２０００）が発生！

新規ミッション『オークを５体討伐する』（経験値３０００）が発生！

新規ミッション『オーガを３体討伐する』（経験値５０００）が発生！

新規ミッション『ドラゴンを１体討伐する』（経験値３００００）が発生！

▼現在の経験値
六槍大地……７３４６６／７８５７７（次のレベルまで：５１１１）
小太刀風音……７３５３６／７８５７７（次のレベルまで：５０４１）
弓月火垂……７３４５９／７８５７７（次のレベルまで：５１１８）

ミッションを二つ同時に達成し、経験値がダブルで入った模様。

でも『Ｅランククエストを１回クリアする』は未達成か。

ここで倒した以外にも、まだ条件下のゴブリンが残っているのか。あるいは冒険者ギルドに戻って報告しないと、条件を満たさないのかもしれない。

あと新規ミッションがもりもり増えた。

不穏当《ふおんとう》なものも見えるが、ひとまずそれは置いておこう。

「お待たせ、大地くん」

「魔石拾ってきたっすよ、先輩。全部で１２個っすね」

風音さんと弓月が、魔石を回収して戻ってきた。

俺もまた、足元にあった魔石を拾い上げる。

「じゃあ、これ含めて１３個だな」

ということは、無印ゴブリン以外もミッションの数にカウントされたわけか。

ミッションの文面には多少ラフなところもあるみたいだな。

その後俺たちは、ゴブリンが棲みついたという洞窟へと向かって、その中を探索した。

だがあの場で倒したのが全部だったらしく、洞窟にはもうゴブリンはいなかった。

任務達成を確認した俺たちは、少女を連れて村へと帰還。村長に報告して、約束の追加報酬とたくさんの感謝の言葉を受け取った。

それから村を出て、街への帰路につく。

その頃にはもう、夕日が山間《やまあい》に沈みかかる時刻となっていた。

夕焼け空の下、村をあとにする俺たちの背中に、少女が声をかけてくる。

俺たちが助けた、あの少女だ。

「あ、あの……！　本当にありがとうございました！　私、皆さんみたいな立派な冒険者になれるように頑張ります！」

村の入り口に立って俺たちを見送る少女の瞳には、決意が宿っているように見えた。

あと、なんだか俺たちが、憧《あこが》れの存在みたいになっている気がする。

「大地くん、何か言葉かけてあげなよ」

「え、俺ですか？」

「そーっすよ。先輩がうちのリーダーじゃないっすか」

「待て。いつからそうなった」

　だが俺の抗議もむなしく、風音さんと弓月に背中を押された俺は、何かを言わなければならない立場に立たされてしまった。

　はぁっ……しょうがない。

　俺はできるだけ先輩冒険者らしい顔を作って、少女に声をかける。

「ああ、頑張って。でも無理はするなよ。次に同じようなことがあっても、俺たちは助けに来られないからな」

「はい！　無理をしないように頑張ります！　ありがとうございました！」

　深々と頭を下げ、その後に手を振ってくる少女に、俺たち三人も手を振り返す。

　そして今度こそ、街へと向かう道を歩き始めた。

＊＊＊

　ウォルズ村を出てから数時間歩いて、街の近くまで戻ってきた。

　村を出たときには日の入りの時刻だったが、今はもうとっぷりと日が暮れて、あたりは夜闇に包まれている。

　ランタン（村に向かう前に購入しておいた）の灯《あか》りを頼りに歩いてきた俺たちだったが、

街を目《ま》の当《あ》たりにして、驚くべき光景を目の当たりにすることになった。

街の門扉《もんぴ》が、門番によって今にも閉じられようとしていたのだ。……え、マジで？

だが扉を閉じようとしていた門番は、その最中に、俺たちの姿に気付いたようだ。

扉を閉じる動作を中断し、俺たちに向かって声をかけてくる。

「おーい、そこの三人！　街に入るなら、早くしてくれ。もう門を閉じる時間だからな」

「「は、はいっ！」」

俺たちは慌てて、街の中へと駆け込んだ。間一髪セーフ。

扉を閉めた門番は、俺たちの姿を近くで見て、「ああ」と納得した声をあげる。

「昼間のキミたちか。街の門は八時には閉じるからな。街に入りたければ、その前には戻ってくるように」

昼間に俺たちの応対をしてくれた門番だった。

なるほど、街の門限なんてものがあるのか。

二十四時間動いている街が当たり前の世界に慣れていると、こういうのは意表を突かれる。

「そういえばダンジョン時計の時間、合ってるんだ。今、二十時一分になってる」

風音さんが魔石由来の時計を見て、そう口にする。

俺たちの世界とこの異世界、いろいろ噛《か》み合《あ》ったり噛み合わなかったりするな。

ともあれ、どうにか街には滑り込めた。

ひとまず冒険者ギルドへと向かうと、窓口でクエスト達成の報告をする。

確認作業があった後に、クエスト達成が認められた。

「お待たせしました。クエスト報酬の金貨１２枚です。獲得した魔石は、魔石換金窓口で別途換金してください」

トレーに載せて、黄金色の貨幣が１２枚差し出される。

俺はそれを三等分して、風音さんと弓月に取り分を配り、残った４枚の金貨を自分の財布の小銭入れに放り込んだ。

なお金貨や銀貨の大きさは、かなり小さい。どちらも一円玉と同じかそれ以下ぐらいの大きさなので、あまり小銭入れを圧迫しない。

しかし金貨４枚——およそ４万円相当かぁ。

このクエストの達成には、往復でだいたい八時間ぐらいかかったんだろうか。

一人４万円の報酬なら、悪くはない気がする。

でもそれもゴブリンの群れを相手にするのが楽勝だったからであって、もっと死にそうな目に遭っていたら割に合わないと思ったかもしれない。

ちなみにこっちに来てからは、収入は等分することにしていた。

万が一、はぐれたりしたら大変だし、元いた世界とはいろいろと勝手が違うからな。

そして報酬を受け取ったのとほぼ同時に、ピコンッと音が聞こえた。

いつものようにメッセージボックスが開く。

ミッション『Ｅランククエストを１回クリアする』を達成した！

パーティ全員が２０００ポイントの経験値を獲得！

新規ミッション『Ｄランククエストを１回クリアする』（経験値３０００）が発生！

新規ミッション『エルフの集落に到達する』（経験値３０００）が発生！

新規ミッション『ドワーフの集落に到達する』（経験値３０００）が発生！

▼現在の経験値
六槍大地……７５４６６／７８５７７（次のレベルまで：３１１１）
小太刀風音……７５５３６／７８５７７（次のレベルまで：３０４１）
弓月火垂……７５４５９／７８５７７（次のレベルまで：３１１８）

よしよし、ミッション達成判定が入ったな。

達成条件を満たしていないんじゃないかと内心恐々《きょうきょう》としていたが、これでひと安心だ。

新規ミッションのおかわりも来た。ミッションが多いのはいいことだ。達成しないことによるペナルティがあるわけでもなさそうだし。

俺たちはさらに、魔石換金窓口で魔石の換金を行った。

ゴブリンの魔石8個、ホブゴブリンの魔石2個、ゴブリンアーチャーの魔石2個、ゴブリンシャーマンの魔石1個で、合計額は銀貨9枚と銅貨6枚だった。

これも三人で分配して、財布にしまい込む。

確かに魔石分は、クエスト報酬と比べると誤差みたいな金額だな。

それにしても――

「今日は疲れたな……」

「本当だよ～。こっちの世界に来る前から数えたら、今日はもう十二時間ぐらい動きっぱなしなんじゃない？」

「それにうち、お腹減ったっすよ。早く夕飯食べたいっす」

「ああ。それじゃ夕飯と、今日の寝床の確保だな」

お金はあるから、飲食店や宿の利用はできるはずだ。

そう思っていたのだが――

俺たちはギルドを出て、夕食の場と宿を探す。

夕食は、定食屋のような店で済ませることができた。一人あたり銀貨1枚で、パンとシチュー、肉料理などでお腹いっぱいになるディナーにありつくことができた。

問題は、宿の方だった。

今ちょうど、よその街から来たそこそこの規模の商隊が街に滞在しているらしく、街に数軒あった宿屋はどこもいっぱいだった。

そして最後にたどり着いた宿のおばちゃんは、頬に手を当ててこう言ったのだ。

「すまないねぇ。二人用のスイートルームなら、一室だけ空いてるんだけど」

俺たち三人は顔を見合わせる。

スイートルームはまあいいとしても、俺たちは三人パーティだし、何より男女別で部屋を分けないとまずいのだが。

「じゃあ、風音さんと弓月の二人でここに泊まります？　俺はどこかで毛布でも調達して野宿とか……」

「えーっ、そんなのダメだよ。大地くんも一緒じゃなきゃダメ」

「そうっすね。さすがにうちも、それは気が引けるっす。先輩のくせにいい格好しすぎっすよ」

「いや、そうは言うけどな。じゃあどうする」

「うーん……。――あの、スイートルームって、宿泊料はいくらになります？　二人用ということは、ベッドは二つですよね。ベッドの大きさは、結構大きいですか？」

風音さんが宿のおばちゃんに、謎の質問を始めた。

「スイートルームは朝食付きで、一人一泊金貨1枚だよ。ベッドは二人並んで寝ても十分な大きさのが二台だね」

それを聞いた風音さんは、弓月のほうを見る。

対して弓月は、にこっと笑った。

「うちはもちろんいいっすよ」

「オッケー。じゃ、それでいこっか」

「え？　え？」

アイコンタクトと暗黙の了解で話を進める風音さんと弓月に対して、俺は一人、置いてけぼりだった。

風音さんは宿のおばちゃんに、こう交渉を持ちかける。

「じゃあ、そのスイートルームを三人で利用するので、三人で金貨2枚半に負かりませんか？」

「ふふっ、値切り上手《じょうず》だねお嬢ちゃん。いいよ、朝食も三人分つけてあげる。金貨2枚半だ」

「やった。ありがとうございます♪」

宿のおばちゃんと風音さんとの間で、交渉がまとまってしまった。

えーっと……？　いったい何がどうなったのかな？

＊＊＊

宿のおばちゃんに案内されて、一階の一番奥にある一室にやってきた。

おばちゃんは扉を開き、俺たちを中へと通す。

二部屋で構成されたその客室は、俺たちの世界のホテルとは様相が異なるものの、確かに豪華な雰囲気のものだった。

天蓋《てんがい》付きのベッドが二台置かれた、広めのベッドルーム。

暖炉が設置され、テーブルやソファーも配置された、絨毯《じゅうたん》敷きのリビングルーム。

壁には精緻《せいち》な装飾が施されたタペストリーもかかっている。

「ここがスイートルームだよ。ごゆっくりどうぞ」

各部屋のランプに火を入れたおばちゃんは、部屋の鍵を風音さんに渡すと、扉を閉じて立ち去っていく。

風音さんと弓月の二人は、互いに目くばせをすると、ベッドルームに向かった。

「いや～、今日は疲れたね～」

「ホントっすよ。でも無事に宿が見付かって良かったっす」

ベッドルームに二台置かれている豪奢《ごうしゃ》な天蓋付きベッド。そのうち一つに黒装束姿の風音さんがダイブし、もう一つに魔導士姿の弓月が寝転がった。

えーっと、俺はどうしたらいいのかな？

まあ幸い、リビングルームにソファーがあるし、何とかなるか。

それにしたって、もうちょっと遠慮してくれてもよさそうなものを。

俺が槍を立てかけ、防具を脱ぎながら、そんなことを思っていると——

「大地くんも疲れたでしょ。おいで～」

「先輩、うちのベッドも空いてるっすよ。そんなところに突っ立ってないで、こっちに来るっす」

ランプで照らされただけの薄暗い部屋で、ベッド上にぺたんと座った風音さんが手招きをして、もう一つのベッドに腰掛けた弓月がポンポンと隣を叩く。

…………。

百歩譲って風音さんはいいとしよう。

お互いそういう関係っていうか、なんていうか、そういうアレだし。

それよりも問題は弓月だ。

あいつ何なの？　お兄ちゃんをおちょくってくる生意気系妹でも目指してるの？

「あの、風音さん。反応に困るんですけど。俺はこっちのソファーで寝ればいいですか？　それとも俺、今日この場でワオーンって飛びついてケダモノになってもいいんですか？　隣に弓月もいますけど」

「わぁ怖い。じょ、冗談だってば。――じゃあ火垂ちゃん、こっちおいで～」

「らじゃっす。まったくもう、先輩はすぐエッチなこと考えるんすから」

風音さんに手招きされて、弓月は風音さんのベッドに移動した。

結果、一台ベッドが空いた。

「私と火垂ちゃんはこっちのベッドで一緒に寝るから、大地くんはそっちを使って」

「あ、はい」

なるほど。さっきのは俺をからかって遊んでいただけなのな。

これなら一応、ギリギリセーフ……なのかギリギリアウトなのか分からないけど、かろうじて健全なラインと言えるかもしれない。

結局その後、三人であれやこれやと雑談して夜を過ごし、やがて揃《そろ》って就寝をした。

俺たちの異世界生活初日は、そうして幕を閉じたのだった。

▼第三章

異世界生活、二日目の朝。帰還まで残り99日。

早朝に起きた俺たちは、眠い目をこすって冒険者ギルドへと向かった。

冒険者ギルドに着くと、まだ朝も早い時間だというのに、たくさんの冒険者がギルド前で待ち構えていた。いずれも仕事を求めてやってきた者たちだろう。

やがてギルドが開く時間になると、冒険者たちは我先にとギルド内に入っていって、掲示板前に殺到する。少しでもいい仕事《クエスト》にありつこうと、みんな必死なのだ。

俺たちもまた、その集団の一員となった。

別に今すぐお金が必要というわけでもないが、俺たちにはこの世界の住人とは異なる、もう一つの目的がある。

現在『限界突破イベントガイド』のミッション一覧に記されている未達成のミッションは、以下の通りだ。

▼未達成ミッション一覧

・人口1万人以上の街に到達する……獲得経験値３０００
・エルフの集落に到達する……獲得経験値３０００
・ドワーフの集落に到達する……獲得経験値３０００
・ゾンビを１０体討伐する（０／１０）……獲得経験値２０００
・スケルトンを１０体討伐する（０／１０）……獲得経験値２０００
・オークを5体討伐する（０／５）……獲得経験値３０００
・オーガを3体討伐する（０／３）……獲得経験値５０００
・ドラゴンを1体討伐する（０／１）……獲得経験値３００００
・Dランククエストを1回クリアする（０／１）……獲得経験値３０００

　一応の生活基盤を確立した俺たちの次の目的は、経験値稼ぎだ。

　限界突破イベントの最中であるこの異世界在住中に、できる限り多くの経験値を稼ぎ、レベルを上げておきたい。

　そのためには、生活費確保も兼ねて冒険者ギルドでクエストを探すのが一番効率的だろうと考えた。

　現在見えているミッションは九つ。

　これらのいずれか、あるいは複数を同時に達成できるクエストを見つけたい。

　掲示板前に立った俺は、貼り出されているたくさんのクエストの貼り紙のうち、二枚に注目した。

一枚は「オーク退治」、クエストランクＤ。

もう一枚は「ドワーフ集落までの護衛」、こちらもクエストランクはＤだ。

「あっ……！」

だが俺が注目した次の瞬間、「オーク退治」のクエストは、別の冒険者の手で掲示板から剝《は》がされてしまった。ちぃっ、展開が速い。

俺は即座に切り替え、もう一枚のほう――「ドワーフ集落までの護衛」に手を伸ばす。

こちらは間に合って、目的のクエストの貼り紙をゲットすることができた。

「ふぅっ……」

俺は風音《かざね》さん、弓月《ゆづき》と合流。クエストの貼り紙を二人に見せた。

クエスト概要……ドワーフ集落までの護衛
クエストランク……Ｄ（推奨レベル：１０レベル～）
依頼人……ドワーフの職人バルドル
クエスト内容……ドワーフ集落までの護衛を頼みたい。集落まで無事に送り届けてもらえればクエスト達成とする。朝に街を出立すれば、夜までには集落にたどり着くだろう。道中にはオーガが出没するかもしれんから、そのときにはしっかり頼むぞ。

報酬……金貨２４枚

うまくいけばミッションを二つか三つ、同時に達成できそうな内容だ。

往復二日ぐらいかかりそうなあたりが難点と言えば難点だが、そこまで気にするのは贅《ぜい》沢《たく》の言い過ぎというものか。

風音さんと弓月からの評価も上々だった。

「すごぉい！　よくこんなの見付けてきたね、大地《だいち》くん」

「やっぱり先輩に任せて正解っすね♪　ていうか先輩、こっちに来てから冴《さ》えすぎじゃないっすか？」

「ま、まあな～」

素直に褒められた俺は、有頂天になった。こういうとき、どんな顔をすればいいか分からないの。

その後、窓口でクエストを受託《じゅたく》する。

依頼人に連絡をした結果、依頼人とは朝食後の時間に合流することになった。

なお俺たちはこの間に、冒険者ギルドの販売窓口で「モンスター図鑑」なるものを購入した。

この世界に出現するモンスターに対して【モンスター鑑定】を行った結果が、余すところなく記された分厚い本だ。

お値段はなかなかで、金貨3枚もしたが、必要な経費と考えるべきだろう。

俺たちは宿に戻って朝食をとり、待ち合わせの時間まで必要な準備や街の散策を行う。

そして時間になると、依頼人と合流し、街を出立した。

＊＊＊

依頼人について街を出立した俺たちは、しばらくの後、緩やかな登りの山道を歩いていた。

整備された街道ではなく、通行人に踏みしめられてできた、細い獣道《けものみち》のような道だ。

先頭を進むドワーフは、疲れ知らずにずんずんと歩みを進めながら、豪快に笑う。

「がっはっは。それにしてもわしは、いい護衛についてもらうことができたわい。これまでたくさんのヒト族を見てきたが、おぬしらの目は澄んでおる。悪事を働こうなどとはつゆとも思わん。そういう者たちじゃろう、おぬしらは」

「え、ええ。まあ、人並み程度には」

俺はドワーフの後ろを歩きながら、生返事をする。まあまあ疲れるテンションの依頼人だった。

ドワーフというのは、この世界に住む、いわゆる「異種族」の一つだ。

人間と似ているが、成人でもかなり背が小さい。

目の前を歩く依頼人、ドワーフの職人バルドルさんは、俺の倍ぐらい生きているそうだが、背丈は俺の胸ぐらいまでしかない。

だが体つきは筋肉質で、横幅が広くどっしりとしている。体重で比べたら、俺よりも重いだろう。

髪色と同じ、褐色《かっしょく》のあご髭《ひげ》をたっぷりと生やしている。触ったらふさふさしているに違いなく、弓月がしきりに触りたそうにしている様子が見えた。

「じゃがな、どうもヒト族の娘っ子はひょろひょろしていていかん。もっとたっぷり食ってふくよかにならねば、わしらドワーフの男にはモテんぞ？」

「あ、あははっ、そうですねー」

「別にドワーフのおっちゃんにモテたいとか思ってないから大丈夫っす。でもその髭は触りたいっす」

「何を言うか小娘。わしの髭に触っていいのは、わしの嫁とかわいい子供たちだけじゃ」

「へぇーっ。バルドルさん、お嫁さんとお子さんがいるんですか？」

「もちろんだとも。これから向かうわしらの集落で暮らしておるぞ」

そんな他愛《たわい》のない雑談をしながら、俺たちは道なき道を進んでいく。

朝に街を出立して、ドワーフの集落に着くのは、夕方過ぎになる見込みとのこと。

道中で昼食をとり、昼下がりになっても何も起こらなかったので、このまま何事もなく集落に到着するかもしれないなと思っていた。

そうなったとしても、俺たちは二つのミッションを達成できるはずだ。

一つは「ドワーフの集落に到達する」

もう一つは「Dランククエストを1回クリアする」だ。

加えてもう一つ、ほんのり期待しているミッションがある。

それは「オーガを3体討伐する」だ。

街からドワーフの集落に向かうこの道では、「オーガ」と呼ばれるモンスターに遭遇《そうぐう》するケースがままあるのだという。

オーガというモンスターとは、俺たちの世界のダンジョンでは戦ったことがない。

でも今朝に購入してきた「モンスター図鑑」を見た感じ、遭遇したとしても問題はないだろうなと判断していた。データ上は、その程度の強さだ。

この道中でオーガと遭遇したなら朗報。出てこなくても、まあいいや。

どっちに転んでもうまみのある話だと俺は考えていた。

そして事は、より良い方向に傾く可能性を見せる。

バルドルさんを先頭に山道を進んでいると、あるとき風音さんが、ピクリと反応した。

「――しっ。何かが近付いてきます。数は一体」

「なんじゃと？　まさか、オーガか？」

「分かりません。でも――」

風音さんは俺のもとに寄ってきて、耳元でささやきかけてくる。

「大地くん。今なら鉢合わせにならないように逃げることもできそうだけど、どうする？」

エンカウント回避の目があると、風音さんは伝えてきた。

俺たちの世界のダンジョンでは、滅多に出くわさなかったケースだ。

油断をするべきではないと考えれば、ここは戦闘を回避するほうが賢明なのだろうか。

いや、だが――

この程度の「未知」を相手に腰が引けていたら、この先何もできやしないだろう。

俺は一度深呼吸してから、決断する。

「いえ、迎え撃ちましょう。バルドルさん、下がってください。風音さんと弓月は、魔法発動待機。出てきたところを狙って全員で叩《たた》き込《こ》みます」

「「了解（っす）！」」

「お、おう、分かった。頼んだぞ、戦士たち」

バルドルさんが後ろに下がり、俺たち三人が依頼人を守るように前に出る。

やがて、バキバキと木々を踏みしめる音が鳴り響き――

行く手の先に、一つの大きな影が姿を現した。

＊＊＊

山中の道なき道。

俺たちの前に現れたのは、人型の大型モンスターだった。

身の丈は、俺の五割増しはゆうにあるだろう。近くにいたら見上げるほどの大きさに違いない。

筋骨隆々《きんこつりゅうりゅう》たる肉体を持ち、肌の色は赤銅色《しゃくどういろ》。ほとんど真っ裸の姿で、身にまとっているものといえば、わずかに腰布を巻いている程度だ。

顔は「鬼のようだ」とでも言えばいいだろうか。目はらんらんと赤く輝き、口元からは牙のように尖《とが》った二本の歯が上向きに伸びている。

手には巨大な棍棒《こんぼう》を持っている。あれを振り回して攻撃してくるのだろう。

人型で巨体で筋骨隆々という姿は、どこかゴブリンロードやミュータントエイプを彷彿《ほうふつ》させる。

だが、そいつらと初見で遭遇したときのような威圧感は、まったく感じなかった。

「で、出た！　オーガだ！」

俺たちの後方で、バルドルさんが叫ぶ。

こちらの存在に気付いたその怪物――オーガは、天を仰いで大きく雄叫《おたけ》びを上げた。空気を震わせるバカでかい声が、あたりに響き渡る。

だがそれは、無駄な動作というもの。

俺たちの魔法が、オーガの雄叫びとほぼ同時に、一斉に発動する。

「いけっ！　【ロックバレット】！」

「切り裂け！　【ウィンドスラッシュ】！」

「煉獄《れんごく》の槍よ、わが敵を焼き尽くせっす！　【フレイムランス】！」

俺が放った岩石弾が、風音さんが飛ばした風の刃《やいば》が、弓月が撃った炎の槍が、オーガの巨体に次々と炸裂《さくれつ》した。

一瞬の後、黒い靄《もや》となってオーガの巨体が消滅する。あとには魔石が落ちた。

——よし、瞬殺。

「「「イェーイ！」」」

ぱんぱんぱんと、三人で手を打ち合わせる。

オーガの強さは、モンスター図鑑のデータを見た限りでは、森林層第八層で遭遇したサーベルタイガーと同格ぐらいだ。

それがたった一体で出てきたのだから、データ通りであれば当然こうなるという結果だった。

緊張はしたが、実際に戦ってみればこんなもんだな。案ずるより産むが易《やす》しだ。

「な、なんと！　強敵オーガを、あっという間に倒しおった！　熟練のドワーフ戦士でも、これほど容易《たやす》く倒せるものかどうか」

バルドルさんは、驚きで目を丸くしていた。

でもオーガ一体かぁ。この強さだったら、三体出てきても余裕で勝てたな。

ミッション達成条件は「オーガを3体討伐する」だから、これではミッション達成には届かない。

ただそれでも「オーガを3体討伐する（0／3）」だったものが「オーガを3体討伐する（1／3）」に変わっていた。ちゃんと累積討伐数としてカウントしてくれるようだ。

その後、俺たちはバルドルさんのドワーフ集落に向けて歩を進めたが、オーガのおかわりに遭遇することはなかった。ちょっと残念。

我ながら思考がモンスター殺戮者《さつりくしゃ》っぽくなっているなと思うが、今さらそこを気にしてもなと思ったりしつつ。

夕方ごろには、俺たちは目的地であるドワーフの集落に到着した。

山岳地帯の一角に作られた集落だ。山の斜面を段々に均《なら》して築かれた、立体的な集落構造をしている。

住居の数は五十ほどだろうか。集落のあちこちに、坑道の入り口のような洞穴がいくつか見受けられた。

集落の入り口は、一本の登りの山道だ。

道の途中に門が設《しつら》えられており、その前に守衛らしき女性のドワーフが立っていた。

女性のドワーフは、男性ドワーフと違って髭がなかった。

背が低くどっしりとした体型であることは変わりないのだが、見方によってはぽっちゃり系の人間の女の子のようにも見える。

守衛らしき女性ドワーフは、長柄の斧《おの》と鎖かたびら《チェインメイル》を身に着けている。おそらくは俺たちが身に着けているのと同種の装備――魔石製の武具だろう。

その女性ドワーフは、集落に入ろうとするバルドルさんに声をかける。

「やあバルドル、お帰り。そっちの三人は、ヒト族の集落で雇った護衛かい？」

「ああ、ベルガ。三人とも善良なヒト族で、腕の立つ戦士でもある。一人ひとり、おぬしともいい勝負をするやもしれんぞ？」

「へぇ、それが本当なら大したもんだ。ま、問題を起こしてくれなけりゃ何でもいいけどね。――ようこそ、ヒト族の戦士たち。歓迎するよ」

「「「ど、どうも（っす）」」」

俺たちは軽く頭を下げて、バルドルさんのあとについて集落へと入っていく。俺だけじゃなく、風音さんと弓月も緊張しているようだった。

守衛だけでなく、集落内にいる人物は、見渡す限りすべてドワーフだった。

通りがかりのドワーフたちは、集落に入ろうとする俺たちの姿を、物珍しそうに見ては通り過ぎていく。

集落の門をくぐると、先頭を歩いていたバルドルさんが振り返った。

「さ、着いたぞ。お前さんたちを雇ってよかったわい。これが約束の報酬だ。受け取ってくれ」

バルドルさんは小さな巾着袋に入った金貨を渡してくる。

数えてみると金貨が２４枚、確かに入っていた。

報酬の受け取りは、冒険者ギルドで受け取るパターンと、依頼人から直接受け取るパターンと両方あるようだ。

そしてここで、例のピコンッという音とともに、メッセージボックスが開いた。

ミッション『Ｄランククエストを１回クリアする』を達成した！

パーティ全員が３０００ポイントの経験値を獲得！

ミッション『ドワーフの集落に到達する』を達成した！

パーティ全員が３０００ポイントの経験値を獲得！

新規ミッション『Ｃランククエストを１回クリアする』（経験値５０００）が発生！

六槍《むそう》大地が２６レベルにレベルアップ！

小太刀《こだち》風音が２６レベルにレベルアップ！

弓月火垂《ほたる》が２６レベルにレベルアップ！

▼現在の経験値
六槍大地……８１４６６／９１１００（次のレベルまで：９６３４）
小太刀風音……８１５３６／９１１００（次のレベルまで：９５６４）
弓月火垂……８１５７９／９１１００（次のレベルまで：９５２１）

よし、予定通りにミッション二つ達成だ。

そしてようやくのレベルアップ。

ずいぶん長かった気もするが、冷静に考えてみると実質一日ちょっとで１レベル上がっているので、実は相当なレベルアップ速度なのかもしれない。

「さて、もう遅い時間だ。人間の戦士たちよ、今日は我らが集落に滞在していくのがよかろう。わしが宿まで案内しよう」

バルドルさんはそう言って、集落内をずんずんと進んでいく。

良く言えば面倒見のいい、悪く言えば押しの強い依頼人だな。

俺は風音さん、弓月と顔を見合わせて苦笑してから、二人とともにバルドルさんのあとをついていく。

――と、この段階での俺は、あとはこの集落の宿で一泊して、そのまま元の街に帰還するだけのつもりでいた。

だがこの後、俺たちはこのドワーフ集落で、とある事件に巻き込まれることになるのである。

＊＊＊

夕焼け空の下。俺たちはドワーフ集落の中を、宿まで案内してくれるというバルドルさんについて進んでいく。

集落は山の斜面を利用して作られた段々構造になっているため、集落内のあちこちに階段や坂道があり、それらを頻繁《ひんぱん》に上り下りしなければならなかった。

俺たちは探索者《シーカー》だから、このぐらいはどうってことはないが、そうでなかったらすぐにへばっていただろう。

バルドルさんはほかのドワーフとすれ違うたび、陽気に挨拶《あいさつ》を交わしていく。

このぐらいの規模の集落だと、全員が知り合いのようなものなんだろう。

だがそのうちの一人、陰気そうな男ドワーフにバルドルさんが声をかけたとき、俺は少しの引っ掛かりを覚えた。

「おう、グードン。酒瓶なんぞ隠し持ってどこに行くんだ？　……ははーん、さてはまたベルガにアタックしに行くつもりだな？」

バルドルさんが声をかけると、酒瓶を抱え持っていた陰気そうなドワーフは、びくりと震えた。

そして次には、バルドルさんのことをぎろりと睨《にら》みつけて、こう言ったのだ。

「そうやって俺のことを見下していられるのも今のうちだ、バルドル」

陰気そうなドワーフは、バルドルさんと俺たちを無視するようにして、通り過ぎていった。

それを見送ったバルドルさんは、小さくため息をつく。

「まったくあいつは、変わらんなぁ。――すまんな、おぬしら。グードンのやつは昔っから、性根がねじくれておってな」

「いえ、別にそれはいいんですけど」

「でもアタックって、色恋沙汰《ざた》っすよね？　酒瓶持ってアタックしに行くのがドワーフの文化っすか。あ、でも風音さんなら？」

「いやぁ、確かにお酒は好きだけど、それはさすがに」

「がっはっは。わしらドワーフでも、いろんなやり方はあるがな。さ、宿はもうすぐそこだ。その三軒先がわしの工房なんだがな――」

バルドルさんもそれ以上気にした風もなく、先へと進んでいく。

だが俺は、その通り過ぎていったドワーフの後ろ姿にどす黒い気配を感じて、妙に気になっていた。

＊＊＊

「さ、着いたぞ。——おいダーマ、客を連れて来たぞ」

　バルドルさんは一軒の宿の前に到着すると、勝手知ったる我が家のように入り口の扉を開く。

　集落にある宿は、どうやらこの一軒だけで、選択肢はなさそうだ。

　宿の入り口をくぐってすぐの正面、カウンターの向こうに腰掛けていたのは、人のよさそうなドワーフの老婆だった。

「おやバルドル、お帰り。ヒト族のお客さんもいらっしゃい、歓迎するよ。部屋はどうするね？　三人部屋もあるけど」

「いえ、空いているなら男女別で二部屋——むぐっ」

「三人部屋でお願いしまぁす。火垂ちゃんもそれでいいよね？」

「もちろんいいっすよ。先輩ひとり別の部屋は可哀想《かわいそう》っすからね」

　俺は風音さんに背後から口をふさがれ、発言権を奪われてしまった。

　ドワーフのお婆さんはくすくすと笑ってから、重い腰を上げて、杖《つえ》を片手に部屋へと案内してくれる。

　ちなみにバルドルさんは、宿まで案内したところで役目は終わりとばかりに立ち去って行った。

　俺は憮然《ぶぜん》としながら、ドワーフの老婆のあとをついていく。

　隣を歩く風音さんをジト目で見て、苦言を一言。

「あの、風音さん。俺をからかって遊ぶのはいいですけど、ほどほどにしないと俺のブレーキもいつか壊れますよ」

「んー、からかってるってだけでもないんだけどな。大地くんは、私たちと一緒の部屋は、嫌？」

「それは……嫌なわけないじゃないですか。そうじゃなくて、男女同室は問題でしょう。不可抗力だった昨日はまだ分かりますけど。それに弓月、お前も何考えてんだ」

「先輩なら大丈夫ってことっすよ。それに先輩も、一人ぼっちは寂しいし心細いんじゃないっすか？　うちだったら異世界で一人ぼっちの部屋は耐えられないっす」

「まあ、それはなくはないが」

「そういうこと。三人一緒の部屋のほうが、いろいろ安心だよ。だいたい、私と火垂ちゃんがいいって言ってて、大地くんも嫌じゃない。それ以上に何か問題ある？」

「それはそうですけど」

　そんな感じで俺の抗議は無視され、三人同室で宿泊することになってしまった。

　ドワーフ老婆の案内で、三人部屋へと通された俺たち。

　部屋は狭すぎることもなく、ほど良い空間。

掃除も行き届いていて清潔感があり、三台あるベッドはドワーフサイズということもなく、俺たちが寝ても足を伸ばせるサイズだ。

俺たち三人は、それぞれ一台ずつのベッドを占拠して、ようやく腰を落ち着けた。

ドワーフ老婆は鍵を渡して立ち去っていく。

「それじゃ、レベルアップとスキルのチェックをするか」

「そうだね。こっちの世界に来てからは初めてだ」

「２６レベルで修得可能スキル増えてるっすかね？」

「その可能性も十分にあるだろうな」

この集落に着いて、ミッション経験値でレベルアップしていた俺たちは、あらためてステータスのチェックを行った。

＊＊＊

さあ久々のレベルアップだ。

まあ日数的には言うほど久々でもないのだが、気分的にはかなりのご無沙汰感がある。

でも一般の探索者《シーカー》や冒険者は２５レベルでストップなので、ここから先のレベルアップはすごく特別感がある。

とはいえ、これまでのレベルアップと何かが大きく変わるわけでもないようだ。

全員のステータスをチェックして数値の伸びを見ると、こんな感じだった。

六槍大地
レベル：２６（＋１）　経験値：８１４６６／９１１００
ＨＰ：１６８／１６８（＋６）　ＭＰ：１４８／１５０（＋６）
筋力：２４　耐久力：２８（＋１）　敏捷力《びんしょうりょく》：２１（＋１）
魔力：２５（＋１）
スキル：【アースヒール】【マッピング】【ＨＰアップ（耐久力×６）】
【ＭＰアップ（魔力×６）】【槍攻撃力アップ（＋２０）】【ロックバレット】
【プロテクション】【ガイアヒール】【宝箱ドロップ率2倍】【三連衝《さんれんしょう》】
【アイテム修繕】【命中強化】【グランドヒール】【翻訳《ほんやく》】
残りスキルポイント：１

小太刀風音
レベル：２６（＋１）　経験値：８１５３６／９１１００
ＨＰ：１２６／１２６（＋６）　ＭＰ：１０３／１０５
筋力：２１（＋１）　耐久力：２１（＋１）　敏捷力：３５（＋１）　魔力：２１
スキル：【短剣攻撃力アップ（＋１６）】【マッピング】【二刀流】【気配察知】

【トラップ探知】【トラップ解除】【ウィンドスラッシュ】【アイテムボックス】
【ＨＰアップ（耐久力×６）】【宝箱ドロップ率２倍】【クイックネス】
【ウィンドストーム】【ＭＰアップ（魔力×５）】【二刀流強化】【回避強化】
【翻訳】
残りスキルポイント：１

弓月火垂
レベル：２６（＋１）　経験値：８１５７９／９１１００
ＨＰ：１２６／１２６（＋６）　ＭＰ：２６９／２７６（＋６）
筋力：１７　耐久力：２１（＋１）　敏捷力：２５（＋１）　魔力：４６（＋１）
スキル：【ファイアボルト】【ＭＰアップ（魔力×６）】【ＨＰアップ（耐久力×６）】
【魔力アップ（＋１０）】【バーンブレイズ】【モンスター鑑定】
【ファイアウェポン】【宝箱ドロップ率２倍】【アイテムボックス】
【フレイムランス】【アイテム鑑定】【エクスプロージョン】【翻訳】
残りスキルポイント：１

俺たち三人は、ベッドに座ったり寝転がったりといった姿勢で、スキル修得を行っていく。

ちなみに、三台並んでいるベッドのうち、俺のベッドはなぜか真ん中だ。風音さんと弓月が早々に左右を占拠したので、必然的にそうなってしまった。

そんな状況下で、風音さんと弓月は自分のベッドから離れて、俺のベッドに乗り込んできている。ステータスを見せ合うためではあるのだが……。

「大地くん、取るスキル決めてある？」

「え、ええ、まあ。新規に【槍攻撃力アップ（＋２２）】が取れるようになったみたいなので、それにしようかなと思ってますけど」

「うちも【魔力アップ（＋１１）】が出てきたっすから、それでいいっすよね、先輩？」

「まあ、そうだな。いいと思うけど……」

何だろうな、ベッドの上で女子がすぐ隣にいるというだけで、落ち着かない気持ちになってしまうこの感じ。

二人の首筋や胸元といった女性を感じる部位に、どうしても目が行ってしまう。

ていうか、弓月にすら年頃の女子らしい艶《なま》めかしさを感じてしまう俺は、もうダメだと思う。

なんか最近、弓月に女子らしさを感じる機会が、急激に増えた気がするんだよな。そろそろ弓月もそういう年頃なんだろうか。

いや仮にそうだとしても、風音さんというものがありながら弓月にそういう目を向けてしまう俺は、不届き極まりないのだが……。

いかんいかん。俺は内心の動揺を抑えつつ、スキル修得に集中していく。

といっても、スキル修得はあまり迷わなかった。

風音さんにも伝えたとおり、修得可能スキルリストに【槍攻撃力アップ（＋２２）】が新たに出現していたので、何はなくともそれを修得したのだ。

三回攻撃スキル【三連衝】を持っている俺にとっては、武器攻撃力を上げるスキルは通常の三倍レートで効果を発揮する。

それにこの世界に来てから、ＭＰ残量の心配をするケースがほとんどない環境になっている。その点でも【三連衝】重視の強化は有利と言えそうだ。

元の世界のダンジョンと違って、一日に十回以上も戦闘が起こるケースが想定しづらいんだよな。

「うっし、【魔力アップ（＋１１）】取ったっすよ。風音さんは何取ったっすか？」

「私も【短剣攻撃力アップ（＋１８）】だね。今すぐ【トラップ探知Ⅱ】とか取っても、あまり役に立ちそうにないし」

「そっすね。てかこの世界でも、モンスター倒したら宝箱とか出るんすかね？」

「あー、どうだろ。今のところ出てないよね。大地くん、どう思う？」

「俺も分からないです。でもモンスターがまったく同じものなんだとしたら、出てきてもおかしくない気はしますけど」

そんな話をしながら、スキル修得完了。

その後俺たちは、ドワーフ集落の観光をしたり、料理店でドワーフ料理に舌鼓《したつづみ》を打ったりしながら夜を過ごした。

そして、翌朝――

＊＊＊

朝起きると、集落じゅうがざわついていた。

ドワーフたちの騒然《そうぜん》とした様子から、何か日常的ではない出来事が起こったことが窺《うかが》えた。

俺たちは朝食をとる間もなく、ある「事件」に巻き込まれた。

二人のドワーフ戦士が宿にやってきて、俺たち三人に、守衛の詰所までの任意同行を求めてきたのだ。

俺たちはそれを承諾し、詰所で聴取を受けることになって――今に至る。

守衛の詰所は交番のような狭い個室で、二人のドワーフ戦士と俺たち三人、合計五人が入ると窮屈《きゅうくつ》なほどだった。

そこでひと通りの事情聴取を終えると、ドワーフ戦士の一人が、もう一人に向かってこう結論付けた。

「このヒト族の戦士たちは、『事件』とは関係なかろう。やはりグードンが犯人と見るべきだろうな」

「どうやらそのようだ。疑ってすまなかったな、ヒト族の戦士たち。犯人の目星は付いていたのだが、よそ者が滞在しているとあれば、話を聞かんわけにもいかなかったのだ」

もう一人のドワーフ戦士も、そう言って俺たちに頭を下げてきた。

そうして下手《したて》に出られれば、俺たちも強く当たろうという気はなくなる。

「いえ、大丈夫です。起こった『事件』は、窃盗事件という話ですが」

「ああ。昨晩のうちに集落の宝物庫《ほうもつこ》が破られ、中の宝物が奪われていたのだ」

そう言ってドワーフ戦士は、「事件」のあらましを語ってくれた。

その内容は、このようなものだった。

今日の守衛役のドワーフ戦士が、早朝の点検で、集落の財宝を納めた宝物庫のチェックを行うと、扉の鍵が壊され中の宝物が根こそぎ奪われていた。

それに加えて、昨日の守衛の夜番だった女ドワーフの戦士ベルガが、朝には行方《ゆくえ》をくらましていた。彼女が守衛に立っていたはずの集落の門前には、地面に落ちて割れた酒瓶と、彼女の武器である長柄の斧が転がっていた。

それに加えて、グードンという名のドワーフも、集落内に姿が見えないとのこと。

俺はそのドワーフの名前に聞き覚えがあった。風音さんと弓月もピンときたようだ。

「グードンっていうと、昨日道端で会ったあのドワーフだよね？」

「酒瓶抱えて歩いてた、根暗そうなドワーフっすよね。先輩よりもっと根暗そうだったからよく覚えてるっす」

「弓月、話のついでに俺をディスるのはやめてほしい」

　事件の詳細はまだ分からない。

　だが目の前の二人のドワーフ戦士は、あのグードンという名のドワーフが、この事件の犯人である可能性が高いと見ているようだった。

　ドワーフ戦士たちは、事件についての考察を進めていく。

「だがグードンが犯人だとして、やつの目的は何だ？　集落での暮らしが嫌になって、宝を持って人間の街にでも逃げようというのか」

「あり得るな。あいつは集落内での自分の立場に、いつも不満そうだった。だがベルガはどうだ。あの善良で責任感の強いベルガが、グードンに協力して宝物庫を破るとは思えんぞ」

「集落の入り口に、ベルガの武器と割れた酒瓶が転がっていたんだ。ベルガが共犯とは思えん」

「グードンのやつ、ベルガに熱を上げていたが、ベルガのほうはずっと袖《そで》にしていたからな。真相は分からんが、ベルガはグードンの犯行に巻き込まれた可能性が高いか」

「しかしベルガも問題だが、宝物庫にあった『アレ』が盗まれたことも大問題だぞ。アレが邪悪な闇魔法使いの手に渡れば、大変なことになる」

　二人のドワーフ戦士は、あれやこれやと議論を進めていく。

ちなみにドワーフ社会における「戦士」は、この世界の人間社会における「冒険者」のようなもので、俺たち探索者《シーカー》と同等の力を持った覚醒者を指す言葉のようだ。

いちいち呼び名が違って面倒くさいが、なんとなく分かるからまあいいとしよう。

この百人を少し超える程度の集落を守るドワーフ戦士は、全部で三人。

そのうち一人は、昨日守衛に立っていて、今朝には行方不明となった女ドワーフ。

残りの二人が現在俺たちの目の前にいて、事件の調査に乗り出している形だ。

そんな二人のドワーフ戦士が、侃々諤々《かんかんがくがく》と議論を進めていたのだが――

そこで一人が、はたと気付いたように、俺たちに向き直った。

「おおっと、忘れていた。ヒト族の戦士たち、疑ってすまなかったな。聴取は終わったから、帰ってもらって構わんよ。協力ありがとう」

退出許可が出た。

事件の行く末は気になるが、これ以上関わる理由も特にないんだよな。

俺たち三人は、二人のドワーフ戦士に会釈をして、詰所から出ようとした。

だがそのとき、詰所の外から、こんな声が聞こえてきた。

「おーい！　バドン、ドドルガ、大変だ！　集落の前に、モンスターが現れたぞ！」

「なんだと⁉」

「えぇい、こんなときに！」

二人のドワーフ戦士は、立てかけてあった斧を手にして、詰所の外に飛び出していく。

俺たちもまた、成り行き上、それに続いて外へと出ていった。

＊＊＊

二人のドワーフ戦士に続いて、集落の入り口まで向かう。

すると、そこから見えたのは――

「スケルトンか！　こんな朝っぱらに、たった一体でだと⁉」

ドワーフ戦士の一人がそう口にする。

集落の入り口から続く、緩やかな下り坂の一本道。

その先のほうに、動く骸骨《がいこつ》の姿が見えた。

人体骨格の模型がそのまま動き出したような姿のそいつは、手には弓矢を持っている。

まだ距離があり、魔法も届かないぐらいだ。向こうの弓矢も、届くとは思えない。

ちなみに、あれがモンスターだとするなら、厳密には「スケルトン」ではなく「スケルトンアーチャー」だろう。モンスター図鑑をパラパラとめくっていたときに見た覚えがある。

ただいずれにせよ、強力なモンスターではない。ステータス的にはゴブリンと同等程度だったはずだ。

スケルトンアーチャーは一度ケタケタケタと笑うような仕草を見せると、弓に矢をつがえ、それを放ってきた。

俺たちは一応身構えたが、思った通り、矢はまるで届かなかった。

矢は山道の途中に突き刺さり、黒い靄となって消え去る。

だが、その矢が消え去ったあたりに一つ、目につくものがあった。

木の枝に、何やら畳んだ紙のようなものが結びつけられていたのだ。

一方のスケルトンアーチャーは、またケタケタと笑うような仕草を見せると、俺たちに背を向けて走り去っていった。

「な、なんだ……？　あのスケルトン、何を……」

「どうするバドン。あのスケルトン、追って叩くか？」

「いや、あの妙な動きが気になる。罠《わな》かもしれん。だが知性のないモンスターの動きとは思えんし……まさか、闇魔法の使い手が操っているのか⁉」

「なんだと⁉」

二人のドワーフ戦士は、どうやら一つの仮説にたどり着いたようだった。

でも俺には、何がなんだか、ちんぷんかんぷんだった。

弓月も首を傾《かし》げつつ、俺に聞いてくる。

「ねぇ先輩。あのドワーフたち、さっきから『闇魔法』がどうとか言ってるっすけど、何のことだか分かるっすか？　探索者《シーカー》の魔法に『闇属性』とかなかったっすよね？」

「そうなんだよな……。ひょっとするとこの世界には、俺たちが知らない『闇属性』の魔法なんてものがあるのかも」

「うへぇ。異世界オリジナルの魔法っすか」

俺たちの世界の探索者《シーカー》の魔法には、大きく四つの属性がある。

火、水、風、土の四属性だ。

だが「闇」なんて属性は、存在しなかったはずだ。

結局、ドワーフ戦士たちも俺たちも、走り去っていくスケルトンを追いかけることはしなかった。深追いして、どんな罠が待ち受けているかも分からないからだ。

その代わりに、木の枝に括《くく》りつけられていた紙を、警戒しつつ回収しにいった。

その紙は、どうやら手紙のようだった。

畳まれていたそれを開いてみると、そこには血のような赤い文字で、こんな文章が記されていた。

『集落のドワーフ戦士たちに告ぐ。守衛のドワーフ女は預かった。彼女は次の一晩を越すことなく、レブナントへと成り果てるだろう。彼女の命が惜しければ、集落の西にある我らの神殿まで助けに来てもいい。だが気をつけたまえ。集落の周囲には、多数のスケルトンを隠して配置してある。さあ、ゲームを始めよう！　――遊戯《ゆうぎ》の神の信徒より』

その文面を見たドワーフ戦士の一人は、怒りに震えたかと思うと、やがて忌々《いまいま》しげに手紙を握りつぶした。

「ゲームだと……!?　どこの誰だか知らんが、ふざけおって！　これはグードンの浅知恵ではないぞ！」

「くそっ、なんてことだ！　邪神ラティーマの信徒が、この件に絡んでいるとしたら」

「ああ、最悪だ！　最悪の異常者どもに目をつけられたことになるぞ！」

二人のドワーフ戦士たちは、次々と言葉を吐き捨てる。

俺たちには状況がよく分からないのだが、先ほどまでと比べて状況がひっ迫《ぱく》したことだけは、二人のドワーフ戦士の様子を見れば明らかに分かることだった。

そしておそらくは――あの守衛をしていた女ドワーフの戦士が、命に関わる窮地に立たされているのだろうということも。

彼女とはわずかに挨拶を交わした程度だが、それを見捨てて立ち去りたいと思えるほどに、俺はドライな人間ではなかったようだ。

俺は風音さん、弓月に視線を向ける。

二人はアイコンタクトで、肯定の意志を示してきた。

俺は二人のドワーフ戦士に向かって言う。

「すみません。状況があまり分かっていないんですが――俺たちにも、何か手伝えることがあるかもしれません。詳しく話を聞かせてもらえますか」

それを聞いたドワーフ戦士たちは目を丸くし、次には感謝の声をあげた。

＊＊＊

スケルトンによる襲撃がないとも限らない。

俺たちと二人のドワーフ戦士は、集落の入り口前で話を始めた。

ドワーフ戦士のうちの一人、バドンさんが話を切り出す。

「まずはおさらいだ。昨晩のうちに何者かの手によって、我らが集落の宝物庫が破られた。それに加えて、集落の守衛についていた戦士ベルガが失踪《しっそう》した。そして同じく、事件の容疑者であるグードンも行方をくらませた」

「ベルガさんってのは、門番やってた女性のドワーフっすよね。グードンってほうは、酒瓶を持ってた陰気そうなドワーフっす」

弓月の情報確認に、俺はうなずく。

ちなみに、あのグードンという陰気ドワーフが、守衛のドワーフ戦士ベルガさんにご執心っぽいという情報もあった。それが事件と関わりがあるのかは分からないが。

二人のドワーフ戦士は、そのグードンこそが、この事件の犯人であろうとあたりを付けていた。

ここまではおさらいだな。問題はその先だ。

風音さんが、二人のドワーフ戦士に質問する。

「事件の犯人がグードンさんだとして、さっき『邪神の信徒』とか言ってましたよね。あれって?」

「おそらくはグードンの共犯者……いや、グードンを利用している黒幕と見るべきだろうな」

そう答えるのは、もう一人のドワーフ戦士、ドドルガさんだ。

ドドルガさんは険しい表情であご髭をさすりながら、言葉を続ける。

「おぬしらも知っておるだろうが、『遊技と享楽《きょうらく》を司《つかさど》る邪神ラティーマ』の信徒は、『ゲーム』と称して凶悪な犯罪行為を行う最悪の愉快犯どもだ。そいつ、あるいはそいつらがグードンをそそのかして宝物庫を破り、ベルガを誘拐したと見るべきだろう。具体的なやり方は分からんがな」

まあその「邪神ラティーマ」とかいうのも、俺たちは初耳なのだけれども。

おそらくは善良な神とか邪悪な神とか、この世界の神様にもいろいろいるんだろう。

でもそこは深掘りしていると キリがなさそうだし、あまり重要ではなさそうなのでひとまずスルー。

ようはその邪神の信徒がトチ狂ったヤバいやつらで、そいつらが裏でこの事件の糸を引いている可能性が高い、ということだろう。

顔が見えないので実感が湧かないが、そいつらのことは、とりあえず「謎の黒幕」とでもしておこう。

で、その「謎の黒幕」と陰気ドワーフのグードンとは、協力関係あるいは利用関係にある可能性が高いと。

徐々に全体像が見えてきた気がするな。

気になる情報は、ほかにもある。たとえば――

「あの紙に書かれていた『レブナント』っていうのは、何だか分かります？」

俺はバドンさん、ドドルガさんに質問してみた。

例の木に括りつけられていた紙には、『守衛のドワーフ女は預かった。彼女は次の一晩を越すことなく「レブナント」へと成り果てるだろう』などと記されていた。

「レブナント」とは何なのか。ひょっとすると、この世界では常識に該当する情報なのかもしれないが、重要な疑問点を残しておくのも気持ちが悪い。

「ふむ、レブナントを知らんか。まあ戦士でも、そういうことはあろう。レブナントというのはな――」

ドドルガさんは俺たちに、「レブナント」が何であるかを教えてくれた。

その内容を聞いた俺たちは、一様に息をのむことになる。

話を聞いた風音さんが、震える声で言葉を絞り出す。

「レブナント……『戦士』の死体を素材にしたモンスター、ですか……？」

「ああ。おぬしらヒト族には、『戦士』ではなく『冒険者』などと呼んだ方が通りがいいかもしれんがな」

ドドルガさんが語った、「レブナント」の正体。それは聞くもおぞましいものだった。

ドワーフ流にいえば「戦士」、この世界の人間流にいえば「冒険者」、俺たち流にいえば「探索者《シーカー》」——その死体を素材として、特殊な道具と儀式によって生み出されたモンスターが「レブナント」なのだという。

その強さは、生前のものをほぼそのまま引き継ぐ。25レベルの探索者《シーカー》であれば、25レベル探索者《シーカー》の能力をほとんどそのまま持ち合わせた強力なモンスターとして生まれ落ちる。


　普通の人間の死体を素材にしたモンスターが「ゾンビ」で、探索者《シーカー》の死体を素材にしたモンスターが「レブナント」らしいが……。

どちらにしてもおぞましいのだが、今の俺にとっては「レブナント」のほうが、実感を伴った嫌悪感として認識できた。

ドドルガさんは、険しい表情のままこう続ける。

「闇魔法の使い手ならば、『ゾンビ』や『スケルトン』は、自分のスキルと素材だけあれば生み出すことができる。だが『レブナント』となるとそうはいかん。レブナントを生み出すには『レブナントケイン』と呼ばれる強い力を持った特殊な錫杖《しゃくじょう》が必要だ。だが宝物庫から奪われた宝物の中に、それがあったのだ。それが邪教徒どもの手に渡ってしまった可能性が高い」

「じゃあ……ベルガさんは殺されて、レブナントにされちまうってことっすか?」

弓月もさすがに、普段のふざけた態度ではない。今にも泣きだしそうな顔で、おそるおそるといった様子で聞く。

だがバドンさんは、弓月の危惧《きぐ》を強い言葉で否定した。

「わしらがそうはさせんのだ！　レブナントを生み出すためには、およそ一日がかりの邪悪な儀式をせねばならん。殺されるのは、その儀式の最後だ。邪教徒どもがベルガをレブナントにするつもりなら、まだ半日は生かされておるはず」

「だったら、その儀式が終わる前に助け出せばいいんすね！」

「ああ。そして邪教徒どもは、致命的な『ミス』を犯した。いや『不運』と言ったほうがいいかもしれん。そしてわしらにとっては『幸運』だ」

「『ミス』で『不運』？　それって……？」

風音さんが問うと、ドドルガさんがニヤリと笑ってこう答えた。

「やつらにとっての『不運』で、わしらにとっての『幸運』、それはな——」

ちなみにだが、今回もまた特別ミッションが発生していた。

少し前に、こんなメッセージボックスが現れたのだ。

特別ミッション『ドワーフ戦士たちと協力して邪教徒を打倒する』が発生！

ミッション達成時の獲得経験値……８０００ポイント

ミッションとか関係なしに協力するつもりだったが、経験値ももらえるならそれに越したことはない。しかも８０００ポイントとは、かなりの高経験値だ。

俺たちはバドンさん、ドドルガさんとともに計画を練り、さっそく行動に移った。

＊＊＊

ドワーフ集落の西にある、打ち捨てられた神殿跡。

入り口前に立てられた神像は無残に破壊され、今やいずれの神を祭る神殿なのかも分からない。

――否《いな》。

神殿の入り口付近の台座の一つに、移動可能な小型の石像が一つ、配置されていた。

石像は、長い髪を背に流した、小柄な少女の姿をしている。

その右手には遊戯を象徴するサイコロが、左手には享楽を象徴する酒瓶が握られていた。

この世界の住人の多くは、この石像を見れば、遊戯と享楽を司る邪神ラティーマを模《も》したものであることを認識するだろう。

そうした即席の邪神像が配された神殿跡。

その奥まったところにある一室には、今、一人の女性が囚《とら》われていた。

ドワーフの女性だ。小柄でぽっちゃりしたヒト族の少女とも見えるその容姿は、ドワーフの男ならば多くの者が魅力的と認めるであろうものだ。

　そのドワーフ女性は、今は万歳をするように両腕を頭上に持ち上げられ、天井から鎖で吊《つ》るされている。

　彼女が身に着けていた鎖かたびら《チエインメイル》は脱がされ、敗北者の象徴であるかのように、足元の地面に打ち捨てられていた。

「うっ……」

　意識を失っていたドワーフ女性――戦士ベルガは、うっすらと目蓋《まぶた》を開いていく。

　ベルガがいるのは、冷たい石造りの一室だった。

　彼女には見覚えのない場所だ。意識を失っているうちに連れてこられたのだろう。

　彼女の目の前には今、一人のドワーフの男がいた。

　椅子に座った姿でニタニタと頬杖《ほおづえ》をつくその姿を、ベルガは静かに睨みつける。

「……グードン。これはいったいどういうことだ」

「くくっ、起きたかベルガ。見ての通りだ。お前は捕まったんだよ、俺の毒牙《どくが》にな」

　囚われのベルガの前にいたのは、彼女と同じ集落に住むドワーフの一人、グードンだった。

　ベルガの印象では、グードンはうだつの上がらない男だ。

　職人としても鉱夫《こうふ》としても真面目《まじめ》に働かず、そのくせ集落内での自分の待遇の悪さを呪

ってばかりいた。お世辞にも立派な人格の持ち主だとは評価できない。

それでもたまには、真面目になろうとして頑張っているらしき姿も見えた。ベルガが彼に、真面目に働けとはっぱをかけ続けていたせいかもしれない。

だからベルガは、彼から幾度もあったプロポーズには応えなかったものの、彼のことを決定的に嫌うことはせずにいた。

彼からの酒の差し入れを受け取ったのも、それを怪しまずに飲んでしまったのも、そのせいだ。

ドワーフ戦士ならば、守衛の最中に酒を飲むことはおかしなことではない。たしなみ程度の酒で酔っぱらって、仕事に支障をきたすドワーフなどいないからだ。

そう、本来ならば、ちょっと酒を飲んだ程度でベルガが意識を失うことなどありえないのだ。

何か特別な薬を盛られたのでもなければ――

「グードン。何のつもりかは知らないけど、今すぐこんなことはやめな。今ならまだ、ほんの間違いで済ませてやれる」

「はっ。この期《ご》に及んでまだ上から目線かよ、ベルガ。俺はずっと、そういうお前をめちゃくちゃにしてやりたくて、しょうがなかったんだよ」

グードンは立ち上がり、囚われのベルガににじり寄ってくる。

ベルガはどうにかこの状況を脱せないかと身をよじるが、彼女を吊るす鎖がじゃらじゃらと音を立てるばかりだった。

「くっ……！　いい加減にしな、グードン！　ここから先は、冗談じゃ済まされないよ！」

「分かっているさ、ベルガ。冗談なんかじゃない。俺は本気だ」

グードンの瞳には、狂気の色が宿っていた。

グードンの手が、ベルガの体へと伸びる。ベルガの衣服は、おもむろに破り裂かれた。

――それからしばらくの時間がたった。

囚われの獲物に歪《ゆが》んだ欲望をぶつけるグードンと、それにただただ耐えるしかなかったベルガのもとに、いずこからか二つの人影がやってきた。

ベルガはぼんやりと、新たにやってきた二人の姿を見る。

彼女を救いにきた救援者などではなさそうだ。

いずれも漆黒《しっこく》のローブに身を包み、フードを目深にかぶっている。

顔はよく見えないが、背丈と体型を見るにドワーフではないだろう。

おそらくはヒト族か。

「そろそろ満足されたかな、グードン殿」

黒ローブの人影のうちの一人が、グードンにそう語りかける。

ベルガはそれで、なんとなく察した。

ああ、こいつらが黒幕か、と。

グードンのような小物が、こんな大それたことを考えついたとして、実行まで漕《こ》ぎつけるとは思えなかったのだ。

だがそうだとして、こいつらの目的は何なのか。

分からない。分からないが――

「……グードン、あんたはこいつらに利用されてるよ」

ベルガは自らをさんざん辱《はずかし》めた男に向けて、そうつぶやいた。

それを聞いたグードンは目を丸くする。

一方、二人の黒ローブは互いに顔を見合わせ、それから心底おかしいといった様子で哄笑《こうしょう》した。

「くはははっ！　こちらのドワーフ女性は実に頭がいい！」

「今の今まで、何も不審に思わないグードン殿とは大違いだ！」

「何……!?　ど、どういうことだ!?　――ぐわぁああああっ！」

「こういうことだよ、グードン殿。――貴殿にも望んでいた享楽を与えてあげたんだ。感謝しながら死ぬといい」

黒ローブの一人が手にした「剣」が、グードンの左胸を貫いていた。

もがき苦しんだ後に、グードンは事切れる。

剣を手にした黒ローブの人影は、愚《おろ》かなドワーフの死体をゴミのようにうち捨てる。

それから囚われのベルガに向かって、恭《うやうや》しく礼をしてきた。

「お初にお目にかかる、ベルガ殿。私たちは、遊戯と享楽を司る神ラティーマの信徒だ」

＊＊＊

黒ローブの一人が、ボロボロ姿の囚われのベルガに向かって、恭しく礼をする。

対してベルガは、二人の黒ローブ姿を、強い瞳で睨みつけた。

「……あんたたち、『戦士』だね。それも手練《てだ》れの」

それを聞いた黒ローブたちは、その口を真っ赤な三日月のように吊り上げた。

「これはこれは、お目が高い。貴女《きじょ》も熟練の戦士のようだが、こうなってしまっては形無しだね」

「何が狙いだ。あたしをどうするつもりだ」

「くくくっ。『レブナント』と言えば、聡《さと》いあなたならお分かりいただけるかな？」

「なっ……!?」

レブナント。それは「戦士」の死体を素材にして作られる、強力なモンスターだ。

つまりこの二人は、ベルガを殺してレブナントにしてしまうつもりなのだろう。

そのためにグードンを利用し、ベルガを捕らえてここまで連れてきたのだ。

いや、ベルガたちの集落の宝物庫に守られていた稀少《きしょう》アイテム「レブナントケイン」の入手も、彼らの目的の一つだったのかもしれない。

宝物庫に秘蔵されていた「レブナントケイン」は、先代の戦士が冒険の旅の中で手に入れた宝物の一つだ。

価値ある宝物ではあるが危険なアイテムゆえに、処分するべきかどうかが幾度も検討され、今の今まで先送りにされてきたものだった。

そのことを、目の前の邪教徒どもはどこからか嗅《か》ぎつけ、この計画を案じたのだろう。

「くっくっく、良い反応だ。――そしてこれは、キミをトロフィーとした『ゲーム』でもある。残ったドワーフの戦士たちは、キミがレブナントへと成り果てる前に、キミを助け出すことができるだろうか？　それとも我らの手にかかり、彼らもまたレブナントの材料となってしまうのか」

「くっ、悪党どもめ！」

ベルガは歯をギリと噛《か》みしめる。

こいつら――邪神ラティーマの信徒どもにとっては、人の命など、ゲームのコマでしかないのだろう。

だがそこで、ベルガは冷静に息を吐く。

『戦士』をレブナントにするためには、長時間の儀式が必要だ。

今の状況を見るに、儀式はまだ十分に進んではいないはずだ。

殺されるのは、儀式の最後。

こいつらがベルガをレブナントにして、さらなる悪だくみのための強力なコマを手に入れたいのであれば、今すぐに殺されることはない。

「……で、ずいぶんと余裕ぶっているようだけど、何か策でもあるのかい？　あんたたちも手練れのようだけど、あたしの集落の戦士たち――バドンとドドルガもまた熟練の戦士だ。二対二でぶつかって、必ずあんたたちが勝つ道理なんてないんじゃないか？」

それもまた、楽しい「ゲーム」だとでも言うつもりだろうか。あるいはベルガを人質に取って、抵抗できないところをなぶり殺しにでもするつもりか。

ベルガがそう疑問に思っていると、邪教徒の一人が笑った。

「ああ。だから彼らには、面白いゲームを用意してあげたよ。キミたちの集落の周囲に、多数のスケルトンを隠して配置しておいた。そして、そのことを彼らに伝えてやったのさ。さあ、彼らはどう動くと思う？」

「チッ、何が『ゲーム』だ！　しっかり自分たちの勝ち筋を用意して」

ベルガやバドン、ドドルガといった熟練の戦士にとっては、雑魚《ざこ》モンスターの代表格であるスケルトンなど、何体いようが物の数ではない。

だが戦士でない者たちにとっては、スケルトンは恐るべき脅威《きょうい》だ。たった一体のスケルトンでも、集落のドワーフを全滅させることすらあり得るだろう。

つまり集落のドワーフたちを守るためには、バドンかドドルガのいずれかは集落に残らなければならない。

必然的に、ベルガを助けに来られるのは、いずれか一人だけ。

最初から二対一での戦いが仕組まれていたのだ。

「いやいや、ゲームは賽《さい》を投げてみなければ分からないものだよ。二対一でも、我らが負けるかもしれない」

「楽しいゲームには、多少のスリルは必要だからね」

そう言ってへらへらと笑う邪教徒たちに、ベルガは言いようのない嫌悪感を覚える。

そしてベルガは今になって、自らの迂闊《うかつ》さを呪った。

グードンから差し入れられた酒を無警戒に飲んだりしなければ、こんなことにはならなかったのだ。

「バドン、ドドルガ、集落のみんな……！　ちくしょうっ！」

鎖に吊るされ無様な姿となったベルガには、ただ地団駄を踏むことしかできなかった。

そして、そのとき――

「ベルガ、どこにいる！　返事をしろ！　このバドンが助けに来たぞ！」

一人のドワーフ戦士の声が、外から聞こえてきたのだ。

それを耳にした二人の黒ローブは、再びその口を三日月のように吊り上げた。

＊＊＊

――Ｓｉｄｅ：六槍大地――

「――ベルガ、どこにいる！　返事をしろ！　このバドンが助けに来たぞ！」

少し離れた場所から、バドンさんの声が聞こえてくる。神殿の表口のほうだ。

俺と風音さんはそれを、神殿の裏手側、草木がぼうぼうに生えた草むらに隠れた状態で聞いていた。

今の声は、バドンさんから俺たちへの合図でもある。

俺たちは、声がしてからゆっくり十秒ほど数え、しかる後に行動に移った。

なるべく音をたてないように、かつできるだけ素早く神殿に近付いていく。

それでも多少の音はどうしても鳴ってしまうが、やむを得ない。

先行する風音さんが、ぽつりとつぶやく。

「こんなことになるなら【隠密《おんみつ》】スキルを取っておけばよかったよ」

「うん、それ。俺も思いました」

「だよね」

次にスキルポイントを獲得したら、すぐに使わずに未使用で残しておくのも手だな――などと思いながら草むらを進んでいく。

ある程度まで神殿に近付いたところで、風音さんがピタッと動きを止めた。

「――ビンゴ。神殿内に気配が一つ。移動はしてないね」

神殿内に、移動していない気配が一つ。

ということは、それがベルガさんだろうか。

そしてちょうどそのとき、表口のほうから声が聞こえてきた。

「くっくっく、ようこそ、勇敢なドワーフの戦士よ。たった一人でのこのこと、よくも現れたものだ」

「ぬかせ！　貴様たちがそう仕組んだのだろうが！」

「そうとも。我々が仕掛けたゲーム、楽しんでいただけているようで何よりだよ。そしてここが、貴殿の人生というゲームのフィナーレだ」

「何がゲームか、卑怯者《ひきょうもの》どもめ！」

バドンさんともう二人、別の声が聞こえる。

おそらく敵の邪教徒が二人いて、それが表口でバドンさんと対峙《たいじ》しているのだろう。

それにしてもバドンさん、演技派だな。俺たちも彼の仕事にしっかりと応えないと。

俺と風音さんは互いにうなずき合うと、気配を感じたほうへと向かっていく。

神殿は開放的な造りで、戸もガラスもない吹きさらしの窓がいくつもある。

そこから神殿の室内へと入るのは、容易い仕事だった。

気配を頼りに俺たちが潜り込んだ一室には、案の定、女ドワーフの戦士ベルガさんが囚われていた。天井から伸びた鎖で拘束されている。

ベルガさんは俺たちに気付くと、目を丸くする。俺と風音さんは、口元に人差し指をあててみせて、ベルガさんを黙らせた。

だがそこで、俺は気付いてしまった。

ベルガさんが、あられもない姿だったのだ。衣服がビリビリに破り裂かれ、辱めをうけたような跡があった。

俺は目を背けるべきかどうか迷ったが、優先順位を考えて、ひとまずその思考は意識から除外した。

また室内にはもう一つ、目を背けたくなるものがあった。

グードン——あの陰気そうなドワーフが、事切れた姿で地面に転がっていたのだ。

どういうことだろうか。件《くだん》の邪教徒に殺されたのか。

それらを目撃した風音さんは、険しい表情をしたかと思うと、すぐにベルガさんに駆け寄って短剣で鎖を切った。

ベルガさんを吊るしていた鎖は、短剣《ルーンクリス》のひと薙《な》ぎであっさりと千切れ飛んだ。

脱力して崩れ落ちそうになったベルガさんを、風音さんが支えて床に下ろす。

風音さんは俺に向かって、こくんとうなずいてきた。任務完了だ。

俺は声を張り上げて、神殿の表口にいるバドンさんと、もう一人に向けて合図をする。

「バドンさん、ドドルガさん！　ベルガさんは助け出しました！　あとは敵を倒すだけです！」

「「よし来た！」」

表口のほうからは、喜び勇んだ二人のドワーフ戦士の声が聞こえてきた。

さらに続くのは、狼狽《ろうばい》した様子の、別の二人の声。

「なっ……⁉　もう一人のドワーフ戦士が隠れていただと⁉　なぜここにいる！　集落のドワーフを見捨てたのか⁉」

「それに今の声は何だ！　何が起こっている⁉」

よし。どうやら計画通り、敵の裏をかくことに成功したようだ。

俺たちと二人のドワーフ戦士は、邪教徒からの手紙の内容を確認した後、ベルガさん救出のための作戦を練った。

指定されていた神殿の場所はすぐに分かったのだが、問題だったのは、ベルガさんが敵に捕まっているという事実だ。

救出作戦実行の際に、ベルガさんを人質に取られては厄介だ。だから彼女を、敵に感づかれないよう秘密裏に救出する必要があった。

そのためにバドンさんが一芝居打ち、相手の術中にはまったふりをして、敵を表口におびき出した。ドドルガさんは表口付近に隠れて待機していた。

その一方で俺と風音さんが、裏口方面から神殿内に侵入して、ベルガさんを救出する手《て》筈《はず》となったのだ。

情報が不十分だったから不確定要素も大きく、どうしても賭《か》けの要素もできてしまったが、結果としてうまくいったので俺はホッと胸をなでおろしていた。

だがこれで仕事が終わりではない。

表口のほうからは、早くも戦いの音が聞こえてくる。二人のドワーフ戦士と、敵の邪教徒たちの戦いが始まったのだろう。

風音さんは【アイテムボックス】から毛布を取り出し、それをベルガさんにかけてやっていた。

俺はベルガさんに問う。

「ベルガさん、あとは一人で大丈夫ですか？」

「もちろんだ。あたしのことはいい。バドンとドドルガを助けにいってやってくれ」

「はい。風音さん、行こう」

「うん、大地くん！」

俺と風音さんは、二人で表口方面へと向かって駆け出した。

そのとき、ピコンッと音がして、メッセージボックスが開く。

ミッション『スケルトンを１０体討伐する』を達成した！

パーティ全員が２０００ポイントの経験値を獲得！

▼現在の経験値

六槍大地……８３４６６／９１１００（次のレベルまで：７６３４）

小太刀風音……８３５３６／９１１００（次のレベルまで：７５６４）

弓月火垂……８３６５９／９１１００（次のレベルまで：７４４１）

よし。弓月のほうも、うまいことやっているみたいだな。

俺と風音さんが神殿内を駆けていくと、やがて表口付近にたどり着いた。

そこでは黒ローブ姿の二人と、二人のドワーフ戦士とが、二対二の戦いを繰り広げていた。

戦いの様子は、どちらが優勢でも劣勢でもなく、ほぼ互角に見える。

そこに俺たちが踏み込んだ。

しかもドワーフ戦士たちと俺たちとで、黒ローブの二人を挟み撃ちにできる構図だ。

二人のドワーフ戦士が、俺たちの到着を見てニヤリと笑う。

一方の黒ローブたちは、慌てた様子をみせた。

「バカな⁉　人間の冒険者だと⁉」

「き、汚いぞ！　そんなのゲームバランスが──」

「お前らが言うか！　くらえっ、【三連衝】！」

「──はぁああああっ！」

敵に駆け寄った俺と風音さん、二人の槍と短剣が、それぞれ一人ずつの黒ローブに攻撃を仕掛けた。

＊＊＊

勝負は、ほぼ一瞬でついた。

相手の邪教徒は二人とも、おそらく25レベルの熟練探索者《シーカー》に相当する実力者だ。普通に戦えば、簡単な相手ではなかっただろう。

だが同じく25レベルの熟練戦士であるバドンさんやドルガさんと対峙しており、俺たちだけに注意を割くことができない状況。

しかも背後から襲い掛かった俺の攻撃を、邪教徒が回避できる余地はなかった。

卑怯と言わば言え。万倍の悪党相手に、こっちだけ潔癖を貫くつもりなんてさらさらなかった。

「くらえっ、【三連衝】！」

槍《コルセスカ》を手にした俺の右手がスキルの輝きを帯び、次の瞬間、三連続の突きが黒ローブの人影を貫く。

大ダメージを与えたという確かな手ごたえ。

「がはっ……！　な、んだ……その、技は……」

邪教徒の男は白目をむき、どさりと倒れた。

大ダメージどころか、【三連衝】一発で撃破できてしまったようだ。

その光景を見たバドンさんは、驚いた様子で目を見開く。

「な、なんと⁉　この手練れの邪教徒を、ただの一息で、だと⁉」

「そんなことよりバドンさん、すぐに向こうの援護を」

「あ、ああ。そうだな」

一人を倒してしまえば、もう一人を制圧するのは造作もない。

そっちには風音さんが斬りかかって、ダメージを与えていた。

相手の剣による反撃があったようだが、それも風音さんは見事に回避した模様。

そこにドドルガさんの援護が入り、さらに俺とバドンさんも駆けつければ、そいつはもう為すすべがなくなった。

四人から武器を突きつけられ、剣を捨てた邪教徒の男。

だがそいつは、負け惜しみのようにくくくっと笑う。

「やれやれ、我らが女神ラティーマは気まぐれだ。こんな賽の目が出るとは予想していなかったよ。――だがいいのか？　貴様らドワーフの集落は、今頃スケルトンたちの襲撃を受けていることだろう。全戦力をこちらに向けた報いを受けるがいい。くくくっ……はーっはっはっは！」

どうやら何か勘違いをしているようだった。

こっちが総勢四人だとは、一言も言っていないはずなのだが。思い込みって怖いな。

俺は槍を突きつけたまま、黒ローブに言ってやる。

「いや、集落には一人配置してるぞ。少なくとも十体のスケルトンが、すでに消し炭にされていることは間違いない」

「は……？」

「ふんっ、そういうわけだ。いい加減、貴様も眠っとれ！」

「グゲッ！」

バドンさんが斧の柄で後頭部をぶん殴ると、その黒ローブも白目をむいて気絶した。

やれやれだな。

「終わったみたいだね」

そう言って神殿の奥から現れたのは、毛布をまとったドワーフの女戦士、ベルガさんだった。

少しふらついてはいるが、危険な状態ではなさそうだ。

「ベルガ！　無事だったか！」

「よかった！　一時はどうなることかと思ったぞ！」

バドンさん、ドドルガさんがベルガさんに駆け寄り、彼女の無事を喜ぶ。

一方で俺も、隣にいた風音さんと拳《こぶし》をこつんとぶつけ合って、互いの健闘をたたえた。

そこでピコンッと、メッセージボックスが開く。


特別ミッション『ドワーフ戦士たちと協力して邪教徒を打倒する』を達成した！

パーティ全員が８０００ポイントの経験値を獲得！


六槍大地が２７レベルにレベルアップ！

小太刀風音が２７レベルにレベルアップ！

弓月火垂が２７レベルにレベルアップ！

▼現在の経験値
六槍大地……９１４６６／１０５１８８（次のレベルまで：１３７２２）
小太刀風音……９１５３６／１０５１８８（次のレベルまで：１３６５２）
弓月火垂……９１７２９／１０５１８８（次のレベルまで：１３４５９）

特別ミッション達成。そしてレベルアップだ。

「じゃ、帰ろうか大地くん。火垂ちゃん、一人で寂しがってるかも」

「そうですね」

ドワーフ戦士たちの話も一段落ついたようだ。

グードンが命を落としたことを知ったバドンさんとドドルガさんは、その死と愚かさを嘆いていた。

そうしてベルガさんを救出した俺たちは、ドワーフ集落への帰途につこうとしたのだが

――

そのとき俺の視界の端に、神殿の入り口の台座に置いてあった、小型の石像の姿が映った。

「……?」

邪教徒たちが配置した邪神の像だろうか。

右手にサイコロ、左手に酒瓶を持った、少女の姿を模した石像なのだが――

俺はその石像の姿を、どこかで見たことがあるような気がした。

……いや、気のせいか。この世界の邪神の姿なんか、俺が知る由《よし》もない。

俺は特に気にすることもなく、その場を後にしたのだった。

＊＊＊

「先輩先輩先輩～っ！　会いたかったっすよ～！　うち一人で寂しかったっす～！」

ドワーフの集落に戻ると、忠犬のように駆け寄ってきた弓月が、俺に向かってダイブしてきた。

俺は慌ててそれを受け止める。

衣服越しに感じる後輩女子の柔らかな肌の感触に、俺は思わずドギマギしてしまう。

「お、おう。悪かったな、集落のほう一人で任しちまって」

「本当っすよ。悪かったと思うなら、うちのことたくさん褒めてなでなでしてほしいっすよ」

「そ、そうか。一人でよく頑張ってくれたな。偉いぞ」

「にへへ～♪」

俺が頭をなでてやると、弓月はすごく嬉《うれ》しそうににこにこした。

けど弓月って、もともとこんなキャラだっけ？

なんか最近、俺にデレすぎてないか。お前の芸風それで大丈夫か。

今回のミッションに取り掛かるにおいて、集落の防衛は、弓月に一任していた。

ミッション「スケルトンを１０体討伐する」があったから、俺たちとしては俺か風音さん、弓月の三人のうち誰かを集落防衛役に配置しておきたかったのだ。

率先して集落防衛を申し出た俺たちの様子に、バドンさんとドドルガさんは少しだけ首をひねったが、特に深く事情を聞くこともなく配置は譲ってくれた。

結果、弓月は問題なく役割を果たしてくれたようだ。話を聞くと、トータルで二十体ほどのスケルトンを火炎魔法で屠《ほふ》ったらしい。

ちなみに、そんな俺と弓月の様子を見た風音さんはというと——

「あーっ、火垂ちゃん抜け駆けしたな～？　そんな火垂ちゃんは、大地くんごと、こうしてやる。ぎゅーっ♪」

「きゃいんっ♪」

弓月と、それを抱っこしてなでなでしていた俺ごと、まとめて抱きしめてきた。
俺はいつものごとく、風音さんと弓月の甘い匂いに包まれてくらくらとした。

「ちょっ、ちょっと風音さん!?　人前……！　ドワーフの人たち見てますから！」

「えーっ、人前で火垂ちゃんを抱っこしてなでなでしてた大地くんがそれ言う？」

「うっ……いや、それは……こ、こいつがいきなり飛びついてきたりするから。弓月、お前のせいだぞ」

「先輩～、人のせいにするのはよくないっすよ」

「ぐぬぬっ……」

そんな俺たちの様子を見た集落のドワーフたちは、「ヒト族のスキンシップは過激だねえ」「羞恥心のありようが我らとは違うのかもしれんな」などと言って興味深そうにしていた。ごめんなさい、それきっとヒト族の特徴じゃないです。

なお打ち倒した二人の邪教徒は、集落のドワーフたちによって裁かれることとなった。
バドンさん曰《いわ》く、まず間違いなく極刑だろうという話だ。

俺たちは手を貸しただけで、特に処遇に口出しをするつもりもなかったし、そこは彼らに任せることにした。

また俺たちは、集落のドワーフたちからも、あらためてたくさんのお礼を言われた。
ゴブリン退治をした村でもそうだったが、感謝をされることに慣れていないので、すごくむず痒《がゆ》かった。風音さんと弓月も、ぐでんぐでんに照れていた。

　またバドンさん、ドドルガさん、ベルガさんの三人のドワーフ戦士たちは、俺たちへの感謝の気持ちとして、連名で「ドワーフ大集落ダグマハル」への紹介状を書いてくれた。

　ダグマハル大集落は、ここよりもはるかに規模が大きいドワーフ集落だとのこと。

　この地域からだとかなり距離があるが、強力な武具がほしければ行ってみるといいと言われた。紹介状には、俺たち三人のことが「ドワーフの友」として記されていた。

　加えて、紹介状を受け取った段階でメッセージボックスが開き、新規ミッションの発生を知らせてきた。


新規ミッション『ドワーフ大集落ダグマハルに到達する』（経験値２００００）が発生！


　これは予想外の朗報だった。獲得経験値も相当に大きい。

　ただ距離が遠いのが難点か。徒歩で一週間ほどかかるという。

　ほかのミッションとも相談になるが、状況次第では目指してみる手はあるだろう。

　その後、俺たちはドワーフたちに見送られて、集落をあとにする。

　ちょっとした報酬ももらって、ホクホク気分で街への帰路についた俺たちだった。

六槍大地

レベル：２７（＋１）　経験値：９１４６６／１０５１８８
ＨＰ：１７４／１７４（＋６）　ＭＰ：１４２／１５０
筋力：２５（＋１）　耐久力：２９（＋１）　敏捷力：２１　魔力：２５
スキル：【アースヒール】【マッピング】【ＨＰアップ（耐久力×６）】
【ＭＰアップ（魔力×６）】【槍攻撃力アップ（＋２２）】（Rank up!）
【ロックバレット】【プロテクション】【ガイアヒール】【宝箱ドロップ率２倍】
【三連衝】【アイテム修繕】【命中強化】【グランドヒール】【翻訳】

残りスキルポイント：１

小太刀風音
レベル：２７（＋１）　経験値：９１５３６／１０５１８８
ＨＰ：１２６／１２６　ＭＰ：１１０／１１０（＋５）
筋力：２１　耐久力：２１　敏捷力：３６（＋１）　魔力：２２（＋１）
スキル：【短剣攻撃力アップ（＋１８）】（Rank up!）【マッピング】【二刀流】
【気配察知】【トラップ探知】【トラップ解除】【ウィンドスラッシュ】
【アイテムボックス】【ＨＰアップ（耐久力×６）】【宝箱ドロップ率２倍】
【クイックネス】【ウィンドストーム】【ＭＰアップ（魔力×５）】【二刀流強化】
【回避強化】【翻訳】【隠密】（new!）

残りスキルポイント：０

弓月火垂
レベル：２７（＋１）　経験値：９１７７２９／１０５１８８
ＨＰ：１２６／１２６　ＭＰ：２５８／２８８（＋１２）
筋力：１８（＋１）　耐久力：２１　敏捷力：２５　魔力：４８（＋２）
スキル：【ファイアボルト】【ＭＰアップ（魔力×６）】【ＨＰアップ（耐久力×６）】
【魔力アップ（＋１２）】（Rank up!×２）【バーンブレイズ】
【モンスター鑑定】【ファイアウェポン】【宝箱ドロップ率２倍】
【アイテムボックス】【フレイムランス】【アイテム鑑定】
【エクスプロージョン】【翻訳】
残りスキルポイント：０

第四章

昼前ごろにドワーフ集落を出た俺たちは、山道を通って街への帰路についていた。

道程の八割ほどを進んできて、街まではもうしばらくといったところ。

あたりはそろそろ暗くなってきており、俺はランタンを片手に先頭を歩いていた。

「そろそろいい時間になってきたか……。風音《かざね》さん、いま何時です？」

「んー……六時五十二分、だね」

「街の門限が二十時でしたよね。たぶん間に合うとは思うけど」

「ちょーっとギリギリかもね。急いだほうがいいかも」

「でも時間に遅れても、夜警の人に賄賂《わいろ》を払えば入れてもらえるみたいっすよ」

「賄賂言うな。手間賃と言いなさい」

「もしくはうちが色仕掛けをして入れてもらってもいいっす。うっふーん♪」

「こら。お兄ちゃんは色仕掛けなんて許さないからな。俺は弓月《ゆづき》をそんな風に育てた覚えはありません」

「……大地《だいち》くん、言動のそこかしこに火垂《ほたる》ちゃんへの独占欲が見えるんだよねぇ」

「え……？　いや、そういうわけじゃ……」

「うちのこと独占したいなら責任もてっすよ」

「そうだそうだー。責任もてー」

「「責任！　責任！」」

「いや、あの、だからね……？」

三人でそんな他愛《たわい》もない話をしながら、街への帰り道を歩いていく。

話の流れが微妙におかしい気もするが、いつものことなので気にしないことにする。

そうして山道から街道へと合流し、少し進んだときのことだった。

思いもかけない出来事が、俺たちに訪れたのだ。

「た、助けて！」

街道の横手に広がる森の奥から、一人の少女が駆け出してきた。

金髪碧眼《へきがん》で痩身《そうしん》の美少女だが、身に着けているものはズタボロで、顔や手足もあちこちが汚れている。

だが何より特徴的なのが、その耳だ。

横に長く伸び、先がとがっている。エルフという種族の特徴だ。

エルフはドワーフと同様、この世界で人間とともに暮らしている異種族の一つである。

そして――

「待ちやがれ！」

「逃げんじゃねぇこのアマ！　殺されてぇのか！」

同じく森の奥から、エルフ少女のあとを追いかけて、二人の人間の男が姿を現した。

いかにも乱暴そうな、ごろつきという風体《ふうてい》だ。

だが冒険者のような「力」を持った者たちではないなと感じた。

ごろつき風の男たちは、俺たちの姿を見ると「げぇっ、冒険者だと!?」とうめいて、うろたえた様子を見せる。

一方のエルフの少女は、俺たちにすがりついてきた。

「お願い、助けて！　あいつらは人さらいで、私は命からがら逃げてきたの！」

さて、唐突に訪れたこの事態。どうしたものか。

目の前のエルフの少女が、嘘《うそ》をついていないとも限らない。

物事を正しく判断するための十分な情報はない。

風音さんと弓月を見ると、いつものように俺に任せるスタンスのようだった。

ごろつき風の男たちは、少し怯《おび》えた様子で、俺たちに愛想笑いを向けてくる。

「へ、へへっ……冒険者さんたちよ、これはあんたたちには関係のねぇ話だ」

「そ、そうだぜ。これは俺たちと、そのエルフ女の問題だ。手出ししねぇでくれよ」

そう言って、二人はゆっくりと歩み寄ってきた。

一方のエルフの少女は、俺の後ろに逃げ込んで、びくびくと震える。

「お、お願い、助けて！　悪いヒト族の奴隷にされるなんて嫌よ！」

「うるせぇ！　逃げずにこっち来いっつってんだクソアマ！　マジでぶっ殺すぞ！」

ごろつき風の男は、エルフ少女に向かって恫喝《どうかつ》する。

エルフ少女はヒッと声を上げて怯えながら、俺にぎゅっとつかまってきた。

……さてまあ、正義がどちらにあるか厳密には分からないとはいえ、だ。

ここはもう、印象勝負でいい気がするな。

俺はごろつき風の男たちに向けて、静かに言い放つ。

「事情は分からないけど、『ぶっ殺す』とは穏やかじゃないな。無関係とはいえ、関わってしまった以上は見過ごせない」

「だよねー」

「ま、先輩ならそう言うと思ってたっす」

俺に加えて、風音さんと弓月もエルフ少女を守るように前に立ち、ごろつき男たちを威《い》嚇《かく》した。

ごろつき男たちは、タジタジになる。

それはそうだろう。向こうが冒険者でもない一般人なら、彼我《ひが》の戦力差は比較するのもアホらしいぐらいだ。

男の一人が腰の短剣に手を伸ばしかけたが、その手が途中で止まる。

「く、くそっ、ダメだ！　相手が冒険者じゃ勝ち目がねぇ！」

「お、覚えてやがれ！」

結局、二人のごろつき男は捨《す》て台詞《ぜりふ》を残し、慌てて森の奥へと逃げ去っていった。

ま、こんなところだろう。暴力沙《ざ》汰《た》にならなかったのは良かったな。

エルフの少女は、俺たちに向かってぺこりと頭を下げてくる。

「あ、ありがとう、助かったわ。――でも図々しいのは承知で、もう一つお願いがあるの！　あいつらに捕まっている、私の友達も助けて！」

えぇー……。

俺は風音さん、弓月と、三人で顔を見合わせたのだった。

＊＊＊

エルフ少女を助けたと思ったら、さらなる「お願い」をされた。

ちょっとげんなりはしたが、ともあれ話を聞いてみることにした。

エルフ少女は、一秒も惜しいというような慌てた様子で、事情を説明してくる。

「この森の奥で、人さらいの一団が野営をしているの。私たちはそいつらに捕まっていて、どうにか隙を見て逃げ出してきたんだけど……。でも一緒に逃げたもう二人の友達は、やつらに捕まってしまったみたいなの。このままあいつらに連れていかれたら、悪いヒト族の奴隷にされてしまう！　お願い、リーゼとシアを助けて！　私にできることなら何でもするから！」

必死に懇願してくるエルフ少女。さて――

風音さんと弓月のほうをちらりと見ると、二人は助けに行きたそうな目をしていた。ですよね。

ただ、これだけは聞いておかないといけない。

俺は取り急ぎ、エルフ少女に問う。

「その人さらいの一団、数は何人いる？　その中に『冒険者』――あるいはそれと同じ力を持ったやつがいるかどうかは分かるか？」

「人さらいたちは、全部で七人よ。『冒険者』っていうのは、エルフの『戦士』みたいな力を持った人たちってことよね？　それだったらきっと『親分』って呼ばれていたやつがそう。ほかの六人はみんな『親分』を怖がっていたし、道中でゴブリンに襲われたときには『親分』一人で全滅させていたもの」

ってことは、探索者《シーカー》相当の能力を持っているやつは、その「親分」一人だけと見てよさそうだな。

それならどうにかなるか。

限界突破しているやつだったら、とか可能性を考えるとキリがないが、ひとまず除外して考えるべきだろう。

それはそうと、エルフもドワーフと同じで「戦士」呼びなんだな。

相変わらず、呼び方がいくつもあると面倒くさいな、とかはさておき。

俺はエルフ少女に少し離れているように言ってから、風音さん、弓月と相談する。

「探索者《シーカー》相当の能力持ちは、おそらく一人。ほかの六人は物の数にも入らないと考えると、リスクはゼロじゃないにせよ、分《ぶ》はいいと思います。俺たちのメリットはほとんどないですけど、俺は——」

と、そこまで言ったときに、ピコンッと音がした。

視界に半透明のメッセージボックスが開く。


特別ミッション『人さらいの一団から囚《とら》われのエルフを救出する』が発生！

ミッション達成時の獲得経験値……５０００ポイント

……ここで出てくるんかい。

俺はなんとなく気勢を削《そ》がれた気分になりつつも、言葉を続ける。

「前言撤回、一応メリットもあるみたいです。どうしますか？」

「大地くんは、どう思う？　やめたほうがいいと思う？」

風音さんの問い返し。

俺は、首を横に振る。

「正直、分かりません。ドワーフ集落のときもそうでしたけど、俺たちにとって致命的なレベルのリスクがゼロとは言えない。でも気持ちとしては、助けてやりたいです」

「それは同感だね。火垂ちゃんは？」

「己の危険を顧みずに、弱きを助け、悪を挫《くじ》く——ちょっと『勇者』って感じがしてカッコよくないっすか？」

「それは同意ってことでいいのか？」

「うっす」

「じゃ、決まりでいいか」

なんだかんだ言いつつ、風音さんも弓月も「お人好《ひとよ》し」って感じがするな。

俺も含め、いずれ痛い目を見るかもしれないが、そのときはそのときだ。

俺はエルフ少女を呼び戻す。

「よし——じゃあ、えっと……」

「リヴィエラ。私の名前はリヴィエラよ」

「分かった、リヴィエラ。その人さらいたちが野営をしている場所まで案内してくれ」

「ありがとう！　お礼にあとで何でもするわ。ついてきて」

エルフの少女——リヴィエラはそう言って、再び森の中へと入っていく。

俺たちはそれを追いかけた。

そんな折、弓月がにひひっと笑って俺にちょっかいをかけてくる。

「でも先輩。エルフの美少女に『何でもする』って言われて、エッチなことでも想像したんじゃないっすか？」

「し、してねぇよ」

「本当っすかねぇ～。どう思うっすか、風音さん？」

「大地くん、私は寛大《かんだい》だから、正直に白状すれば許してあげるよ」

「すみません。一瞬だけ想像しました。で、でも本当に一瞬だけですよ？」

「あ～、やっぱりぃ～。でもその正直さに免じて許してあげよう。私は寛大だから」

「浮気《うわき》はダメっすよ、先輩。あ、でも浮気じゃなくて本命複数ならありっす」

「ありなのか」

「普通はダメっす。でもうち的にはありっす」

「私も許そう。寛大だから。えへんっ」

「…………」

女子同盟、強すぎない？

男子の本能だからしょうがないだとか、内心の自由の侵害だとかいう抗弁が許されそうな雰囲気ではないぞ。藪《やぶ》をつついたら二匹の大蛇に食い殺されそうだ。

それはそうと、いま風音さんが聞き捨てならないことを言ったような……。

いや、今はそんなことを考えているときじゃないな。目の前の課題に集中しよう。

俺はリヴィエラが進んでいくあとを、緊張感を高めながらついていった。

＊＊＊

「友達を助けてほしい」と言われ、エルフの少女リヴィエラの後をついていった俺たち。

しばらく森の中を進んだところで、リヴィエラが足を止めた。

「この先よ」

そう言ってエルフの少女が指し示した先——鬱蒼《うつそう》とした木々の向こうには、焚火《たきび》によるものと思《おぼ》しきわずかな明かりが見えた。

人さらいたちが、森の中で野営をしているという話だったが。

野営の現地までは、まだ距離がありそうだ。

またその方角からは、いくつかの声が聞こえてくる。

何を話しているかはうまく聞き取れないが、多くの男の声の中に、悲鳴にも似た女性の声がわずかに混じっていた。

「リーゼ、シア、無事でいて」

祈るように悲痛な声を上げるリヴィエラ。

風音さんと弓月も、睨《にら》みつけるような表情で前方を見すえていた。

俺はリヴィエラに伝える。

「ここから先は俺たちだけで行く。キミはここで待っていてくれ」

「分かったわ。しつこいようだけど、お願い。リーゼとシアを——私の友達を助けて」

俺はそれにうなずくと、次に風音さんに声をかける。

「風音さん。スキルポイント、まだ残してありますか？」

「え、ごめん。【隠密《おんみつ》】取るのに使っちゃった」

「いえ、それなら逆に都合がいいです。俺も【隠密】を取りませんかって言うつもりだったので」

「なるほど。火垂ちゃんは？」

「うちはそもそも、修得可能スキルリストに【隠密】なんてスキル出てないっすよ。ちぇーっ、二人だけお揃《そろ》いっすか」

「あ、ははは……それはごめんね、火垂ちゃん」

「お揃いとか、そういうのはいいから。でもそれなら、まずは俺と風音さんだけで先行したほうがいいな」

俺はスキル修得画面を操作し、【隠密】スキルを修得する。

１レベルのときからリストに載っていた、死にスキルかと思っていたものを今になって修得するのは、何とも言えない感慨深さがあるな。

スキルを修得すると、直感的にスキルの使い方を把握した。

意識的に効果のオンオフができて、オンにすると自分の存在感や気配のようなものを希薄にでき、さらに立てる物音も最小限に抑えることができるようだ。

俺は試しに、【隠密】スキルの効果をオンにしてみる。

すると隣にいた風音さんが、ピクリと反応した。

「大地くん、【隠密】スキル使った？」

「はい。使ったの分かります？」

「うん。なんか【気配察知】で感じ取れる気配が、スーッて小さくなった感じ。隣にいるからさすがに気付いたけど、遠くだといつの間にか消えちゃう感じで分からないかも」

なるほど。ということは、【気配察知】持ちの相手に対しても、一定の効果はあるってことだな。

「じゃ、私も――」

風音さんがそう言った直後、風音さんの存在感のようなものが、スッと薄くなった。

風音さんのほうを注目すれば視認はできるけど、背景に溶け込んでいるかのように認識しづらい感じ。

もちろんそこまで強力な効果ではなくて、ほんのわずかに認識が揺らぐぐらいのものだけど。

「よし。じゃあ俺と風音さんでまず様子を見てくる。弓月は合図をしたら動いてくれ」

「ラジャっす」

俺は風音さんとうなずき合うと、二人で暗い森の中を進んでいった。

【隠密】スキルのおかげか、地面は下草で覆われているというのに、驚くほど音が立たない。よほど静まりかえった場でもなければ、違和感を覚えることすら困難だろう。

少し進むと、聞こえていた会話の内容が、はっきりと聞き取れるようになってきた。

「で、ですから親分。冒険者のやつらが邪魔したもんですから」

「そうなんですよ。俺らにはどうしようも」

先ほどの二人のごろつき男の声だ。どこか怯えたように、うわずっている。

そこに被《かぶ》せられるのは、威圧感のある野太い声だ。

「ああ？　だからテメェらは、大事な売り物を逃がした責任を、どう取るつもりかって聞いてんだよ。一人逃がしたら俺がどれだけ損をするか、分かってねぇわけじゃねぇよなあ？」

「いや……それは……その……」

「す、すいやせん！　どうか、どうかお許しを！」

相変わらず怯えた二人のごろつき男の声。

おそらく二人が話している相手が、リヴィエラが言っていた「親分」だろう。

やがて俺たち二人は、人さらいたちの野営地を視認できる場所までやってきた。

風音さんとともに太い木の陰に隠れて、様子を窺《うかが》う。

そこは森の中にある、ちょっとだけ開けた広場のような場所だった。

中央に焚火があり、その周囲に、全部で十近い数の人影がある。

人影のうち二つはエルフのようで、手足を縛られ猿ぐつわをかまされた状態で、二人並んで座らされていた。

　残る人影は七つ。

　そのうちの一つ――「親分」と呼ばれている髭面《ひげづら》の巨漢が、焼いた肉にかぶりつきながら、目の前の二人の男を詰めていた。

　詰められている二人の男は、先ほど遭遇《そうぐう》したごろつき風のやつらだ。

　そいつらは土下座をするように地面に両手をつき、ひどく怯えながら「親分」の顔色を窺っている。

　残る四つの人影――いずれもごろつき風の男たち――も、「親分」の不機嫌な様子に、びくびくと怯えているようだった。

　俺たちの存在には、「親分」を含め、誰も気付いていない様子だ。

　さて、どう攻めるか――

　俺は少し考えてから、小声で風音さんに問う。

「風音さん、救助対象のエルフ二人の回収を任せてもいいですか？　彼女らを人質にとられると厄介なので」

「うん、それは問題なくやれると思う。速さには自信あるしね。とはいえ『親分』の動き次第のところはあるけど。大地くんは？」

「俺は『親分』を抑えます。風音さん抜きだと一対一になるので、弓月が到着するまでは無理に攻めない方向で。釘付《くぎづ》けにだけしておきます」

「分かった。絶対に無理はしないでね」

「しませんよ。万が一があったら、もう風音さんとイチャイチャできなくなるじゃないですか」

「うわぁっ、相変わらず恥ずかしいこと言うね、大地くんは。でも意気は伝わったよ。それなら安心だ」

話はまとまった。

数秒後、俺は風音さんと息を合わせて、行動を開始した。

＊＊＊

俺と風音さんは、隠れていた木の陰から飛び出し、行動を開始した。

風音さんが人質二人に向かって駆け出すと同時、俺は大声で叫ぶ。

「弓月、出番だ！」

「了解っす！」

「なにぃっ⁉」

後方から弓月の声が聞こえてきて、ほぼ同時に「親分」の驚きの声。

俺はその「親分」に向かって、槍を手に駆けていく。

「親分」は手にしていた肉を放り捨てると、かたわらに置いてあった大剣を取って立ち上がった。

ほぼ完全に不意を突いたというのに、すぐさま対応してくるのは大したものだと思うが、それでも行動のわずかな遅れは免れない。

俺は「親分」の前まで駆けていくと、右手にスキルの力を宿し、発動した。

「【三連衝《さんれんしょう》】！」

相手の回避動作は、到底及ばない。

ガガガッという金属を貫いたような音とともに、三連撃が「親分」の胴を撃った。

「親分」が身に着けている防具は、鎖かたびら《チェインメイル》のようだ。

俺たちの世界のそれと同じなら、防御力はかなり高いはず。

「ぐっ……！　なん、だと……⁉」

驚きの声を上げる「親分」だが、意識を失ったり倒れたりはしない。わずかによろめくが、持ちこたえる。

やはり【三連衝】をもってしても、一発では落ちなかったか。

俺は直後、すぐさまバックステップをして後退、距離を取る。

大剣を手にした「親分」の手に、スキルの輝きがわずかに宿ったように見えたが、俺の後退を見てキャンセルしたようだ。チッという、「親分」の舌打ちが聞こえてくる。

ふぅっ、危ない。接近戦を続けようとしていたら、あれを叩《たた》き込《こ》まれていただろうな。

どんなスキルかは分からないが、武器攻撃系のアクティブスキルである時点で、まあまあヤバいものである可能性が高い。

たぶん【二段斬り】あたりだとは思うが、だとするなら【三連衝】の三分の二の威力があるスキルということだしな。決して侮《あなど》っていい攻撃ではない。

「親分」は攻撃スキルをキャンセルした代わりに、魔法発動の準備動作を開始していた。

その身にまとうのは、茶色の燐光《りんこう》。俺と同じ土属性魔法の使い手か。

俺もまた、中距離から魔法発動の準備をする。

俺の目的は「親分」を俺に釘付けにしておくことであって、無理をして撃破することじゃない。なるべく距離を取って、慎重に戦うべきだ。

風音さんのほうをチラ見すると、彼女は早くも人質を回収し、二人のエルフ娘を小脇に抱えて野営地から離脱していた。

ごろつき男たちは完全に翻弄《ほんろう》され、手も足も出せなかったようだ。

まあそうだろう。少しぐらい数がいたところで、一般人が風音さんのスピードについていけるはずがない。

「何やってんだテメェら！　さっさと追いかけてぶっ殺せ！」

「で、でも親分！　相手が冒険者じゃ、俺たちには無理っすよ！」

「くそっ、使えねぇやつらだな！　――【グランドヒール】！」

「親分」が選択したのは、治癒魔法で自身のＨＰを回復するという行動だった。

治癒の輝きが「親分」の全身を覆い、俺の【三連衝】が与えたダメージのいくぶんかが治癒されたようだ。

　そこに俺は、追加攻撃を加える。

「【ロックバレット】！」

「ぐぅっ！」

　岩石弾が「親分」に命中して、ダメージは与えた。

　だが大きなダメージではないはずだ。

【グランドヒール】と【ロックバレット】の撃ち合いでは、普通に考えて分が悪い。こちらの与ダメージよりも、敵の回復量のほうがはるかに大きく、いずれ回復しきってしまうだろう。

　だがそれで問題ない。戦闘が長引けば、有利になるのはこっちだ。

「――先輩、お待たせせっす！　あいつが『親分』っすね！」

「ああ。いいタイミングだ、弓月」

　そしてお待ちかねの弓月が、戦場に到着した。

　こうなれば、ほぼこっちの勝ち確だ。

「くそっ、三人目の冒険者だと!?　――テメェら、ずらかるぞ！」

「親分」の判断は早かった。

　即座に切り替えて、俺たちに背を向け、撤退《てったい》を始める。

　魔法で追撃を仕掛けようかとも思ったが、「親分」は森の木々を遮蔽《しゃへい》にして逃走したため、それも難しかった。

「ああーっ、逃げられるっす！　先輩、追うっすか？」

「いや、逃がしていいよ。闇雲に深追いしたら、返り討ちに遭わないとも限らない。それに俺たちの目的は、あいつらの討伐じゃないからな」

「あ、そういえばそうっすね」

しばらくすると、視界内から人さらいの一団がすべて消え去っていた。

静かになった場に、パチパチと爆《は》ぜる焚火の音が響きわたる。

「終わったみたいだね」

風音さんも戻ってきた。救助した二人のエルフと、リヴィエラも一緒だ。

そのタイミングで、メッセージボックスが開く。


特別ミッション『人さらいの一団から囚われのエルフを救出する』を達成した！

パーティ全員が５０００ポイントの経験値を獲得！

▼現在の経験値
六槍《むそう》大地……９６４６６／１０５１８８（次のレベルまで：８７２２）
小太刀《こだち》風音……９６５３６／１０５１８８（次のレベルまで：８６５２）
弓月火垂……９６７２９／１０５１８８（次のレベルまで：８４５９）

よし、一件落着と。

リヴィエラを含めた三人のエルフは、俺たちに向かって感謝の言葉を伝えてくる。

「本当にありがとう！」

「あなたたちが助けてくれなかったら、私たち、どうなっていたことか」

「あなたたち三人は、私たちの恩人よ。心から感謝するわ」

うーん、エルフたち、正直誰が誰だか分からないな。

みんな美少女なのはいいんだけど、三人とも同じような属性に見えて区別がつかない。

ともあれ、感謝をされれば嫌な気持ちはしない。何より彼女らが助かってよかった。

「俺も嬉《うれ》しいよ。キミたちが無事でよかった」

少し気恥ずかしいが、想いをそのまま伝えてみた。

二度と会わないかもしれない相手だ。お互いに、いい気分で別れておくのも悪くないだろう。

そう思ったのだが——

「ねぇ風音さん。こっち来てから先輩、キャラがイケメン寄りになってきてないっすか？陰キャ寄りだった先輩の台詞とは思えないっす」

「ね。どうしちゃったんだろ。前はもっと口下手《くちべた》だったのに」

「……そこ二人。一所懸命に俺をディスらなくていいから」

俺の背後でこそこそ話を展開する二人の女子に、ツッコミを入れておく。

人がせっかくいいこと言った感じなのに、ひどくないですかね。

まあ俺の何かが変わっているのだとしたら、彼女ができて自信を持ったとか、異世界に来て俺がしっかりしないとみたいな自負が生まれたとか、そういうのが原因じゃないだろうか。知らんけど。

さて、それはいいとして。俺は三人のエルフ娘に問いかける。

「ところでキミたち、この後どうするの？　あいつらにさらわれる前は、どこで暮らしてた？　三人だけで帰れる？」

「それなんだけど……」

リヴィエラがもじもじしながら、言いにくいことを言いますよという様子で口を開く。

あ、嫌な予感がするぞ。

「本当に、本当に勝手ばかりなんだけど、もう一つお願いがあるの。私たちを、エルフの集落まで連れていってもらえないかしら？」

はい、三つ目の「お願い」が来ました。

＊＊＊

翌朝。もとの世界への帰還まで、あと９７日。

人さらいの一団からエルフたちを救出したあと、街に入って一晩休んだ俺たちは、再び街を出て目的地へと向けて出立していた。

目的地は、エルフの集落。

リヴィエラたちの故郷で、街から半日ほどの場所にあるという。

「さあ、森の入り口についたわ。あとはこの森の中を進んでいくの」

先導するリヴィエラが、くるりと振り向いて笑顔を向けてくる。

すでに街道からは大きく外れた場所だ。

油断すると迷子《まいご》になりそうだが、リヴィエラたちにとっては勝手知ったる地形のよう。

「でも森の中にはモンスターが出るんだろ。あまり俺たちから離れすぎないでくれよ」

「ふふっ、分かっているわ。だからダイチたちにお願いしたんだもの」

そう言いながらも、るんるんとした足取りで森の中に入っていくリヴィエラ。ほか二人のエルフ娘も、似たようなものだ。

リヴィエラたちは、人さらいたちにさらわれるまでは、少し離れた場所にある人間の街で暮らしていたらしい。

だが今回の件があって、故郷のエルフ集落に戻りたいと思ったとのこと。身の安全など、いろいろと思うところがあったようだ。

ただ集落までの道中では、モンスターと遭遇する可能性がある。そこで俺たちに、集落までの護衛を頼んできたというわけだ。

もっとも護衛といっても、金銭的報酬はあまり期待できそうにないのだが。

何しろ彼女たちは、ほとんど身一つであり、俺たちに支払えるものがない。

集落に着いたら何かお礼をする、とは言っているが、俺はあまりあてにはしていなかった。

昨日のリヴィエラの「何でもする」も、とりあえずスルーしている。

「何かできることはない？」とリヴィエラは聞いてくるのだが、俺は健全な男子としてつい思い浮かべてしまうこと以外には、何も思いつかないダメな子だった。

なのでリヴィエラには「何か頼みたいことができたら頼むよ」と言ってある。いわゆる「貸し」だな。

それよりも、俺たちにとっての実質的な報酬は別にある。


特別ミッション『エルフたちを集落まで連れていく』が発生！

ミッション達成時の獲得経験値……３０００ポイント

例によってこういうのが出た。

今のところの傾向だと、事件や頼まれ事などで困っている人がいるときに、特別ミッションが発生する感じだな。

それに加えて、通常ミッションの『エルフの集落に到達する』（経験値３０００）もある。

　エルフ集落までの往復でまる一日持っていかれそうなあたりは少し重いが、ダブルで経験値がもらえ、リスクも小さい見込みならそう悪いトレードではないだろう。

　というわけで俺たちは今、リヴィエラたちの先導で深い森の中へと分け入って、エルフ集落を目指していたのだが――

　そんな中、弓月がリヴィエラたちに、妙に突っかかっていた。

「いいっすか、リヴィエラさんたち。六槍先輩に手ぇ出したらダメっすからね。先輩は美人と見るとすぐに鼻の下を伸ばすっすけど、あれはうちらの先輩なんすから」

「ふふふっ、ホタルの気持ちは分かるわ。ダイチはいい男だものね。ヒト族にしておくのが惜しいぐらい」

「いやいや、それは買いかぶりっすよ。リヴィエラさんたちは先輩のいいところしか見てないからそう思うんす。うちの先輩、ダメダメなところもたくさんあるっすからね」

「おい弓月。せっかく好印象な俺への評価を、むやみに下落させようとするんじゃない」

「先輩のことをよく知ってるうちが、本当のことを教えてあげてるだけっすよ」

「くすくすっ。じゃあホタルはダイチのこと、『好き』じゃないの？」

　リヴィエラにそう問われ、弓月が虚《きょ》を突かれたように口をつぐんだ。

　弓月は少し言いよどんだあと、俺のほうをチラ見してから、頬を真《ま》っ赤《か》にしてリヴィエラに向かってこう答える。

「『好き』っすよ。うちは先輩のこと『大好き』っす」

「ほら、やっぱりダイチはいい男じゃない」

「それとこれとは話が別っす」

「くすくすっ。ホタルは素直じゃないのね」

「とにかく！　先輩は風音さんとうちのものっすから、取っちゃダメっすよ！」

「はいはい、分かったわ。横取りしたら怖そうだもの」

なんだか弓月が、俺に対する独占欲みたいなものをあらわにしていた。俺という弄《いじ》りがいのある玩具《おもちゃ》を、他人に奪われたくないんだろうな。

風音さんだけは例外で、二人で俺を共有《シェア》しているといった感じか。

まあしかし、ああもストレートに「好き」とか言われてしまうと、玩具扱いされてもそんなに嫌じゃないんだよな。

もちろん弓月の「好き」の意味は、そういう意味じゃないにせよだ。

「じゃあダイチは、ホタルのこと『好き』？」

リヴィエラが今度は俺に聞いてきた。

弓月に刀を抜かれたならば、こちらも応えねば無作法というもの。

俺は弓月のほうをチラ見してから、かわいい後輩の真似《まね》をしてこう答える。

「『好き』だよ。俺も弓月のことは『大好き』だ」

すると弓月が、さらに顔を真っ赤にした。目を丸くして、感極まったような表情になる。

……いや、今さらその反応は何だよ。先に言ってきたのはお前だぞ。

弓月は表情をころころと変えてから、俺に向かって聞いてくる。

「先輩。一応聞いとくっすけど、それってどういう意味の『好き』っすか？」

「……？　いやどういう意味って。お前が言ったのと同じ意味だよ。そりゃそうだろ」

「……っ!?　……い、いやいや、そういうことっすよね……。あの、先輩。これも一応言っとくっすけど、うちと先輩が言ってるの、きっと同じ意味じゃないっすよ」

「？？？」

言っている意味がよく分からなかった。

というか弓月の反応全般を含め、意味が通るように受け取ると、答えは一つしか……いやいや、それはないよな。それだと風音さんの反応とかいろいろおかしいし。風音さんがそのあたりの機微《きび》に関して俺より疎《うと》いことはあるまい。

一方で、俺の反応を見た弓月と風音さんは、互いに顔を見合わせて大きくため息をついていた。……何を呆《あき》れられているか分からないが、きっと何か俺に抜けがあるんだろう。

そういうことにしておく。

そんなやり取りをしながら、森の中を進んでいくことしばらく。

あまり代わり映えのしない景色の中を延々と進んでいた中で、あるとき、風音さんがピクリと反応した。

「――何か来る。前から、一体」

そんな風音さんの警告から、遅れることわずか。

ガサガサと、前方の木々の群れの向こうから、何か大きなものが近付いてきた。

＊＊＊

ガサガサと音を立て、前方から大きな影が近付いてくる。

俺と風音さん、弓月の三人は戦闘準備を整えて待ち構える。リヴィエラたち三人のエルフは、俺たちの背後へと逃げ込んだ。

木々の合間を縫ってこちらに向かってきた大きな影は、やがて俺たちの前にはっきりと姿を現す。

それは巨大な蜘蛛《くも》の姿をしたモンスターだった。

八本の節足を左右に開いた差し渡しは、三メートルをゆうに超える。体色は黒で、大小八つある目はいずれも赤く光っていて――

というか、ありていに言って「デススパイダー」だった。

俺たちの世界のダンジョンの森林層で、さんざんお目にかかったモンスターである。

それが一体。

今となっては、取るに足らない相手だ。

「【モンスター鑑定】しても、普通にデススパイダーっすね」

「ねぇ大地くん。火垂ちゃんのアレを試すのにちょうどいい相手なんじゃない？」

「ですね。——弓月、いけるか？」

「もちろんっす。早く試したくてうずうずしてたっすよ」

「たたた、試すって何を⁉　あのモンスター、すごい速さで近付いてきているんだけど⁉」

俺たちの背後に隠れたリヴィエラが、慌てた様子で声を震わせている。

俺たちから見れば取るに足らない相手でも、「力」を持たない立場では怖いだろうな。

デスパイダーは八本脚を高速で動かして、俺たちのほうへと突撃してくる。

あと十秒と待たずに、こちらに接触するだろう。

「じゃ——行くっすよ」

それを迎え撃つ姿勢の弓月は、手にした「武器」を構えた。

いつもの杖《つえ》ではない。透き通ったアイスブルーの成りを持った「弓」だ。

フェンリルボウ。第九層の秘密の小部屋で手に入れた、効果未知数の特殊武器である。

未知の状況や危機的状況で、不確定要素の大きい武器をなるべく使いたくなかった。だからこれまでお蔵入りになっていたが、そろそろ効果の検証をしようということで持ち出したのだ。

左手に弓を握った弓月は、右手で弦を引く。

その右手に矢は握られておらず、まったくの素手だ。

だが弓月が弦を引き絞ると、そこに青白い輝きを放つ「氷の矢」が現れた。

「凍《い》てつけ――フェンリルアロー！」

弓月の右手が弦を手放すと、「矢」が放たれた。

キィイィンッという鋭い音とともに飛んだ氷の矢は、一瞬の後、デススパイダーの頭部に突き刺さった。

氷の矢が着弾した部位から、まるで氷の花が咲くかのように幾本もの氷柱《つらら》が伸び――

次の瞬間には、デススパイダーは黒い靄《もや》となって消滅し、魔石となった。

射撃姿勢をといた弓月が、釈然としない様子でつぶやく。

「うーん、一撃っすね。これじゃいまいち威力が分からないっす」

「だな。今の弓月の魔力だったら、デススパイダーは【ファイアボルト】でも一発撃破あるんじゃないか？」

「多分そーっすね。『フェンリルボウ』は一発撃つのにＭＰ１０点も使うから、もっと上の威力を期待したいところっすけど」

「それなりに強いモンスターを相手にして試さないと、威力の検証にはならないか」

「そうなるっすね」

というわけで、フェンリルボウの威力検証としては不十分ながらも、ひとまずデススパイダーの撃破には成功した。

その様子を見ていた三人のエルフたちは、「おーっ」と感嘆の声をあげ、パチパチと拍手をしていた。

障害にもならない障害を突破した俺たちは、さらに森の中を進んでいく。

するとしばらくの後、次なるモンスターに遭遇した。

それは体長三メートルにも及ぶ、巨大ゴリラ型モンスターだった。

ありていに言って「ミュータントエイプ」だ。数は一体。

「あ、あれは……！　集落の熟練の戦士でも苦戦するほどの、凶悪なモンスターだったはず！　ねぇダイチ、大丈夫なの!?」

「まあデススパイダーと比べると、かなり強いモンスターだな。弓月、今度こそちょうどいいんじゃないか？」

「そっすね。——もう一発いくっす、フェンリルアロー！」

——キィイインッ！

弓月の弓から放たれた氷の矢が、襲い来るミュータントエイプに突き刺さった。

それはデススパイダーのときと同様、命中部に氷の花を咲かせるが——

ミュータントエイプの胸部から伸びた幾本もの氷柱は、次の瞬間には跡形もなく砕け散った。

モンスターの巨体は大きく揺らぎながらも、ろくに勢いを緩めずに俺たちに襲い掛かってくる。

「あ、残ったっす。残りＨＰ１０っすね」

「へぇ。残ったにしても、結構なダメージを与えたもんだな」

ミュータントエイプの最大ＨＰって、確か１３８とかだったと思うが。

さておき——

「風音さん、経験値もらっていいです？」

「どうぞ〜。私はゴブリン退治のときに結構もらったし」

「それじゃ、遠慮なく——【ロックバレット】！」

俺が放った魔法の岩石弾が直撃すると、そのミュータントエイプも黒い靄となって消滅、魔石となった。

それを唖然《あぜん》とした様子で見るのは、リヴィエラたち三人のエルフだ。

「す、すごい……ダイチたちってひょっとして、『戦士』としても、ものすごく強いの？」

「いや、そんなでもないと思うぞ。２５レベルの熟練者だったら、だいたいこんな感じなんじゃないか」

一応限界突破しているとはいえ、２レベル差ぐらいならまだ大差はないだろうしな。

まあ弓月の魔法火力がそもそも規格外という説はあるが。

それにしてもフェンリルボウ、大した威力だ。

見た感じ、あの氷の矢は魔法と似たような緩やかな追尾性も持っているようだ。

まさに強力な氷属性単体魔法そのものといった感じだな。

氷属性の攻撃魔法は本来、水魔法の使い手にしか使えないはずだから、まあまあのチート性能と言えるだろう。

ミュータントエイプも倒した俺たちは、さらに森の中を進んでいく。

そうして昼時を少し過ぎた頃、俺たちはようやく、目的地であるエルフの集落へとたどり着いたのだった。

＊＊＊

「さ、着いたわ。ここが私たちの集落よ」

先頭を歩いていたリヴィエラが、くるりと振り向いてそう言った。

俺と風音さん、弓月の三人は、リヴィエラの頭上の先へと視線を向ける。

「うわぁっ……！」

「すごいっすね。うち、こういうの初めて見たっす」

風音さんと弓月が、感嘆の声をあげる。俺もまた、その光景に息をのんでいた。

俺たちの眼前には、緑豊かな樹上の住居群が広がっていた。

巨大な木の幹の上、枝分かれをする部分に木造の住居が設《しつら》えられている。木には梯子《はしご》がかけられていて、それで上り下りができるようだ。

そのような住居が、見える範囲だけで二十軒以上もある。集落全体では、もっとありそうだ。

樹上や地面には、この集落で暮らしているのであろう多数のエルフの姿があった。

そのうちの一人、近くにいたエルフの男性が、リヴィエラたちに声をかけてくる。

「リヴィエラ？　それにリーゼ、シアも。どうしたんだ。お前たちは人間の街で暮らしていたはずでは？」

「事情があって、帰ってきたの。またここで暮らしてもいいでしょ？」

「それは構わないが。おーい、リヴィエラたちが帰ってきたぞ！」

エルフ男性の声かけで、集落のエルフたちが何事かという様子で次々とやってくる。

リヴィエラたち三人のエルフ娘は、あっという間に集落のエルフたちに囲まれてしまった。

俺たちはそれを見守りつつ、一つの任務を終えた達成感に浸っていた。

「今度こそ、一件落着かな」

「そうみたいっすね。いやー、人助けも楽じゃないっす」

「だな。まあ彼女らが無事に帰れて良かったよ」

そこでメッセージボックスが開く。いつものやつ。


ミッション『エルフの集落に到達する』を達成した！

パーティ全員が３０００ポイントの経験値を獲得！

特別ミッション『エルフたちを集落まで連れていく』を達成した！

パーティ全員が３０００ポイントの経験値を獲得！


新規ミッション『世界樹に到達する』（経験値３００００）が発生！

▼現在の経験値
六槍大地……１０２８１６／１０５１８８（次のレベルまで：２３７２）
小太刀風音……１０２５３６／１０５１８８（次のレベルまで：２６５２）
弓月火垂……１０２８１９／１０５１８８（次のレベルまで：２３６９）

なんかまた、けったいな新規ミッションが出てきたな。

まあそれも追々《おいおい》考えるとして。

さて、ミッションは終わったのでどうしようか。

お礼はもともと期待していなかったし、ここでＵターンして帰還してもいいのだが。

などと思っていると、リヴィエラたちを囲む人だかりから、こんな声が聞こえてきた。

「ところでリヴィエラ、彼らは何者だ？　見たところヒト族の戦士のようだが」

「ダイチたちは私たちを、人さらいから助けてくれたの。三人ともとっても強い戦士で、すごくいい人たちよ。でも助けてもらったお礼も、ここまで連れてきてくれたお礼も、まだ何もしていないの」

「そうか。それならば私たちが、代わりに礼をするべきだな」

そして人だかりの中から、一人のエルフ女性が俺たちの前まで進み出てきた。

見た目は、人間で言うところの二十代後半ほど。妙齢《みようれい》の美女だが、どこか威厳のようなものも感じられる。どうやら「戦士」のようで、腰には細身の剣を提げていた。

そのエルフ美女は、俺たちに向かって恭《うやうや》しく礼をしてきた。

「私はティティス。この集落の長《おさ》をしている。ヒト族の戦士たちよ、リヴィエラたちを救ってくれたこと、心より感謝する。何か礼をしたいのだが、しばし集落に立ち寄っていってはもらえないかな。食事がまだであれば、心尽くしのエルフ料理でもてなそう」

そう言われたので、昼食がまだで腹ペコでもあった俺たちは、せっかくなので厚意に甘えることにした。エルフ料理にも興味あったし。

そんなわけで、エルフの集落にお邪魔することになった俺、風音さん、弓月の三人。

集落の中ほどにあるティティスさんの家でもてなされることに決まり、そこまでついていくこととなったのだが――

その途中で、一人のエルフの男と遭遇した。

彼もまた「戦士」のようで、背には槍を携えていた。

そのエルフ戦士は、俺たち三人を見るなり、吐き捨てるようにこう言った。

「おいティティス、なんだこいつらは。なぜヒト族を集落に入れている」

「ラウル、彼らはリヴィエラたちの恩人だ。人さらいから救ってくれたそうだ。これから私の家でもてなすことにした」

「何だと……？　俺は反対だ、ティティス。ヒト族など信用できん。事情は分からんが、用が済んだならさっさとお引き取り願うべきだ」

「ラウル、客人に失礼だ。口を慎め」

「ふんっ、ヒト族相手に礼節など必要ない。人さらいから助けたか何だか知らんが、どうせその人さらいとやらもヒト族だろう。ヒト族が信用できないことの証《あかし》ではないか」

「これは集落の長である私が決めたことだ。気に入らんのなら外で見回りでもしていろ」

「ああ、そうさせてもらおう。だがヒト族を集落に入れたのはお前だ、ティティス。何かあったときには、責任を取ってもらうぞ」

「ラウル、もう一度言う。客人に失礼だ。立ち去れ」

「ふんっ……」

ラウルと呼ばれたエルフ戦士は、俺たちを睨みつけるように一瞥《いちべつ》してから立ち去っていった。

その後ろを、同じく戦士と思しきエルフの少年が「待ってくださいよ、ラウル先輩！」などと言いながら追いかけていく。

またリヴィエラたち三人のエルフ娘も、ラウルに抗議の言葉を向けながら、彼を追いかけていった。

俺たちはというと、突然向けられた露骨《ろこつ》な敵意に、あっけに取られていた。

「……何すかあれ？」

「感じ悪いなぁ。ねぇ大地くん、あいつの後ろから忍び寄って、スパーンって頭ひっぱたいてきていい？」

「やめてください。種族間抗争に発展しそうです」

とはいえ、確かに感じが悪い。

ティティスさんが窘《たしな》めてくれたからまだいいけど、直でぶつかっていたら相当腹が立っていたかもしれない。

一方でティティスさんは、俺たちに向かって深々と頭を下げてくる。

「すまない、客人たち。集落の者が失礼をした。代わって謝罪をする、申し訳なかった」

「い、いえ。でもヒト族を嫌っているエルフの方って、結構いるんですか？」

「いや、多少の偏見を持っている者はいるが、ラウルのあれは特別だな。——さて、我が家はすぐそこだ。案内しよう」

ティティスさんはそう言って、先へと進んでいく。

俺は、ラウルというあのエルフ戦士のことを少し気にかけつつも、気を取り直してティティスさんのあとをついていった。

＊＊＊

――Ｓｉｄｅ：ラウル――

族長ティティスから外の見回りを言い渡された戦士ラウルは、キャンキャンとわめいてくるリヴィエラたち三人娘を追い払ったあと、いらだたしげな大股歩きで集落の外へと歩み出ていた。

「先輩！　ラウル先輩ってば！」

そのあとをしつこくついてくるのは、見習い戦士の少年レフィルだ。

まだ戦士の力に覚醒して一月《ひとつき》とたたないレフィルは、熟練の戦士であるラウルを慕っていた。

ラウルにとってもレフィルは愛弟子《まなでし》であるが、その態度はそっけない。

「なんだ、レフィル」

「なんだ、じゃないですよ。あのヒト族の戦士たちに、なんであんな態度を取ったんです？　リヴィエラたちを助けてくれたって話じゃないですか」

「ヒト族だからだ。ヒト族は信用ならん」

「だからなんでヒト族がダメなんですか。エルフ族とヒト族は友好関係なんでしょ」

「リヴィエラたちは人さらいに誘拐されたと言っていただろう。ヒト族とは、そういうことをやる連中なんだ。信用すれば痛い目を見ることになる」

「それおかしいですよ、ラウル先輩。ヒト族にもエルフ族にも、いいやつも悪いやつもいるってだけの話じゃないですか」

　するとラウルは、ピタリと足を止めた。

　彼はレフィルのほうへと振り向くと、少年エルフの胸ぐらをつかんで吊《つ》り上《あ》げる。

「ぐっ……！　ラ、ラウル……先輩……!?」

「知った風な口をきくものだな、レフィル。では聞くが、お前、好きな女はいるか？」

「なっ……なんで、そんな……」

「好きな女はいるかと聞いている」

「い、いますよ……！　それが何なんです」

「その女が、ヒト族の悪党どもに笑いながら虐待《ぎやくたい》される姿を想像してみろ。それを見ても誰も助けようともしない、善良ぶったヒト族どもの姿もだ」

「……っ!?」

「理屈じゃないんだよ、レフィル。分かるか。俺の目に焼き付いたあのときの光景が、今でもヒト族への不信と憎悪《ぞうお》をかき立てる」

　レフィルの胸ぐらをつかんだラウルの力が、ふっと緩んだ。

　エルフの少年は、地面に下ろされた。

「けほっ、けほっ……！」

「……すまない、レフィル。お前に恨みはない。だがもうその話はしないでくれ。俺には理性を保てる自信がない」

「わ、分かりました……すみません、ラウル先輩」

レフィルには何がなんだか分からなかったが、ひとまずこの話が、ラウルの触れてはいけないところに触れるものであることは理解した。

それから気を取り直し、レフィルはラウルについて集落の周囲の見回りを始めた。

見回りをしていると、稀《まれ》にモンスターを発見することがある。それらを集落に近付く前に始末して、集落の安全を守るのも戦士の務めだ。

とはいえレフィルはまだ、半人前にも満たない未熟者だ。ミュータントエイプやデススパイダーはおろか、キラーワスプ一体にすら苦戦をする有り様である。

弱いモンスターと遭遇したときには、ラウルたち熟練戦士の見守りのもとでモンスターと戦い、経験を積む。そうして徐々に力を身に着け、やがては一人前の戦士として集落を守れるようになることが、レフィルの目下の目標であった。

今日もまた、レフィルはラウルについて見回りをし、チャンスがあれば経験を積ませてもらおうと考えていた。

だが、そんな折。

集落周辺の見回りを続けていた二人のエルフ戦士は、しばらくたった頃、はるか遠方におそるべき「群れ」の姿を発見してしまったのだ。

その光景を驚愕《きょうがく》の眼差《まなざ》しで見据《みす》えながら、レフィルはつぶやく。

「な、なんだ、あの数は……⁉　全部で十五……二十……いや、もっといるんじゃ……。しかもこのままだと、あいつら集落にぶつかりますよ！　ラウル先輩！」

「チッ……！　レフィル、集落まで走るぞ。ティティスに伝えて、戦士全員で防衛にかかるべきだ」

「は、はい！」

二人のエルフ戦士は、急いで集落へと駆け戻った。

＊＊＊

――Ｓｉｄｅ：六槍大地――

集落の長であるティティスさんの家は、最大級の巨木に設えられた大規模なツリーハウスだ。

そこに案内された俺たちは、客人として贅《ぜい》を尽《つ》くしたもてなしを受けた。

数人のエルフ女性たちが共同で、俺たちのために手間ひまかけて料理を作り、振る舞ってくれた。

いくつもの大皿に盛られた色とりどりの料理たちは、三人では到底食べきれないほど。ベリーをふんだんに使ったソースをかけた肉料理や、ナッツやハーブをちりばめたキノコ料理など、やや不思議な味わいながらも美味《びみ》なものばかりだった。

俺たちはお腹いっぱいになるまで、それらのご馳走《ちそう》をいただいた。

満腹になったところで、今度はリヴィエラたちを助けた「お礼」を受け取ることになった。ご馳走は大事な客人に対するおもてなしであって、「お礼」そのものではなかったらしい。

ティティスさんがしばらく中座してから戻ってくると、彼女は自らの【アイテムボックス】を出して、そこから一つの「鎧《よろい》」を取り出した。

俺が身に着けている硬革鎧《クイルブイリ》と似ているが、若草色に近い色味を帯びていて、精緻《せいち》な装飾も施されている。いかにも高位の鎧といった雰囲気だ。

「キミたちも『戦士』であれば、礼品としてこの鎧はどうだろうか。エルフの職人にしか作れない『エルブンレザー』だ」

「【アイテム鑑定】をしても？」

「もちろんだ」

「ありがとうございます。弓月、頼む」

「あいあいさ！　【アイテム鑑定】！」

弓月が【アイテム鑑定】を行ったところ、この「エルブンレザー」という鎧は、「防御力１８」「敏捷力《びんしょうりょく》＋１」「魔法威力＋１」の効果を持った胴防具であることが分かった。

俺が装備している「クイルブイリ」が「防御力９」の胴防具なので、純粋に強い。

もちろん風音さんの「黒装束《くろしょうぞく》」などには到底敵わないのだが。

「こんな良いものをくれるんですか？」

「ああ、遠慮なく受け取ってくれ。無論、譲るものである以上はどう扱ってもらっても構わない。キミたち自身で使わないのであれば、ヒト族の街で売却するといい。金貨１００枚程度にはなるだろう」

「「「金貨１００枚！」」」

「集落の仲間の命を救ってくれたのだ。相応の品で礼をせねばなるまい」

１００万円相当……いや売却の値段でそれなら、もとの価値はその倍ほどあると見るべきか。２００万円相当だと考えると、オヤジさんの店で売られていた「プレートアーマー」と同格だな。

こっちの世界でも武具の価値が同程度だとすると、相当な格の防具と見ていいだろう。

しかも何がいいって、プレートアーマー（防御力５１、敏捷力－４）と違って、敏捷力にペナルティがないのがいい。というかむしろ敏捷力にプラス補正がある。敏捷力は攻撃の命中能力にも関わるので、これはありがたい。

その代わりに防御力はプレートアーマーより大幅に下だが、そこは仕方がないな。

ようするに、とてもいい品だ。俺たちはありがたく、それを受け取ることにした。

この「エルブンレザー」は、俺が装備することになった。

風音さんの胴防具は「黒装束」なので文句なしだし、後衛の弓月よりは前衛をつとめる俺の防具を優先させるべきという判断からだ。

というわけで、おもてなしも受けたし、お礼の品ももらった。

今度こそエルフの集落から立ち去るときだ。

「ダイチ、ホタル、カザネ！　またいつか会いましょう！」

昼下がりの時刻。俺たちが集落を出ると、リヴィエラたち三人のエルフ娘が手を振って見送ってきた。

ほかにも集落のエルフたちが、たくさん見送りに来てくれた。

俺たちも手を振り返して、集落をあとにする。

そしてまた、いつもの三人旅だ。

集落で教えてもらった帰り道の目印をたどりながら、俺たちは森の中を歩いていく。

「それにしてもエルフ料理、おいしかったね」

「本当っす。うちお腹パンパンっすよ」

「いい防具も貰《もら》っちゃったしな。来てよかったよ」

そんなホクホク気分で、エルフ集落からの帰路を進んでいた俺たちだったが――

しばらくした頃、ピコンッと、いつものあの音が鳴った。

そしていつものように、メッセージボックスが開く。

特別ミッション『モンスターの群れに襲われたエルフ集落を助ける』が発生！

ミッション達成時の獲得経験値……５０００ポイント

「「「……!?」」」

俺たち三人は、互いに顔を見合わせる。

寝耳《ねみみ》に水だ。これはいったい、どういうことなのか。

「大地くん、これって……」

メッセージボックスの内容を見た風音さんが、不安そうに声をあげる。

弓月もまた、俺の手をぎゅっと握って、何か言いたそうな目を向けてきた。

俺は二人の目を見て、うなずいてみせる。

「事情はよくわからないけど、戻りましょう」

俺たちは進んできた道を、再び逆戻りするように駆け出した。

＊＊＊

大地たちが立ち去ってからしばらくした頃、エルフ集落は騒然《そうぜん》としていた。

見回りに出ていた集落の戦士、ラウルとレフィルの二人が、緊急事態発生の報を持ち帰ったのだ。

それを聞いた集落の長ティティスは、集落中の戦士を呼び集め、災難を迎え撃つ準備を始めた。

ラウルとレフィル、二人の戦士が伝えたのは、恐るべき数のモンスターの襲来だった。

キラーワスプやデススパイダー、ジャイアントバイパーにミュータントエイプ——それは、このあたりで遭遇しうるモンスターのフルコースとも言える混成集団だった。

だが数が尋常ではない。五体や十体程度であれば、集落の戦士が総出でかかれば問題なく対処できる。だがその数倍の数ともなれば、彼らが滅多に遭遇することのない危機的事態であった。

集落の長ティティスはまず、戦士以外の者を全員、樹上へと避難させる。

一方で、集落の守護者たる四人の戦士たちは、集落に迫るモンスターの大群を迎撃《げいげき》する構えをとった。

その四人の中に、未熟なレフィルは含まれていない。

ラウルはレフィルに、こう言い渡した。

「レフィルは集落のほかの者とともに、樹上に退避《たいひ》していろ」

「俺も戦えます！　キラーワスプの一体ぐらいだったら——」

「モンスターどもはこちらの都合に合わせてはくれん。キラーワスプ一体だけをお前のところに誘導しろなどと、ほかの戦士の負担にしかならないと分からないのか。レフィル、指示に従え」

「……分かりました」

不承不承、樹上に退避するレフィル。

樹上に逃げたところでモンスターが襲ってこないわけではないのだが、住居の中に隠れていれば、すぐには殺されない可能性が高い。

やがてモンスターの群れが、集落にやってきた。

ラウルやティティスを含めた四人の熟練の戦士たちが、それに応戦していく。

「一体たりともここを通すな！」

「分かっているが、こう数が多くては……！」

集落の四人の戦士たちは、いずれも十分な経験を積んだ実力者たちだ。

魔法や武器による攻撃を駆使して、一体、また一体とモンスターを打ち倒していく。

だが一時に攻めてくるモンスターの数が、あまりにも多い。

それはどうしても、たった四人の戦士だけでは、手に余るものだった。

「しまっ……⁉　抜けられた⁉」

戦士の一人が、突撃してきたキラーワスプの一体を撃ち漏らし、後方へと通してしまった。

エルフ戦士たちの防衛線を突破した、一体のキラーワスプ。

向かう先にあるのは、集落の住居群――戦士でない者たちが避難している場所だ。

四人の熟練の戦士たちは、いずれも防衛線を維持するのに手一杯で、防衛線を突破したモンスターの排除に向かえる者はいない。

「だったら！」

レフィルの判断は早かった。

樹上からダダダッと梯子を下りて、途中で跳躍、地面に着地する。

エルフの少年戦士は、得意武器である剣を手に、キラーワスプに向かって駆けていく。

「こっちだ！　俺が相手になってやる！」

レフィルがいたのとは別の樹に向かおうとしていたキラーワスプは、動きを即座に切り替え、少年戦士に向かって襲い掛かった。

その戦いは、レフィルにとって必死の闘争となった。

自分と互角に近い強さを持ったモンスターを、ほかの戦士の見守りもなく一対一で相手にするのは、初めての経験だった。

かつてないほど、目の前の戦いに集中したレフィル。

周囲の声も出来事も、意識の外に追いやるほどの集中力を発揮した。

その結果、彼は見事に、自分一人の手でキラーワスプを撃破することに成功した。

「へへっ……や、やった」

当然、無傷とはいかなかった。尾針を撃ち込まれた脇腹を押さえつつ、苦しげな表情を見せながらも、勝利の栄光に浸るレフィル。

そのキラーワスプを倒したことにより、レベルが上がったことが分かった。わずかながら、これまで以上の力を得たことを実感するレフィル。

今はこの程度だけど、このまま力をつけていけば、いずれはラウル先輩みたいな一人前の戦士になれるはず――

「――レフィル、何をしている！　聞こえないのか！　早く逃げろ！」

「えっ……？」

集中し過ぎたことが仇《あだ》となった。

周囲の雑音が聞こえてきたときには、すでに遅かったのだ。

ラウルの声が聞こえてきたと同時、レフィルのいる場所に影が落ちる。

レフィルはおそるおそる、頭上を見上げる。

そこには、巨獣と呼ぶに相応《ふさわ》しい、体長三メートルほどの大型モンスターの姿があった。

ゴリラに似たその姿は、この近隣に出現するモンスターの中で、エルフ戦士たちが最も恐れる難敵――ミュータントエイプであった。

レフィルの胴ほどもある太い腕が振り上げられ、今にも振り下ろされようとしている。

回避をしようにも、キラーワスプの尾針によって麻痺《まひ》した体は、思うように動かない。

「レフィル――っ！！！」

ラウルの叫び声が聞こえてくる。

そのときレフィルの脳裏《のうり》に浮かんだのは、ミュータントエイプの巨大な拳《こぶし》によってぐちやぐちゃに叩《たた》き潰《つぶ》され、真っ赤な果実のようになった自分の姿だった。

ああそうか、自分は死ぬんだと、レフィルは直感した。

見習いのエルフ戦士は、自分に向かって振り下ろされる巨大な拳を、ゆっくりとした時間の中で見つめる。

だがその拳が、彼の脳天に叩きつけられることはなかった。

「間に合ったか――【三連衝】！」

動き出した時間の中で、一人の戦士が横合いから、ミュータントエイプに攻撃を仕掛けていた。

スキルの輝きを帯びた、槍による高速連続突きが繰り出される。

一瞬の後には、ミュータントエイプの巨体は黒い靄となって、嘘のように消え去っていた。

「ふうっ……。間一髪だったな。大丈夫か？」

「あ、はい……ありがとうございます」

それは、すでに集落を出て立ち去っていたはずの、ヒト族の戦士。

まだ若く見えるその戦士に、レフィルは思わず尊敬のまなざしを向けてしまった。

そのぐらいに、頼もしい存在に見えたのである。

＊＊＊

「ふうっ……。間一髪だったな。大丈夫か？」

【三連衝】でミュータントエイプを撃破した俺は、少年エルフに声をかける。

本当に危ういところだったが、ギリギリで間に合った。

急いで戻ってきて正解だったな。メッセージボックスと、特別ミッション様々だ。

「あ、はい……ありがとうございます」

少年エルフの眼差しが、心なしか俺を尊敬する感じになっている、気がする。ちょっとこそばゆい。

ちなみにエルフは長寿種族らしいので、この十代半ばに見える少年エルフも、ひょっとしたら俺よりも人生の先輩なのかもしれないが。

さておき、今はモンスターを片付けるほうが先だな。

俺はもう一方の戦場へと目を向ける。

といっても、そちらも間もなく片がつきそうだった。

「ここは通さないから！　――はぁあああっ！」

「焼き尽くせっす、業火《ごうか》の槍！　【フレイムランス】！」

四人のエルフ戦士たちが守っていた防衛線には、今は風音さんと弓月も参戦していた。

風音さんは二本の短剣を振るい、迫りくる雑魚《ざこ》モンスターを次々と斬り捨てる。

弓月は火炎魔法で、モンスターを一体一体丁寧に焼いていた。

二人が参戦したことにより、やや危うかったエルフ戦士たちの防衛線は、突破されようのない鉄板防衛ラインへと強化されていた。

四人のエルフ戦士たちも、おそらくは全員25レベルだ。彼らもさすがの戦いぶりで、数の圧倒的不利さえなければ、いい感じに無双をする。

向こうの戦闘局面は、すでに最後の仕上げの段階に入っていた。ほどなくしてモンスターは全滅するだろう。

「あっちの心配をする必要はなさそうだな。じゃ、傷の手当てをするぞ」

「え……？　あ、はい」

「キラーワスプの尾針にやられたのか。だったら——【ガイアヒール】」

俺は少年エルフに治癒魔法をかけてやる。

【ガイアヒール】一発で、傷口は完全にふさがった。

少年エルフは傷口と体の動きを確認して、驚きの表情を見せる。

「すごい……麻痺まで治った……！　あ、ありがとうございます！」

「いや、無事に済んでよかったよ」

ぺこっと頭を下げてくる少年エルフに、やはり年下向けの態度を取ってしまう俺。

どうも見た目と態度に引っ張られるな。でも彼も気にしていないみたいだし、まあいいか。

そうこうしているうちに、残りのモンスターも片付いたようだ。

ひと仕事を終えた風音さんと弓月が、俺のもとに合流する。

「二人とも、お疲れ様」

「うん。いい運動になったよ」

「森を焼いちゃうとまずいからって、範囲魔法を使えないのが面倒だったっすね。ダンジョン森林層の、魔法で焼いても大丈夫な謎の木が恋しいっすよ。——というわけで先輩、ん」

「ん？」

弓月が帽子《メイジハット》を外して、俺の前に頭を差し出してきた。

ええっと……？

「それは……こういうことか？」

俺は弓月の頭をなでなでする。

どうやら正解だったようで、弓月は心底嬉しそうな表情を見せた。

「にへへーっ♪　先輩の頭なでなでは、今日も格別っす♪」

「あーっ、いいなー。大地くん、私もそれほしいな」

「え、風音さんもですか？」

「……ダメなの？　火垂ちゃんにはできて、私にはできないの？」

風音さんの、ちょっと拗《す》ねたような上目遣い攻撃。

俺の平常心は一瞬で破壊された。

「じゃ、じゃあ……風音さんも、お疲れ様です」

俺は今度は、風音さんの頭をなでなでした。

風音さんもまた、嬉しそうな表情を見せる。

「えへへーっ♪　大地くんの頭なでなで～。うーん、火垂ちゃんがクセになるのもちょっと分かるな。まったりとしていてそれでいてしつこくなく、コクがあるのにキレもある感じ？」

「すみません、ちょっと何を言ってるのか分からないです」

「うん、私もノリだけで適当言ったね。でも心地よかったのは本当。またやってね、大地くん♪」

「あ、はい。喜んで」

頭なでなでタイム、終了。

例によって、たくさんのエルフたちが見ている前で行った愚行《ぐこう》であった。

隣にいた少年エルフなどは、あわあわして真っ赤になっていたけど、気にしないことにしよう。

そして、いつものメッセージボックスが開く。

特別ミッション『モンスターの群れに襲われたエルフ集落を助ける』を達成した！
パーティ全員が５０００ポイントの経験値を獲得！

六槍大地が２８レベルにレベルアップ！
小太刀風音が２８レベルにレベルアップ！
弓月火垂が２８レベルにレベルアップ！

▼現在の経験値
六槍大地……１０８１６６／１２１０３７（次のレベルまで：１２８７１）
小太刀風音……１０７７８６／１２１０３７（次のレベルまで：１３２５１）
弓月火垂……１０７９８９／１２１０３７（次のレベルまで：１３０４８）

よし、ミッションも達成した。レベルも上がった。
万事解決。今度こそ、集落からおいとましよう。
そう思っていると、一人のエルフ戦士がつかつかと、俺たちのもとに歩み寄ってきた。
「どうして戻ってきた、ヒト族の戦士たち。お前たちはすでに帰ったと聞いていたが」
その声を聞いて、俺は正直げんなりしてしまった。
最初に集落に入ったときに因縁《いんねん》をつけてきた、あのラウルとかいう男だったからだ。

どうせまた、何かと難癖《なんくせ》をつけてくるつもりなんだろう。

こっちもこっちの都合で助けに入ったとはいえ、助けたのに文句を言われるのも気分が悪い。

今度こそ何か言い返してやろうかと身構えていると——

俺たちの前に立ったエルフ戦士は、予想に反して、俺たちに向かって深々と頭を下げてきた。

「どういう風の巡りで戻ってきたのかは分からないが——レフィルや集落を助けてくれたこと、心より感謝する。ありがとう。そして先の非礼を詫《わ》びさせてくれ。すまなかった」

こっちとしては、ぽかーん、である。さっきと態度が違いすぎない？

でも難癖をつけられないのはいいことだ。お礼を言われるのも、悪い気はしない。

俺は風音さん、弓月と顔を見合わせてから、三人で笑顔になってこう返した。

「「「どういたしまして」」」

そして今度こそ、俺たちはエルフ集落をあとにして、街へと帰還したのだった。

なお、追加でちょっとしたお礼の品をもらったことを付け加えておく。

六槍大地
レベル：２８（＋１）　経験値：１０８１６６／１２１０３７
ＨＰ：１８０／１８０（＋６）　ＭＰ：１３８／１５６（＋６）

筋力：２５　耐久力：３０（＋１）　敏捷力：２２（＋１）　魔力：２６（＋１）
スキル：【アースヒール】【マッピング】【ＨＰアップ（耐久力×６）】
【ＭＰアップ（魔力×６）】【槍攻撃力アップ（＋２２）】【ロックバレット】
【プロテクション】【ガイアヒール】【宝箱ドロップ率２倍】【三連衝】
【アイテム修繕】【命中強化】【グランドヒール】【翻訳《ほんやく》】【隠密】（new!）
残りスキルポイント：１

小太刀風音
レベル：２８（＋１）　経験値：１０７７８６／１２１０３７
ＨＰ：１３２／１３２（＋６）　ＭＰ：１１０／１１０
筋力：２２（＋１）　耐久力：２２（＋１）　敏捷力：３７（＋１）　魔力：２２
スキル：【短剣攻撃力アップ（＋１８）】【マッピング】【二刀流】【気配察知】
【トラップ探知】【トラップ解除】【ウィンドスラッシュ】【アイテムボックス】
【ＨＰアップ（耐久力×６）】【宝箱ドロップ率２倍】【クイックネス】
【ウィンドストーム】【ＭＰアップ（魔力×５）】【二刀流強化】【回避強化】
【翻訳】【隠密】
残りスキルポイント：１

弓月火垂
レベル：２８（＋１）　経験値：１０７９８９／１２１０３７
ＨＰ：１３２／１３２（＋６）　ＭＰ：２５３／２９４（＋６）
筋力：１８　耐久力：２２（＋１）　敏捷力：２６（＋１）　魔力：４９（＋１）
スキル：【ファイアボルト】【ＭＰアップ（魔力×６）】【ＨＰアップ（耐久力×６）】
【魔力アップ（＋１２）】【バーンブレイズ】【モンスター鑑定】
【ファイアウェポン】【宝箱ドロップ率2倍】【アイテムボックス】
【フレイムランス】【アイテム鑑定】【エクスプロージョン】【翻訳】

残りスキルポイント：１

第五章

エルフの集落から戻ってきて、街の宿屋で一晩を過ごし、翌朝のこと。

元の世界への帰還まで、残り９６日。

俺と風音《かざね》さん、弓月《ゆづき》の三人は、さらなる経験値の獲得を目指して、早朝から冒険者ギルドへとやってきた。

クエスト依頼の掲示板前は、今日も仕事を探す冒険者たちでごった返している。

俺はその中に混ざって、最も効率的に経験値を稼げるクエストを探していた。

現在の未達成ミッション一覧は、こんな具合だ。

▼ミッション一覧
・人口1万人以上の街に到達する……獲得経験値３０００
・ドワーフ大集落ダグマハルに到達する……獲得経験値２００００
・世界樹に到達する……獲得経験値３００００
・ゾンビを１０体討伐する（０／１０）……獲得経験値２０００

・オークを５体討伐する（０／５）……獲得経験値３０００
・オーガを３体討伐する（１／３）……獲得経験値５０００
・ドラゴンを１体討伐する（０／１）……獲得経験値３００００
・Ｃランククエストを１回クリアする（０／１）……獲得経験値５０００

世界樹だのドラゴン討伐だのといった、万単位の経験値がもらえる高経験値ミッションも増えてきている。

ただギルドで購入した大陸地図によると、ドワーフ大集落や世界樹といった目標地点は、今の街からだと距離的にかなり遠いようだ。

ドワーフ大集落までは片道で一週間ほど、世界樹まではそれ以上かかる模様。

いきなりそういった大物ミッションを狙うよりも、近場でこなせる小物ミッションをこまめに片付けていったほうが、結果的にたくさんの経験値を獲得できるかもしれない。

そんなことを考えながら、俺は掲示されたミッションの貼り紙たちに目を走らせていたのだが——

「これだ」

俺は一つのクエストの貼り紙を手に取った。

掲示されていたクエストの中では、これが最も好条件のはずだ。

若干の不安要素はあるが、許容範囲内だと思う。

「というわけで、これが今回受けるクエストの第一候補です」

俺は風音さんと弓月に合流して、剝《は》がしてきた貼り紙を見せる。

クエスト依頼書の内容は、このようなものだった。

クエスト概要……オーク討伐（再依頼）

クエストランク……C（推奨レベル：１５レベル～）

依頼者……冒険者ギルド

クエスト内容……オーク討伐のクエストを受けた冒険者が戻ってこないので、その調査と解決を依頼します。何らかのイレギュラーの可能性が予想されるため、本来のオーク討伐のクエストランク（Dランク）よりワンランク上に設定され、報酬も増額されています。

報酬……金貨５０枚

俺は親愛なる二人の仲間に向けて、本クエストの魅力を説明する。

「このクエストを受けることで、経験値３０００のミッション『オークを5体討伐する』と、経験値５０００のミッション『Cランククエストを1回クリアする』をまとめてクリアできる可能性が高いです。場所も日帰りで戻って来られる近場みたいですし、いい感じかなと思うんですが、どうでしょう」

「すごいなぁ。大地《だいち》くん、相変わらずぴったりな条件のクエスト見付けてくるね」

「さすが先輩っす♪　……でもなんか、ちょっとだけキナ臭い内容っすね。クエストを受けた冒険者が戻ってこないって」

「まあな。でも推奨レベルも余裕だし、大丈夫だろ。……と思うんだけど、やっぱり不安か？」

「や、うちはアリだと思うっすよ。リターンも考えたら、お買い得なクエストだと思うっす」

「私も賛成。露骨《ろこつ》にハイリスクなものはどうかと思うけど、これぐらいならいいんじゃないかな。ていうか、これよりいいクエストなんて見付からないよ」

「よかった。じゃあこれでいきましょう」

ちなみにクエストの推奨レベルは、四人パーティを前提にしたものらしい。

うちは三人パーティなので、想定人数よりも少ない。

だが１５レベルといったら、俺たちが森林層の第六層や第七層で頑張っていた時期だ。

ミュータントエイプにひぃひぃ言っていたあの頃と比べると、今の俺たちの戦力は、数倍はくだらないはずだ。

というわけで、俺たちは窓口に行ってクエストを受注することにした。

受付のお姉さんが、俺たちに追加の情報を教えてくれる。

「もともとのクエストは、アリアさんという２５レベルの女性のソロ冒険者が受けたんですけど、クエスト受託《じゅたく》から三日たった今でも戻ってきていません。ソロといっても２５レベルなら、戦力的にはオークの群れなどに負けることはないはずなんですが」

戦力的には問題ないはずなのに、帰ってきていないと。

だとすると、どういう可能性が想定されるのか。

とりあえずお姉さんに卒直に聞いてみるか。

「こういうときって、一般にどういった事態が予想されます？」

「何とも言えません。想定外の強いモンスターと遭遇《そうぐう》したか、何らかの事故が起こったか……。万が一、何か皆さんの手に負えない事態が起こっていた場合には、無理をせずに帰還して報告してください。内容が妥当であれば、クエスト達成扱いになりますので」

なるほど。なんとなく把握した。

何が起こっているのか分からないから、現地に行って状況を確認し、臨機応変に対応しろということだな。

俺は受付のお姉さんにお礼を言って、その場を後にする。

そして出立の準備を整えてから、俺たちはオーク討伐を依頼してきた村へと向かった。

＊＊＊

朝に街を出立し、街道を進むこと三時間ほど。まもなくお昼時といった時間だ。

天気はやや曇り気味。行く先の空には、黒灰色の暗雲《あんうん》が立ち込めている。

「そろそろオーク討伐を依頼してきた村に着く頃だな」

俺がそうつぶやいたところで、ぽつりと空から雫《しずく》が落ちてきた。

さらにぽつり、ぽつり。やがて小雨が降りはじめる。

弓月と風音さんも、両手を広げるなどしながら、空を見上げる。

「あちゃー、雨っすか」

「どうしよう、大地くん。防水マント出す？」

「そうですね。しばらくやみそうにないですし、お願いしていいですか」

「了解～」

風音さんが【アイテムボックス】を出現させ、中から二着の防水マントを取り出して、一着を俺に渡してくれる。

俺はそれを防具の上から身に着け、フードをかぶった。風音さんも同様だ。

弓月もまた、自分の【アイテムボックス】から同じものを取り出して身に着ける。

「先輩もそろそろ、自分で【アイテムボックス】取ったらどうっすか？　風音さんとうちだけじゃ、容量キツくなってきてるっすよ」

「あー、そうだな。あれこれ取りたいものがあって、後回しになっちまってるんだよな」

「こっちに来てから【アイテムボックス】に詰めておくものが増えたしね。私も大地くんに自分で持っておいてもらえると助かるかな」

「検討します。でもスキルポイント、1ポイントは何かのときのために取っておきたいんですよね」

「うん。急ぎじゃないから、そのうちよろしくって感じで」

「了解です」

こっちの世界に来て、あちこち旅をするようになってから、【アイテムボックス】に収納しておくべきものがかなり増えていた。

アウトドア用のキャンプ道具みたいなものを、常に持っておく必要があるわけで。

街で購入した道具類は、レインコート相当の防水マントばかりではない。

夜間や暗所で活動するためのランプや、野宿のための毛布、携帯食など多岐《たき》にわたる。

一人の【アイテムボックス】には、ざっくり言って、アウトドア用の大型リュックサックぐらいの量が入るようだ。

それでも三人分の荷物を運んでいると相当の量になるので、各自一個ずつ持っておかないと厳しくなってきた感じ。

そうして防水マントを羽織った俺たちが、小雨の降る中を進んでいると、やがて弓月が前方を指さした。

「あ、あれ！　依頼してきた村って、あれじゃないっすか？」

「ああ、それっぽいな。本格的に降られる前にたどり着けそうだ」

前方に見えてきたのは、たくさんの畑が広がっている先に、ぽつりぽつりとある木造住居群。目的地の村に違いない。

だが――

「ねぇ待って、大地くん！　あれって、ひょっとしてモンスターじゃないの!?」

村に向けて目を凝らしていた風音さんが、慌てた様子で声をあげる。

言われて風音さんが指さしたほうを見ると、村の一軒の住居の前に、緑色の肌を持った人型の何かがいるのが確認できた。

人型といってもかなり大柄で、相撲《すもう》取《と》りのような体型に見える。

そいつが手に持った棍棒《こんぼう》らしきもので、住居を殴りつけている。耳をすませば、ドガンッ、ドガンッという微《かす》かな音が、雨音の向こうから聞こえてきた。

……おいおい。

現在進行形で、村が襲われているってことか？

「急ぎましょう！　まだ間に合うかもしれない！」

「うん！」

「了解っすよ！」

俺たち三人は、村へと向かって駆け出した。

現場に近付いてみると、やはり予想通りの状況だった。

豚面で緑色の肌をした相撲取り体型のモンスターが、手に持った大きな棍棒で、木造住居の扉を何度も殴りつけている。

住居の扉は大きくひしゃげ、今にも破られようとしていた。

家の中からは、恐怖の悲鳴がいくつも聞こえてくる。あの家の中には、何人もの人が隠れているのだろう。

村を襲ったモンスターが、住居の中に逃げ込んだ村人たちを殺そうとしている——そういうシチュエーションに見えた。

「風音さん！　お願いします！」

「分かってる！　——はぁあああっ！」

俺たち三人の中で、圧倒的に足が速いのは風音さんだ。

小雨が降りしきる中、俺と弓月を置き去りにしてはるかに早く現場にたどり着いた風音さんが、二本の短剣を手にモンスターへと斬りかかる。

モンスターはそれに気付いて迎え撃とうとしたが、風音さんの速さにまるで対応できなかった。短剣二刀流による連撃をその身に受けたモンスターは、黒い靄《もや》になってあっさりと消滅する。

だが風音さんは、気を抜いた様子もなく叫ぶ。

「大地くん！　この一体だけじゃない！　あちこちの家が襲われてる！　右と左、あと正面にも！」

「……っ！　手分けをして倒しましょう！　風音さんは正面を突っ切って！　俺は右方面を！　弓月は左を頼む！」

「了解！」

「らじゃっす！」

俺たちは各自散らばって、村を襲っているモンスターの群れを討伐しにかかった。

そのモンスター――「オーク」は、決して強いものではなかった。

戦闘力はダンジョンの洞窟《どうくつ》層で戦ったホブゴブリンと同格ぐらい。今の俺たちにとっては、余裕で蹴散《けち》らせるレベルの雑魚《ざこ》モンスターだ。

村を襲っていたオークの数は、全部で七体。

このうち風音さんが四体、俺が二体、弓月が一体を撃破した。

どうやら人的被害が出る前に倒せたようだ。運が良かったと言っていいのかどうか。

ともあれ三人揃《そろ》って、ホッと安堵《あんど》の息をつく。

なお戦闘終了後に、ミッション達成報告が出た。


ミッション『オークを５体討伐する』を達成した！

パーティ全員が３０００ポイントの経験値を獲得！


新規ミッション『グリフォンを１体討伐する』（経験値５０００）が発生！

新規ミッション『ミノタウロスを１体討伐する』（経験値８０００）が発生！

新規ミッション『ワイバーンを１体討伐する』（経験値１２０００）が発生！

▼現在の経験値
六槍《むそう》大地……１１１１９２／１２１０３７（次のレベルまで：９８４５）
小太刀《こだち》風音……１１０８３８／１２１０３７（次のレベルまで：１０１９９）
弓月火垂《ほたる》……１１１００２／１２１０３７（次のレベルまで：１００３５）

早くもミッションを一つ達成してしまった。

討伐系の新規ミッションがモリモリ増えたな。

俺たちがすべてのオークの討伐を終えると、住居の中に閉じこもっていたらしき村人たちが、おそるおそる外に出てきた。

「お、おおっ！　あんたがたは、新しく来てくださった冒険者様かい？」

「オークどもを倒してくれたんだな！」

「もうダメかと思ったよ！　ありがとう、冒険者様！」

村人たちは俺たちに向かって、次々に頭を下げてきた。

ちょっと照れくさいが、ともあれ犠牲者《ぎせいしゃ》が出なかったようで何よりだ。

やがて村長らしき老人が現れて、あらためて俺たちに感謝の意を伝えてきた。

俺は村長に問う。

「えぇっと……何がどうなっているのか、事情を聞かせてもらえますか？　三日前にも、ソロの女性冒険者が来ているはずなんですが」

「分かりました。と言っても、我々もほとんど状況が分かっていないのですが――」

そう前置きして、村長は事のいきさつを語りはじめた。

＊＊＊

村で七体のオークを討伐してから、しばらくの後。

変わらず小雨が降り続く中、村を出た俺たちは、オークが棲《す》みついたという洞窟の前までやって来ていた。

「洞窟の中には、まだオークが残っているかもしれません。どうかよろしくお願いします、冒険者様」

洞窟まで案内してくれた村人の一人が、そう言い残して村のほうへと戻っていく。

その場に残されたのは、俺と風音さん、弓月の三人だけだ。

村長らから事情を聞いた俺たちは、残りのオーク討伐と、消息を絶った冒険者の調査のために、ここまでやってきたわけだが――

「村の人たち、本当に状況が分かってなかったな」

俺は苦笑しながら、火がついていないランプを弓月から受け取る。

「そうみたいっすね。洞窟にオークが棲みついた、冒険者ギルドにオーク退治を依頼した、冒険者が来てこの洞窟に入っていったけど帰ってこないっていうんじゃ、持ってる情報うちらと変わんないっすよ――【ファイアウェポン】！」

弓月が俺の槍に、魔法の炎を宿らせる。俺はその炎を使って、ランプにそっと火をつけた。

暗い洞窟の奥を、ランプの明かりで照らす。

ごつごつとした岩肌のトンネルが、入り口からずっと奥まで続いていた。

俺たちは注意深く、洞窟の中へと足を踏み入れていく。

外の蒸し暑さとは少し違う、ひんやりとした空気が肌をなでる。

「洞窟に入っていったけど、戻ってこない……っていうことは、この先で何かがあったってことだよね」

俺の隣を歩く風音さんが、緊張をはらんだ声でつぶやく。

「そう考えるのが自然でしょうね。といっても、何があったのかはさっぱりですけど」

「だ、大丈夫っすかね、先輩。そう言われたらうち、怖くなってきたっすよ」

少しおびえた様子の弓月。その手が俺の服を、きゅっとつかんでくる。

「さぁな。お化けが出るかも」

「ひっ……！　や、やめてほしいっすよ！　うちそういうの苦手なんすから！」

「ていうか大地くん、この状況でよく冗談言う気になるね。胆力あるなぁ」

「こう見えても男子なんで」

「わぁ、頼りになる。じゃあ不安な私は、大地くんの右腕に抱き着いててもいい？」

「え……？　あ、はい。戦闘になったら離してくれれば」

「やった、これで安心だ。ぎゅーっ♪」

「う、うちも！　うちも先輩の左腕にしがみつくっす！　ひしっ」

「動きづらい……。二人とも、分かってると思うけど、油断はしないように」

「「はーい」」

そんな緊張感がどこかに吹き飛んだやり取りをしながら、俺たちは洞窟の中を進んでいく。

しばらく進んでいくと、洞窟が左手奥と右手奥の二手に分かれている場所に来た。

ランプで照らしてみても、どちらもトンネルが奥に続いているばかりで、代わり映えはしない。

「風音さん、どっちかにモンスターの気配ありますか？」

「んー……左側の先にかすかに、かな」

「じゃ、とりあえず左っすね」

そうして左側の道に進んでいくと、しばらくして三体のオークに遭遇した。

でもこれは、何の問題もなくあっさりと撃破。

何度も言うようだが、今の俺たちにとっては、ただの雑魚なのだ。

倒したオークの魔石を拾いながら、風音さんがつぶやく。

「ソロ冒険者だとしても、２５レベルあったらこんな雑魚には負けないよね」

「そーっすね。うちがＭＰ切れになっても、杖《つえ》で殴って普通に倒せそうっす」

「不可解なのが、一番怖いんだよな」

洞窟がさらに先に続いていたので、進んでいく。

すると今度は、四体のオークと遭遇。

そのうち一体はオークメイジという上位種だったが、この四体も難なく撃破。

そこでようやく、洞窟は行き止まりとなった。

「こっちはこれで終わりみたいっすね」

「あとはさっきの分かれ道の右側だね。向こうにもオークいるかな？」

「それ以外の可能性も考慮しておいた方がいいです。気を引き締めていきましょう」

「「はーい」」

引き返して、分かれ道のところを今度は右手側へ。

警戒を強めながら進んでいくと、やがてちょっとした広間に出た。

その広間の向こう側には、さらに先へと続く通路が見える。

「オークは……いないね。ほかの気配もなし」

「進みましょう。しつこいようですけど、油断はしないように」

「はいはい。耳タコっすよ～」

俺たちは広間を縦断し、その奥の通路へと──向かおうとした、そのときだった。

「「えっ……？」」

洞窟の広間の床一面に、光り輝く魔法陣のようなものが浮かび上がった。

どこかで見たことのあるそれは――

「「「転移魔法陣!?」」」

俺の視界は、真っ白な光に包まれた。

＊＊＊

洞窟の広間で、足元に不意に現れた転移魔法陣。

視界が真っ白な光で閉ざされ、浮遊感に襲われたあと、光がやんだ。

目を開くとそこは、先ほどまでいた洞窟とは明らかに違う、人工建造物の内部と思《おぼ》しき部屋だった。

部屋は石造りで、壁や天井は定規で測ったようなきっちりとした平面。

またそれらは、うっすらと燐光《りんこう》を発していた。

その様子を見て思い起こしたのは、俺たちの世界のダンジョンの遺跡層だ。

しかし少なくとも、俺たちを異世界へと転移させたあの部屋ではない。

「ここは……そうだ、風音さんと弓月は!?」

慌てて周囲を探そうとすると――ふにょん。

両腕にある柔らかな感触に気付いた。

左右から二人の女子に抱き着かれている。右腕に風音さん、左腕に弓月だ。

「よかったぁ。大地くんも火垂ちゃんも一緒にいる」

「はぁーっ、心臓に悪いっすよ。二人がいればひとまず安心っす」

いや本当によかった。二人と離ればなれになったら俺は泣いてしまう。

「ここは……どこだろ？」

「ダンジョンの遺跡層？　もとの世界に戻ってきたっすか？」

風音さんと弓月は、おそるおそる俺から離れて、あたりを見回す。

俺もまた、あらためて周囲の状況を確認した。

石造りの殺風景な部屋だ。

正面の壁の一角からは、先へと続く通路が伸びている。

ほかには進路らしきものも、目を引くものも見当たらないが――

いや、一つだけあった。

厳密には「あった」じゃなくて「いた」だが。

「誰ですの……？」

部屋の隅っこに、一人の若い女性が、体育座りでうずくまっていた。

その女性がぼんやりとした様子で顔を上げ、俺たちに視線を向けてくる。

背まで伸ばされたウェーブのかかった金髪に、青い瞳。年齢は、俺や風音さんと同年代に見えるから、二十歳《はたち》かそれより少し下ぐらいだと思う。

おそらくは冒険者だろう。衣服のほかに、細身の剣と、金属製の胸当てを身に着けている。

どこか気品のようなものすら感じさせる美人だが、一方で、やつれているなとも思った。瞳に元気がなく、目の下には隈《くま》が見える。

俺はその女性冒険者の姿を見て、ピンときた。

やつれている部分を除けば、冒険者ギルドで聞いてきた容姿に、ぴたりと当てはまったからだ。

「アリアさんですか？　三日前にオーク討伐の依頼を受けた、ソロ冒険者の」

俺がそう聞くと、半ば死人のようだった女性冒険者の顔に、みるみるうちに生気が戻っていく。

やがて瞳から涙を流し、歓喜や安堵が入り混じった表情を見せた。

「冒険者ギルドからの、救助ですの……？」

「ええ、一応そういうことになるんですが……」

喜びに水を差すようで申し訳ないが、俺は言葉を濁《にご》さざるをえなかった。

部屋を見回しても、先に進む通路と彼女以外の何も見当たらない。

つまり帰還用の転移魔法陣が、見たところどこにもない。あの転移魔法陣は、片道切符だったということだ。

ミイラ取りがミイラになる、という言葉を思い出す。縁起でもないが、その可能性を否定しきれない状況だ。

そもそも彼女がここでうずくまっていたことが、帰還方法がないことの何よりの証拠ではないか――

と思ったが、そこでピコンッと、メッセージボックスが開いた。

特別ミッション『救助対象の冒険者を連れてダンジョンから脱出する』が発生！

ミッション達成時の獲得経験値……１０００ポイント

特別ミッションが出た。なかなか結構な獲得経験値だな、とかは置いといて。

これは朗報だと思った。

というのも、この特別ミッションが出るということは、ここが脱出可能な場所であることを示唆《しさ》していると感じたからだ。

俺は風音さんと弓月のほうを見る。二人とも同じ考えに行きついたようで、希望の眼差《まなざ》しでうなずいてきた。

俺は気を取り直して、女性冒険者に向かって声をかける。

「ひとまず、これまでの状況を聞かせてもらえますか？」

女性冒険者はこくんとうなずいた。それから自らの身に起こったことを話しはじめる。

といっても、だいたい予想していた通りの内容だった。

彼女の名前はアリア。三日前にオーク討伐のクエストを受けたソロ冒険者だ。彼女は村人の案内で、オークが棲みついた洞窟までやってきた。

そして俺たちと同じように転移魔法陣に引っ掛かって、この場所に飛ばされた――と、そういう事情とのこと。

ただその先の情報は、傾聴《けいちょう》に値するものだった。

彼女は部屋から伸びる唯一の通路を指さし、こう伝えてきた。

「この通路の先には、モンスターが待ち受けていますわ。でもそのモンスターが強くて、わたくし一人では突破できなかった。命からがら逃げてきて、ここで救助を待っていましたの」

「そのモンスターというのは、どんな種類の？　オークではないんですよね」

「当然ですわ。わたくし一人でも、オークごときに後れは取らないもの。そのモンスターは……ちょっと待ってちょうだい」

そう言って女性冒険者――アリアさんは【アイテムボックス】を出現させると、その中から「モンスター図鑑」を取り出した。ページをめくり、俺たちに見せてくる。

アリアさんが見せてきたページは、二つあった。

最初に示したページは、翼やツノが生えた悪魔のような石像の絵が描かれているもの。

次に示したページは、炎をまとった髑髏《どくろ》の絵が描かれたもの。

「この『ガーゴイル』というのが二体、それにこっちの『フレイムスカル』というのが二体。それがこの先で待ち受けているモンスターの群れですわ。このモンスター図鑑に記されているステータスを見ても分かる通り、強敵ですわ」

「「「あー」」」

俺たち三人は、何とも微妙な声をあげてしまう。

ガーゴイル二体と、フレイムスカル二体か。モンスターまで遺跡層に似ているな。

ひょっとして、本当に遺跡層に戻ってきた？

いや、だとするとアリアさんも転移してきたことになるし、「ミッション」が提示されるのも違和感がある。

ともあれ、今考えるべきは目下の対応だ。

確かにソロ冒険者だと、２５レベルあっても、その四体をまとめて相手にするのは苦しいだろう。アリアさんがここから動けなかったのもうなずける。

しかし俺たち三人がいれば、問題のない相手だ。脱出の筋道が見えてきたな。

「状況は分かりました。でもその程度の相手なら、俺たちがいればどうとでもなります。歩けますか？」

「ええ、大丈夫ですわ。戦いだって、もちろんやってみせ……あ、あれ……？」

立ち上がって歩き出そうとしたアリアさんは、立《た》ち眩《くら》みをしたように、ふらりと倒れ込んでしまう。

俺は慌てて抱きとめて支え、床に座らせた。

「無理はしないでください。慌てなくて大丈夫ですから、ゆっくりと」

「あ、ありがとう……」

「うーん、大地くんのイケメン属性が上がってるなぁ。私の彼氏がもっと素敵になってくれるのはいいんだけど」

「ていうか先輩、女性に免疫できたんすかね。昔の先輩だったら、もっとわたわたしてた気がするっすけど」

「ね。ちょっと違和感あるよね」

「はい、そこ二人。いらんこと言わない」

普通に人助けをしているだけなのに、ひどくないですかね？

いやアリアさんも同年代の美人さんだし、抱きとめて少しもドキマギしなかったと言ったら嘘《うそ》になるけどさ。

一方のアリアさんは、恥ずかしそうに頬《ほお》を赤らめる。

俺が「おや？」と思ったのも束《つか》の間《ま》、次にはこう伝えてきた。

「あ、あの……恥をしのんで、お願いがありますの。……何か食べ物を、恵んでもらえないかしら」

ぐぅ～っと、アリアさんのお腹《なか》が鳴った。

あ、そういう感じですか。

＊＊＊

アリアさんに食料を分け与えるついでに、俺たちもその場で昼食をとることにした。

街で購入してきたサンドイッチの一つをアリアさんに渡して、俺たちは残りの二つを三人で分け合う。

「おいしい……おいしいですわ……ううっ、皆さんはわたくしの命の恩人ですわ……もう死んでもいい……」

アリアさんは涙を流しながら、心底幸せそうな様子でサンドイッチを頬張っていた。

救助に来た側としては、こう喜んでもらえると冥利《みょうり》に尽きるが、助けた途端に死ぬのはやめてほしい。

まあこのダンジョンからの脱出に成功するまでは、救助できたとも言えないのだけど。

「サンドイッチ三人分に切れたよ。はい大地くん、あーん」

大型のサンドイッチを短剣の波形の刃《やいば》を使って器用に切り分けた風音さんは、小分けしたうちの一個を俺の口に近付けてくる。

「え、ここでですか？」

普通にアリアさんが見てるんだけど。

「ここでです。ほら四の五の言わずに、あーんして」

「あ、はい。あ、あーん……むぐむぐ……」

「えへへっ。どう、おいしい？」

「お、おいしいです」

完全に風音さんの言いなりになっている俺。

普段こういうことあまりやらないのに、突然どうしたんだろうと思っていると、風音さんが勝ち誇ったような視線をアリアさんに向けているのが見えた。

一方のアリアさんは、サンドイッチを頬張りながら、風音さんに向けてぶんぶんと首を横に振る。

「あ、先輩。ほっぺにソースがついてるっすよ。うちが取ってあげるっす。ぺろっ」

え、何、威嚇《いかく》？　このオスは私のだぞって、そういう感じ？

「――っ⁉」

今度は弓月が、奇怪な行動をとってきた。

俺の口元についたソースを、自分の舌で舐《な》め取《と》ってみせたのだ。

えっ……？　えっ……？

「おまっ……弓月、お前っ、何やって……⁉」

「へぇっ、これにはさすがにそういう反応してくれるんすね。久々にかわいい先輩を見た気がするっす」

「そういう反応って……当たり前だろ。か、風音さんならともかく、お前……」

それって、恋人相手にやるようなことじゃないのか？

最近、弓月の距離感がおかしい気がしていたけど、いくらなんでもライン踏み越えすぎだろ。

兄妹《きょうだい》だって、普通こんなことは……いや、するのか？

するところも、あるかもしれない気も……いや、しないよな……？

ちなみに弓月を見ると、平然とした素振りをしているつもりだろうけど、実際は顔が真っ赤。耳まで真っ赤。

そんなに恥ずかしいならやるなよ。なんでやったんだよ。

またおそるおそる風音さんを見ると、アリアさんに向けた視線とは違って、にこにこしていた。

なんで？？？　弓月はいいの？　妹系だからノーカウントなの？

俺、大混乱である。

ちなみにアリアさんは、何かを察したような目になって、俺たちからちょっと距離を取っていた。当然だけど、呆《あき》れられていますね。

とまあ、そんなよく分からないやり取りがありつつも、食事を終えた俺たち。

お茶を飲んで、ホッと一息をつく。

なおお茶はどうやって淹《い》れたかというと、街で購入した手鍋や茶葉などのほかに、二つの特殊な道具を使っている。

一つは、エルフの集落でオマケとしてもらった、水を作り出すことができる魔法の水筒。

「戦士」専用の道具で、MPを1点注ぐと水筒いっぱいの飲料水が生まれる優《すぐ》れモノだ。

もう一つは、ドワーフの集落でお礼としてもらった「加熱石」だ。

こぶし大の魔法の石で、これも「戦士」専用。

MPを1点注ぐと超高温に加熱されるもので、水筒で作った一リットル程度の水を手鍋に移したものにこれを放り込めば、五分と待たずに沸騰したお湯を作りあげてくれる。

それらの道具を使って熱湯を作り出して、ちゃちゃっとお茶を淹れられるのが今の俺たちの環境だ。

地味ながら、なかなか良いものをもらった感ある。情けは人の為《ため》ならずとは、こういうことか。

そうして人心地《ひとごこち》ついたところで、休憩を切り上げて出発だ。

アリアさんもすっかり体調を取り戻し、活動できる状態になっていた。

「そういえばアリアさん、食料が足りなくなっても、水は大丈夫だったんですか？」

「それは大丈夫ですわ。わたくし、水属性魔法を使えますの。【クリエイトウォーター】の魔法で、水は自前で作り出せますわ」

へぇ、水属性魔法の使い手か。

図らずもこの場に、四属性の魔法使いが揃っているんだな。

そんな雑談をしながら部屋を出て、先へと続く通路を進んでいく。

やがて一つの扉の前にたどり着いた。

完全に一本道だったから、この扉の先以外に進路はない。

「モンスターが待ち受けているのは、この扉の向こう側ですわ」

アリアさんが腰の鞘《さや》から細身剣を抜いて、扉の方へと鋭い目つきを向ける。

さっきまでの雰囲気だと少しポンコツっぽかったが、こうして見ると熟練の冒険者らしいオーラを持っているなと思う。

「モンスターとの距離はどのぐらいでした？　攻撃魔法が届くぐらい？」

「ええ。この扉の向こうは、さっきみたいな部屋になっているのだけれど、そう広いわけではありませんわ。範囲攻撃魔法を叩《たた》き込《こ》めば、ほぼ逃げ場がないぐらいですわね」

「分かりました。それなら――弓月、いけるな」

「ふふん、任せるっすよ先輩♪　まとめて焼き払ってやるっす。あ、でも、フレイムスカルは残っちまうっすね」

「問題ない。風音さんもお願いします」

「任せて。久々に火垂ちゃんとのコンビプレイだね」

「ある意味いつもコンビプレイしてるっすけどね。先輩相手に」

「そうだね。大地くん相手にはやってるね」

「あっ、あの、わたくしはどうしたら……」

アリアさんが、困惑した様子で聞いてくる。

俺は少し考えてから、こう答えた。

「首尾よくいけば俺たちだけで片付くと思うので、何もせずに見ていてもらっても大丈夫かと。もし何かあったら臨機応変にお願いします」

「は、はあ……分かりましたわ……」

いまいち腑《ふ》に落ちないといった様子だが、ひとまず了解してくれた。

それを確認してから、俺は風音さんと弓月のほうを見て、互いにうなずき合う。

「――それじゃあ、戦闘開始だ」

俺の号令と同時、風音さんと弓月の二人が、魔法発動のために緑と赤の燐光を放っていく。

それが臨界点に達したことを確認して、俺は扉を開いた。

扉の向こうは、アリアさんの言うとおりに部屋があった。広さは五メートル四方ほど。

その部屋の奥のほうに、四体のモンスターの姿がある。

ガーゴイルが二体と、フレイムスカルが二体だ。

扉が開かれたと同時、ガーゴイルが翼を羽ばたかせて飛び上がり、フレイムスカルが赤色の燐光を放ちはじめるが――

「風音さん！　弓月！」

「任せて！　すべてを切り裂け、【ウィンドストーム】！」

「久々に思い切りいくっすよ！　爆炎よ、我らが敵を焼き尽くせ、【エクスプロージョン】！」

異世界に来てからはおそらく初めての、必殺範囲魔法コンボが放たれる。

灼熱《しゃくねつ》の爆炎と風刃《ふうじん》の嵐が、四体のモンスターを巻き込んで炸裂《さくれつ》した。

＊＊＊

爆炎と風刃の嵐が、モンスターがいた部屋全体に巻き起こる。

それらがやむと、四体のモンスターのうち二体は消滅し、魔石へと変わっていた。

ガーゴイル二体を撃破し、残るはフレイムスカル二体だけ。計算通りだ。

「風音さん！」

「うん、大地くん！」

俺と風音さんが武器を手に、部屋の中へと躍り込む。

フレイムスカルの魔法の発動より、こっちの近接攻撃のほうが早い。

「はっ！」

「やあっ！」

俺は槍を、風音さんは二振りの短剣を、それぞれ別のフレイムスカルに突き立てた。

二体のフレイムスカルも黒い靄となって消滅し、魔石が落ちた。

戦闘終了だ。

「「イェーイ！」」

俺と風音さん、弓月の三人でハイタッチ。

なんかこれ、懐かしい流れだな。

「す、すごいですわ……。あの強敵を、こんなにあっさりと……」

アリアさんはそう言って、目を丸くしていた。

適正レベルの相手なら、数が重要なファクターになるからな。一人だと敵わない相手も、三人いればこんなものだ。

あと状況も良かった。十分な情報があって、地形条件も都合がよかったとあれば、こういう結果にもなるだろう。

ちなみに、このぐらいのモンスターになってくると、獲得経験値もなかなかバカにできない。一体につき、ガーゴイルは２００ポイント、フレイムスカルは３００ポイントの経験値が撃墜者《げきついしゃ》に加算される。一体あたり１３ポイントのオークなどとは、文字どおり桁《けた》が違うわけだ。

さて、モンスターの群れを撃破して、障害は排除した。

部屋には俺たちが入ってきた扉とは別に、奥にもう一つ扉がある。

その扉のほうから、カチャッと音がした。

歩み寄って手をかけると、扉は問題なく開いた。さっきの音は、それまでかかっていた鍵が解除されたか何かだろう。

扉の先には、なおも通路が続いている。

「こいつらを倒したらダンジョン脱出、というわけにはいかないみたいだな」

「このダンジョン、結構長いんすかね？」

「さあ？　進んでみるしかないんじゃないかな。行ってみよう」

「皆さん、迷いなく進みますわね……」

俺たち三人が通路を進んでいくあとを、アリアさんがおずおずとついてくる。

しばらく進んでいくと、再び扉に突き当たった。

風音さんによると、扉の先にモンスターの気配はないとのこと。

警戒しながら扉に手をかける。扉は問題なく開いた。

扉の先は、再び部屋になっていた。大きさは、先ほどと同じ五メートル四方ほど。

向かって左手側の壁に扉があって、ほかには進路らしきものは見当たらない。

が——


「宝箱が三つ……ですわね」

アリアさんが、そうつぶやく。

彼女が言うとおり、部屋には宝箱があった。

それも部屋のド真ん中に三つ、左右に並んで、これ見よがしにだ。

異世界に来てから、宝箱に遭遇するのは初めてな気がする。やはりこの世界にもあるのか、宝箱。

いや、ここが俺たちの世界のダンジョンである可能性もあるのか。

「アリアさん、こういう宝箱に遭遇したことは、これまでにもあります？」

「宝箱自体を見たことは、もちろん何度もありますわ。こう見えてもわたくし、冒険者を始めて四年になりますの。でもモンスターを倒してもいないのに、こうしていきなり宝箱があるのは初めて見ましたわ。誰かがここでモンスターを倒して、開けずに立ち去ったとかかしら？」

このアリアさんの返事から分かることがいくつかある。

まず異世界――アリアさんたちが住む世界にも、こうした「宝箱」そのものは存在すること。

そして宝箱は、モンスターを倒すことで出現するのが一般的だということ。

四年間も冒険者をやっているアリアさんでも、モンスターから出現する以外の宝箱は見たことがないほどのレアケースのようだ。

だが……この宝箱、どうにもキナ臭い。

「たしか風音さんも、スキルポイント1点残しておくようにするって言ってましたよね。今もスキルポイント残ってます？」

「奇遇だね。私も今、たぶん大地くんと同じこと考えてるよ。じゃあせっかくだし、ここであのスキルを取っちゃおうか」

「ですね。お願いします」

「おっ、風音さん。ついに取るんすね、あのスキルを」

「ついに取るんです。あのスキルを」

風音さんはステータス画面をちょいちょいっと操作する。

それを見て、アリアさんがきょとんとした様子を見せた。

「……？　皆さん、先ほどの強さから見て、レベルは２５まで届いていますわよね？　スキルポイントなんて残してありますの？」

「あー……それはいろいろありまして」

実は俺たち、限界突破中なんです——とか言ったらどういう反応を見せるんだろう。

別に一所懸命に隠す必要もない気はするのだが、変に目立っても面倒そうだし、一応言葉を濁しておこうと思う次第。

そうこうしているうちに、風音さんのスキル修得が終わったようだ。

風音さんは宝箱に手をかざし、スキルを使って一つずつチェックをしていく。

「いくよ——【トラップ探知Ⅱ】！」

これが、風音さんが新規に修得したスキルだ。

遺跡層で取り損ねた、「ミミック」をも看破するトラップ発見スキルである。

すると宝箱は、三つとも赤く光った。

スキルを使った本人である風音さんが、微妙な顔をする。

「うーん、予想どおりというか、なんというかだね。三つのうち、『左』と『真ん中』のはミミックだ。『右』のは毒ガス。解除しないで開けると、あたりに毒ガスがぶわっとなるやつ」

「解除できます？」

「もちろん。全部無力化できるよ。【トラップ解除】！」

風音さんは三つの宝箱に、一つひとつ【トラップ解除】のスキルを使用していく。

俺たちの世界のダンジョンと同じ法則なら、「ミミック」も、看破さえできていれば【トラップ解除】で無力化できるはずだ。そして無力化すると普通の宝箱に変わるとかいう謎仕様のはず。

「オッケー。全部解除したよ。それじゃ開けるね」

風音さんは三つの宝箱を、左のものから順に開けていった。

＊＊＊

宝箱一個目。

一番左の宝箱から風音さんが取り出したのは、ポーションの瓶だった。

「これは……『ＭＰポーション』かな？　火垂ちゃん、鑑定お願い」

「了解っす。――――ん、『ＭＰポーション』で間違いないっすね。とりあえず風音さん持っとくっすか？」

「そうだね。サンドイッチがなくなった分だけ【アイテムボックス】の容量空いたし。あ、でも……」

風音さんが、ちらりとアリアさんのほうを見る。

そうなんだよな。宝箱の中身を、俺たち三人で全部もらってしまっていいものか。

しかしアリアさんは、とんでもないという様子でぶんぶんと首を横に振る。

「助けてもらった身で、獲得アイテムの権利まで主張する気はありませんわ」

「そっか。じゃ、遠慮なくいただきます。――それでは、次の宝箱、オープン！」

ＭＰポーションを俺たちのパーティ財産として確保しつつ、風音さんは次の宝箱を開いていく。

出てきたものは――

「またポーションだね。でもこっちは、アレっぽいな――火垂ちゃん、よろしく」

「あいあいさ。えーっと……これは『ハイＨＰポーション』っすね。とりあえず、うちの【アイテムボックス】に入れておくっす」

「よろしく～」

真ん中の宝箱から出てきたのは、ハイＨＰポーションだった。

これで手持ちのＭＰポーションとハイＨＰポーションは、もともと持っていた分と合わせて、二本ずつになったか。

でもどっちもあまり使わないんだよな。

いざというときの保険にはなるが、【アイテムボックス】を圧迫するという側面もある。

アイテム整理をして、必要性が低いものを売却するか。あるいは俺が【アイテムボックス】を修得して、容量そのものを増やすかだな。

「じゃあ三つ目いくよ～、オープン！　……ありゃ、これはひょっとして、かなりのお宝かな？」

一番右の宝箱から風音さんが取り出したのは、魔法使い風のローブだった。

弓月が現在着ているものと似ているが、少しデザインが違う。装飾やら何やらがちょっとだけ豪華な感じ。

「火垂ちゃん、鑑定よろしく！」

「了解っす。【アイテム鑑定】！　――ん、ビンゴっすよ。これ『ウィザードローブ』っす。効果は防御力１５、魔法威力＋４。うちがいま着てる『ルーンローブ』が防御力７、魔法威力＋２だから、完全上位互換のやつっすね」

「おー、やっぱりか」

ウィザードローブって、たしかオヤジさんの店で１８０万円ぐらいで売られていた、店売り最上位防具の一角だったはずだ。

「これ、うちが着ていいっすか？」

「だな。それ以外にないだろ」

風音さんは黒装束《くろしょうぞく》だし、俺もエルフ集落でもらったエルブンレザーを装備している。

アリアさんを除外すれば、弓月が装備するのがどう考えても最適解だ。

「じゃ、ここで着替えちゃうっすね。先輩は向こう向いてるっすよ。覗《のぞ》いたらただじゃおかないっす」

「了解だ。つーかお前の着替えなんか覗かねぇよ」

俺はくるりと弓月に背を向ける。

すると風音さんが俺の背後に忍び寄って、その両手で俺の目をふさいできた。

俺の視界は真っ暗になった。

「風音さん……？」

「大地くんはエッチだから、後ろを向いただけじゃ信用できません。なので目隠しをします」

「はあ……。別にいいですけど、弓月の裸なんかわざわざ見ませんよ」

「またそういう言い方する」

「そういう言い方も何も、当たり前です。俺にとって弓月は、そういうんじゃないですから」

……と言いながら、実は俺は内心で、ローブを脱いだ弓月の姿を想像してしまっていた。

煩悩《ぼんのう》がひどい。

しゅるしゅるという衣擦《きぬず》れの音がしばらく続いたあと、やがて弓月から声がかかった。

「お待たせっす、先輩。もういいっすよ」

風音さんによる目隠しも外され、俺は弓月のほうへと振り向く。

ちょっとだけゴージャスなローブに着替えた弓月は、ファッションショーのようにくるりと回って、きゃぴっとポーズをとった。

「どーっすか、先輩？　うち、かわいいっすか？」

「おう、よく似合ってるな。お前もともと素材がいいし、普通にかわいいと思うぞ」

「むーっ。喜んでいいのか悪いのか、よく分からない評価っすね」

弓月が口をとがらせる。

一応は褒めたつもりだったのだが、わが妹分が望んでいた言葉とは違ったらしい。

そうして宝箱の中身を回収した俺たちは、部屋の左手側にあった扉を開いて、先へと進んでいく。

しかしこう、殺風景な中でモンスターと戦って、宝箱を開けてをやっていると、久しぶりの「ダンジョン」って感じがするな。

アリアさんが所在なげにしているのがちょっと気になるが、その辺はしょうがない。救助対象として、のんびりお姫様をしていてもらうことにしよう。

――と、思ったのだが。

この後、意外とすぐに、アリアさんにも働いてもらうときが来たのである。

＊＊＊

宝箱があった部屋を出て、通路をしばらく進んでいくと、再び扉に行き当たった。

「風音さん、扉の向こうにモンスターの気配は？」

「ない、と思う。……けど何か、なんだろう、不思議な感じがする」

俺の質問に、曖昧《あいまい》な言葉を返してくる風音さん。

「不思議な感じっすか？」

「うん。【隠密《おんみつ》】スキルを使われてる感じ……ともちょっと違う。モンスターの気配はないと思うんだけど、うっすら何か引っかかるんだよね」

「了解です。『何かある』つもりで、臨機応変に対応をする前提で踏み込みましょう。アリアさんもそのつもりでお願いします」

「承知しましたわ」

俺はいつも以上に警戒しながら、先頭に立って扉を開いていく。

扉の向こうは、やはり部屋になっていた。

ただこれまでの部屋と比べると、何倍も広い。

モンスターの姿は見当たらないし、ほかに注目すべきものも見当たらない。

部屋の向こう側の壁には、進路と思しき扉があった。

「何もいないように見えるが……」

俺は慎重に、部屋の中へと踏み込んでいく。ほかの三人も、俺に続いた。

異変が起こったのは、俺たちが部屋の中央あたりまで歩みを進めたときだった。

背後から突然、キィィィッと音がして——

直後、俺たちが入ってきた扉がバタンと閉じ、カチャリと鍵が掛かる音がした。

「なっ……扉がひとりでに⁉　閉じ込められましたの⁉」

アリアさんが、うろたえた様子を見せる。

実際、ほとんど不可抗力だ。転移魔法陣もそうだが、初見殺しすぎる。

ここで部屋に毒ガスでも吹き込まれようものなら、どうしようもなくなる。

俺は前方に向かって駆け出しつつ、風音さんに声をかける。

「俺は正面の扉が開かないか確認します！　風音さんは入ってきた扉を調べてください！どっちもダメなら、扉の破壊を試みます！」

「りょ、了解！　——って、待って！　何か出てきた、右と左！」

部屋の二箇所にそれぞれ二つずつ、合計四つの鬼火が現れる。

俺たちを挟み込むようにして、右手側と左手側の少し離れた場所に現れた鬼火たちは、それぞれがモンスターの姿へと変化した。

右手側にはガーゴイルが二体。左手側にはフレイムスカルが二体だ。

「何もないところから、モンスターが現れた⁉　どういうことですの⁉」

アリアさんのさらなる驚きの声。

だが驚いてばかりもいられない。

ガーゴイルは翼を羽ばたかせて飛び上がり、俺たちのほうへと向かってくる。

フレイムスカルは赤色の燐光を放ち、魔法発動の予備動作を見せた。

こうなると部屋からの脱出は後回しにして、モンスター対策を優先するしかない。

俺は頭の中で、瞬時に作戦を組み立てる。

このタイミングでは、範囲魔法を発動させるよりも前に、ガーゴイルとの接近戦に入ってしまうだろう。ガーゴイルを範囲魔法で殲滅《せんめつ》するには味方ごと焼く必要があり、それはさすがに選択肢に入らない。

かと言ってフレイムスカルに弓月の炎魔法は効果が薄い。

となれば単体攻撃メインで叩くほうが賢明か。

「弓月はフェンリルボウでフレイムスカルを撃ち落としてくれ！　俺と風音さんはガーゴイルを迎え撃ちます！」

「了解（っす）！」

「わ、わたくしもフレイムスカルを攻撃しますわ！」

「お願いします！」

右手側から飛び掛かってくるガーゴイルの前には、俺と風音さんが立《た》ち塞《ふさ》がる。

左手側のフレイムスカルに対しては、弓月がフェンリルボウを構え、アリアさんが細身剣を手に駆け出していく。

指示出しはここまでだ。あとは一個の戦士として、俺の戦いに集中しよう。

俺の担当は、ガーゴイルのうちの一体。

飛び掛かってくるそいつの前に躍り出た俺は、槍を手にスキルを発動。

ガーゴイルの爪が俺に振り下ろされるより早く、こっちの攻撃を叩き込む。

「くらえ、【三連衝《さんれんしょう》】！」

出し惜しみをするべき局面ではない。手持ち最強の攻撃手段で、ガーゴイルを叩く。

ガガガッと、岩を穿《うが》つような手ごたえ。

ガーゴイルは物理防御力が高いことには定評があるが——

一瞬の後、ガーゴイルは黒い靄となって消滅する。地面には魔石が落下した。よし。

ガーゴイルを一手で倒せる物理アタッカーは、熟練の探索者《シーカー》でもそうはいないんじゃないだろうか。

ともあれ、次だ。

俺はもう一体のガーゴイルと戦っている、風音さんへと視線を向ける。

「くぅっ……！」

ちょうど風音さんがガーゴイルの爪による攻撃をよけ損ねて、ダメージを負ったところだった。

胸元を浅く切り裂かれた傷からは、わずかに血が飛び散ったものの、大きな怪我《けが》には見えない。

「このっ！」

風音さんが反撃の短剣を振るう。

ギャリリッと音を立てた二連撃が見事に決まるが、ガーゴイルは落ちない。

「硬いっ！　二手目を決めても倒せないの⁉」

すでに一度攻撃を入れた後だったのだろう。

それでも倒せないガーゴイルに対して、風音さんのわずかな焦りが見えた。

慌ててバックステップで間合いを取る風音さん。

追いすがるガーゴイルが、もう一撃を加えようとするが――それは俺がさせない。

「はっ！」

俺はガーゴイルの横合いから、槍で突きを入れる。

それがトドメとなり、そのガーゴイルも消滅して魔石となった。

「大地くん！　そっちのは、もう倒したの？」

「はい。あとは弓月たちの援護を」

「うん！」

と言っても、そちらもすでに援護の必要はなかった。

フレイムスカルのほうへ視線を向けると、すでに一体は消滅して魔石に変わっており、
もう一体もちょうど黒い靄となって消え去ったところだった。

フレイムスカル二体は、弓月とアリアさんの二人で、問題なく倒せたようだ。

それと同時に、二つの扉――俺たちが入ってきたものと、その反対側の扉から、カチャッという音が聞こえてきた。

確認しにいくと、どちらも扉は問題なく開いた。

つまりこの部屋は、脱出不可能なものではなくなったということだ。

しかし転移魔法陣もそうだが、おおもとの仕掛けそのものは回避不可能な凶悪なものなのに、その先で起こる出来事は言うほど脅威《きょうい》でもないという、なんともチグハグなこの感じ。

そこはかとない違和感を覚えるが……まあ、不思議な出来事は今に始まった話でもないか。


さておき、安全を確保したら回復だ。

「今の戦闘で怪我した人、回復するから申告よろしく」

「はーい。ガーゴイルの爪で引《ひ》っ掻《か》かれて、8点ダメージもらっちゃった」

「はーいっす。フレイムスカルの魔法が二発ともうちに飛んできたっす。ＨＰが２３点減ったっす」

「えっ……？　お二人とも、嘘ですわよね？　あのレベルの敵の攻撃を受けて、どうしてそれだけのダメージで済んでいますの？　わたくし、あの四体から集中攻撃を受けたとき、あっという間に死にそうになったのだけれど……？」

アリアさんの頭上に、疑問符がたくさん浮かんでいた。

まあ驚くのも無理はないか。

「黒装束」と「椿《つばき》のかんざし」を装備した風音さんの物理防御力はちょっと尋常じゃない水準だし、魔力お化けである弓月の魔法防御力も半端じゃない。

二人が受けた少量のダメージを、俺の【アースヒール】とアリアさんの【アクアヒール】を使って回復してから、俺たちは先へと進んでいく。

それにしても、このダンジョンは、いったいどこまで続くのか。

そう思いながら通路を進んでいると——

＊＊＊

モンスターの奇襲に見舞われた部屋を出て、先へと続く通路を進んでいった俺たちは、やがてその場所にたどり着いた。

これまでと同様、一本道の先の行き止まりに扉が待ち構えていたのだが。

それまでと違ったのは、扉の形状や雰囲気、それと扉の脇の台座に置かれた青色のオーブだ。

両開きの石造りの扉は、荘厳な雰囲気をまとっており、表面には複雑な紋様が描かれている。この先は特別ですよと言わんばかりの、いかにもといった感じだ。

「この感じ、どこかで見たことあるっすね」

「うん。どこかでっていうか、ボス部屋だよね」

弓月と風音さんが、そう感想を漏《も》らす。

俺もまったく同意見だった。俺たちの世界のダンジョンの、第四層のボス部屋や、第八層のボス部屋。それらと雰囲気が酷似《こくじ》している。

「ボス部屋、ですの……？」

一方で、首を傾《かし》げるのはアリアさんだ。

「アリアさん、ボス部屋って聞いたことないですか？」

「ええ。こういった雰囲気のものは、経験がありませんわ。……ここってひょっとして、『狭義《きょうぎ》のダンジョン』なのかしら。ここまでも不可思議な仕掛けだらけだったし」

アリアさんにそれとなく話を聞いてみると、どうやらこの異世界でも「ダンジョン」と呼ばれるものはあるらしい。

ただ不思議な仕掛けが満載の「ダンジョン」は、滅多に見つかるものではなく、ベテラン冒険者でも探索経験がある人のほうが少ないぐらいなのだとか。

ちなみにオークが棲みついていた洞窟のようなものも、広い意味ではダンジョンと呼ばれるため、それらと区別するために『狭義のダンジョン』と呼ぶとのこと。

「いずれにせよ、この先には『ボス』がいると思っておいたほうが良さそうですね。それを前提に作戦を立てましょう」

というわけで、作戦会議だ。

もっとも、ここでボスモンスターと戦うなんて展開は、寝耳《ねみみ》に水だ。

ボスの特性どころか、どの程度の強さのボスが待ち受けているかの情報もない。

あまりにもリスキーなため、本来ならば全力で回避したいシチュエーションだ。

だがここを突破しないと、このダンジョンから脱出できないであろうことは想像に難《かた》くない。「やるしかない」というのが現状だ。

それに俺には、一つの「予感」のようなものがあった。

これまでの流れや、ミッションの獲得経験値などから察するに、「現在の俺たちがどうやっても勝てないようなボス」が出てくることはないだろう——そういう予感だ。

ひと通り作戦会議をして、方針がまとまった。

準備を整えてから、俺が代表してオーブに触れる。

ゴゴゴゴゴッと音を立てて、石の扉が開いていった。

扉の向こうは薄暗かったが、俺たちが足を踏み入れ、進んでいくにつれて徐々に明るくなっていく。

そのボス部屋は、例によって体育館ぐらいの広さの大広間だった。

中ほどまで進むと、背後で扉が閉まる。

「帰還の宝珠《ほうじゅ》」が使えないことも、念のため再確認済みだ。

退路はなく、ぶっつけ本番。

部屋の奥にはもう一つの扉があり、その手前には、一体の巨大な石像が立っていた。

石像は人型だが、その背丈は見上げるほど。頭頂までの高さは俺の身長の二倍はある。

手には長柄の斧槍《ハルバード》のような形状の巨大武器を持っていた。

そいつが両目をギンと輝かせて、ずしん、ずしんと歩み出てくる。

おそらくはまだ、「登場シーン」の最中だろう。

「【モンスター鑑定】の結果出たっす！　モンスター名『ストーンゴーレム』！　ＨＰは７５０、攻撃力６５、防御力１３５、敏捷力《びんしょうりょく》２５、魔力３５！　特殊能力は『二段斬り』！　あとやっぱり『無敵状態』が付いてるっす！」

弓月の報告には、良い知らせと、悪い知らせがあった。

良い知らせは、予感したとおり、ボスの全体的な強さが絶対的に太刀打《たちう》ちできないようなものではないということだ。

ステータスの数字は、森林層で戦ったボス「デモンズフラワー」より一回り上といった感じ。デモンズフラワーのデータは当時、穴が開くほど見たから暗記しているが、ＨＰ４５０、攻撃力５５、防御力７５、敏捷力３０、魔力３５だったはずだ。

悪い知らせは、どうやらこのボスは、相当「硬い」らしいということ。

デモンズフラワーとのデータ比較をすると、ＨＰと防御力がズバ抜けて高いことが分かる。まあ見た目からして硬そうだしな。

ちなみに「無敵状態」というのは、ボスの「登場シーン」の間は攻撃が一切効かなくなるやつなので、戦闘開始となれば解除されるはずだ。まあそれも、俺たちの世界のボスモンスターと同じ法則で動いていればの話だが。

俺たちは例によって、「登場シーン」の間に、補助魔法《バフ》をせっせとかけていく。

俺は【プロテクション】、風音さんは【クイックネス】、弓月は【ファイアウェポン】を、優先順位を意識して味方全員にばら撒《ま》く。

ちなみにアリアさんは、その手の補助魔法《バフ》を持ち合わせていないとのこと。

やがて巨大な石像は歩みを止め、頭上でハルバード状の武器をぶんぶんと旋回《せんかい》させると、その武器を両手持ちで構えた。

「『無敵状態』切れたっす！」

「来るよ！」

戦闘開始だ。

俺たち四人は、準備しておいた攻撃魔法を、石像に向かって一斉に放った。

＊＊＊

「【ロックバレット】！」

「【ウィンドスラッシュ】！」

「【フレイムランス】！」

「【アイシクルランス】！」

俺、風音さん、弓月、アリアさんが放った四色の攻撃魔法が、巨大石像へと一斉に突き刺さる。

だがそいつ――ストーンゴーレムは、そのダメージをなんら気にした風もなく突進してきた。

俺は盾と【ファイアウェポン】の炎をまとった槍を構え、ストーンゴーレムに向かって駆け出す。

風音さんもまた、炎を宿した二振りの短剣を携え、巨大モンスターに向かって疾風《しっぷう》のように駆けていく。

弓月とアリアさんは、後方から魔法による支援だ。

アリアさんが使える水属性魔法は、土属性と同等以上に治癒魔法に長《た》けた属性なので、今回は回復役を任せることにした。

その分だけ、俺がアタッカーとしての実力を発揮できる。

「弓月！　残りＨＰは！」

「５４４／７５０っす！　がっつり削れてるっすよ！」

「よし！　弓月は【フレイムランス】をバンバンぶち込んでくれ！」

「了解っす！」

相当に硬いかと思ったが、初手の魔法攻撃でそれだけ削れたなら上出来だ。

これなら案外、楽に倒せるかも――

「大地くん、来るよ！」

風音さんの声。

目前に迫った巨大な動く石像が、手にしたハルバード状の武器を、俺に向かって振り下ろしてくる。

その両腕と武器には、スキルの輝きが宿っていた。

特殊能力にあった『二段斬り』だろう。

ストーンゴーレムの動きは、一見鈍重《どんじゅう》そうに見えるが、ボスだけあってガーゴイルなどと比べれば格段に速い。

こっちも【クイックネス】の効果は受けているが、余裕で回避できるような攻撃ではなかった。

「ぐっ……！」

巨大ハルバードの刃で袈裟斬《けさぎ》りにされたかと思うと、直後には、切り返した刃で二度目の斬撃を叩き込まれていた。

俺の【三連衝】と似たような、半ば自動的な連続攻撃。

その攻撃は俺のアイアンシールドの防御をあっさりとぶち破り、さらに鎧《よろい》や【プロテクション】の防護をも突破してダメージを与えてきた。

だがいくつもの防護が重なっただけあって、重傷ではない。

対して『二段斬り』を放った直後のストーンゴーレムには、わずかな隙ができていた。

俺はその隙をついて踏み込み、攻撃を仕掛ける。

「お返しだ、【三連衝】！」

「やぁあああっ！」

風音さんもまた、同時に斬りかかっていた。

どうやらすでに一度攻撃を入れているようで、これが二手目のようだ。

炎をまとった三本の武器による、合計五発の攻撃が一瞬にして叩き込まれる。

ガガガッと、ストーンゴーレムの体に、溶岩のごとく溶かされたような打撃痕《だげきこん》ができた。

「――おっと！」

攻撃後の風音さんが、横っ飛びに回避行動。

直後、ストーンゴーレムの巨大ハルバードが、風音さんが元いた場所に振り下ろされる。

スキルの輝きを宿した二段攻撃は、見事に空を切っていた。

「ダイチさん、回復しますわ！　【ハイドロヒール】！」

「残りＨＰ２６８っす！　【フレイムランス】！」

アリアさんの上級治癒魔法が俺の体に降り注ぎ、俺の負傷を完治させた。

一方では弓月の攻撃魔法がストーンゴーレムに再度直撃し、ダメージを与える。

「残り１５６！　先輩、風音さん！」

「よし――【三連衝】！」

「こっちも、お返し！」

俺と風音さんの、さらなる物理攻撃ラッシュ。

その結果——ストーンゴーレムの巨体が、ざぁっと黒い靄となって消滅。かなり大きめの魔石が地面に落下した。

どうやら撃破に成功したようだ。

メチャクチャ硬いかと思ったけど、実際に戦ってみたらそうでもなかったな。うちのパーティの火力、相当に高いのかもしれない。

戦闘風景も、かなりの安定感だったように思う。アリアさんというもう一人の回復役がいると、俺の立ち回りが楽になるな。

「あ、レベル上がったみたい」

風音さんがぽつりとつぶやく。

どうやらトドメの一撃は、風音さんが持っていった判定のようだ。

ところで——

その声が、ちょっと大きかったのだ。

「うん……？　レベルが上がった、ですの……？」

「「「あっ」」」

風音さんのつぶやきが、アリアさんに聞こえてしまっていた。

どうしようか。俺たちが限界突破中の身であることがバレてしまう。

実は風音さんは２４レベルでした、でもいいんだけど、わざわざ嘘をつくのもなぁ。

面倒くさいから、正直に話してしまってもいい気がしてきたな。

一方では、ストーンゴーレムを倒したことにより、ボス部屋の奥の扉がゴゴゴゴッと音をたてて開いていく。

「えっと……とりあえず、出ましょうか」

「え、ええ。そうですわね」

ひとまず誤魔化して、この場を発つことにした。

なお、ボス部屋の扉の先には小部屋があり、その床には転移魔法陣が描かれていた。

四人で転移魔法陣に乗ると、いつものように真っ白な光と浮遊感に襲われ――

＊＊＊

転移魔法陣の光に包まれ、次に気が付いたときには、見覚えのある場所にいた。

オークがいた洞窟の、転移魔法陣があった広間だ。

俺、風音さん、弓月、アリアさんの四人は今、光を失いつつある転移魔法陣の上に立っていた。

かと思うと――パリンッ。足元に光の線で描かれていた転移魔法陣が、粉々に砕けるようにして、光の粒となって消滅した。

「も、戻ってこられましたわ……」

アリアさんが、崩れ落ちるように地面に膝をつく。その瞳からは、ぽろぽろと涙がこぼれ落ちていた。

同時に俺の脳内では、ピコンッという通知音。


特別ミッション『救助対象の冒険者を連れてダンジョンから脱出する』を達成した！

パーティ全員が１００００ポイントの経験値を獲得！


六槍大地が２９レベルにレベルアップ！

弓月火垂が２９レベルにレベルアップ！

▼現在の経験値
六槍大地……１２１９４４／１３８８６７（次のレベルまで：１６９２３）
小太刀風音……１３１２５６／１３８８６７（次のレベルまで：７６１１）
弓月火垂……１２１７４１／１３８８６７（次のレベルまで：１７１２６）

ダンジョンからの脱出に成功したことで、特別ミッション達成の通知が出た。

経験値１００００はかなり大きいボーナスだな。

ちなみに風音さんのレベルアップ表示が出なかったのは、すでに２９レベルに上がっているからだ。一人だけずいぶん経験値が突出している。ストーンゴーレム撃破による経験値が、よっぽど大きかったようだ。

その後、俺たちは洞窟の広間の奥も探索したが、そちらはただの行き止まりで何もなかった。

洞窟の外に出ると、雨がやんでいた。

生《お》い茂《しげ》る木々の葉からは、ぽたぽたと雫が落ちている。

時刻は昼下がり。雲の合間から降り注ぐ陽光が、木々に囲まれた洞窟前の景色を輝かせていた。

「それじゃ、帰ろっか」

「ギルドに帰るまでがクエストっすね」

「本当に、帰れますのね……。夢みたいですわ……」

そんな女性陣の声とともに、俺たちは帰還の途《と》についた。

村に戻って事情を説明し、依頼達成の書きつけを受け取り、街への帰路につく。

街へと帰還する間に、俺たちはアリアさんに、限界突破のことを伝えた。

アリアさんは目を丸くして驚き、次には「道理で三人とも強いわけですわ」とつぶやいて、しきりにうなずいていた。

限界突破のきっかけなども聞いてきたが、それは控えさせてほしいと言うと、それ以上の追及はしてこなかった。俺たちの限界突破を口外しないことも、約束してくれた。「恩を仇《あだ》で返すようなことはしませんわ」とのこと。

　街に着いたときには、すっかり晴れた空が、夕焼け色に染まっていた。

　俺たちは冒険者ギルドに行って、クエスト達成の報告をした。クエスト達成は認められ、俺たちは報酬の金貨５０枚を受け取った。

　これまでゴブリン討伐、ドワーフの護衛、オーク討伐とクエストをこなしてきて、この世界の金貨もかなり貯《た》まってきた。生活費や雑貨購入のための予算を考慮しても、そろそろ装備品の購入にお金を割いてもいい頃かもしれない。

　この街にも、オヤジさんの店と似たような冒険者用の武具店が存在していることは確認済みだ。そろそろ一度、足を運んでみるのもいいだろう。

　加えて、クエストを達成したことによって、ミッション達成による経験値がさらに追加された。


ミッション『Ｃランククエストを１回クリアする』を達成した！

パーティ全員が５０００ポイントの経験値を獲得！

新規ミッション『Ｂランククエストを１回クリアする』（経験値８０００）が発生！

▼現在の経験値
六槍大地……１２６９４４／１３８８６７（次のレベルまで：１１９２３）
小太刀風音……１３６２５６／１３８８６７（次のレベルまで：２６１１）
弓月火垂……１２６７４１／１３８８６７（次のレベルまで：１２１２６）

うめぇ……。

今回の経験値は、過去イチうまかったんじゃないだろうか。だってオーク討伐で３０００、ダンジョンから脱出で１００００、Ｃランククエスト達成で５０００だろ。

それに加えて、誤差の範囲というには大きすぎるぐらいのモンスター撃破経験値だ。苦労した甲斐《かい》があったというもの。

そうしてすべてが終わり、俺たちは冒険者ギルドの前で、アリアさんと別れることになったのだが——

「ダイチさん、カザネさん、ホタルさん。本当にありがとう。皆さんのおかげで、わたくしは命拾いをしましたわ。何かお礼をしたいところだけれど」

「アリアさんを救出したことによる報酬は、すでにギルドからもらいましたから。気にしないでください」

「そうですの？　ふふっ。ダイチさんたちって、本当に不思議な人たちですわ。欲がないというか……」

「――お、お嬢様！　アルテリアお嬢様！　探しましたぞ！」

そこに突然、執事服を着た老人が、慌てた様子で駆け寄ってきた。

その姿を見たアリアさんが、戸惑いの様子を浮かべる。

「じ、爺《じい》や……!?　ここには来ないでって言ってあるでしょう！　その呼び方も、この姿のときはやめてって何度言ったら！」

「はっ!?　こ、これは失礼を。ですがお嬢様、それどころではないのです！　旦那様が……！」

執事服の老人は、アリアさんのもとまでやってきて、その耳元で何事かを伝える。

アリアさんの目が、みるみるうちに大きく見開かれていって――

「えっ……お父様が、謎の奇病で倒れた……!?」

どうやらまた何か、事件のようですね。

六槍大地
レベル：２９（＋１）　経験値：１２６９４４／１３８８６７
ＨＰ：１８６／１８６（＋６）　ＭＰ：１１４／１５６
筋力：２６（＋１）　耐久力：３１（＋１）　敏捷力：２３（＋１）　魔力：２６
スキル：【アースヒール】【マッピング】【ＨＰアップ（耐久力×６）】
【ＭＰアップ（魔力×６）】【槍攻撃力アップ（＋２４）】（Rank up!）

【ロックバレット】【プロテクション】【ガイアヒール】【宝箱ドロップ率２倍】
【三連衝】【アイテム修繕】【命中強化】【グランドヒール】【翻訳《ほんやく》】【隠密】
残りスキルポイント：１

小太刀風音
レベル：２９（＋１）　経験値：１３６２５６／１３８８６７
ＨＰ：１３２／１３２　ＭＰ：１００／１１５（＋５）
筋力：２３（＋１）　耐久力：２２　敏捷力：３８（＋１）　魔力：２３（＋１）
スキル：【短剣攻撃力アップ（＋１８）】【マッピング】【二刀流】【気配察知】
【トラップ探知】【トラップ解除】【ウィンドスラッシュ】【アイテムボックス】
【ＨＰアップ（耐久力×６）】【宝箱ドロップ率２倍】【クイックネス】
【ウィンドストーム】【ＭＰアップ（魔力×５）】【二刀流強化】【回避強化】
【翻訳】【隠密】【トラップ探知Ⅱ】（new!）
残りスキルポイント：１

弓月火垂
レベル：２９（＋１）　経験値：１２６７４１／１３８８６７
ＨＰ：１３２／１３２　ＭＰ：２４４／３００（＋６）

筋力：１９（＋１）　耐久力：２２　敏捷力：２７（＋１）　魔力：５０（＋１）
スキル：【ファイアボルト】【ＭＰアップ（魔力×６）】【ＨＰアップ（耐久力×６）】
【魔力アップ（＋１２）】【バーンブレイズ】【モンスター鑑定】
【ファイアウェポン】【宝箱ドロップ率２倍】【アイテムボックス】
【フレイムランス】【アイテム鑑定】【エクスプロージョン】【翻訳】
残りスキルポイント：２

第六章

アリアさんとともにダンジョンから脱出して、街に戻ってきた日の翌日。

元の世界への帰還まで、あと９５日。

俺と風音《かざね》さん、弓月《ゆづき》の三人は早朝、宿泊している宿の部屋で目を覚ますと、一階に下りて外で顔を洗うなどしてから朝食の場に向かった。

俺たちが現在宿泊している宿は、一階が酒場兼食堂で、二階に宿泊用の部屋が並んでいる。朝食の場は一階の食堂だ。朝食は宿代に込みのサービスとなっている。

俺たちは四人掛けのテーブルを一つ確保すると、カウンターに行って宿のおばちゃんに朝食を頼んだ。

「あいよ、お待たせ。食べ盛りだろうから、大盛りにしといてやったよ」

しばらくしておばちゃんから、トレーに載せられた三人分の朝食が渡される。

パンに野菜スープ、ソーセージとスクランブルエッグにオレンジが一切れ、あとコップ一杯のミルクだ。

「そういやあんたたち、聞いたかい？　領主様の話」

「領主様？　何かあったんすか？」

弓月が相槌《あいづち》よろしく問い返す。

「領主様」というのは、この街と周辺の村々を統治する貴族のことだ。この街の一角に城があって、そこで暮らしているらしい。

そういった漠然《ばくぜん》とした情報は、曲がりなりにもこの世界で生活していると、なんとなく入ってくるようになる。

例えば今、宿のおばちゃんが話している世間話のような形で、だ。

「いやね、聞いた話によると、領主様がご病気で倒れちゃったらしいのよ。しかも原因不明の奇病ですって」

「原因不明の奇病？　それ最近、どこかで聞いたような気がするっすね」

「火垂《ほたる》ちゃん、それってアリアさんのお父さんの話じゃない？」

「あっ、そうそう風音さん。それっすよ」

俺もまた、昨日のアリアさんの様子を思い出していた。

昨日、ダンジョンから脱出して街に戻ってきた俺たちは、冒険者ギルドの前でアリアさんと別れることになった。

だがそのタイミングで、執事服を着た老人が現れて、アリアさんに何やら耳打ちをしたのだ。

その後、アリアさんは俺たちが宿泊している宿だけ確認すると、執事服の老人とともに慌てて立ち去ってしまった。

その際にアリアさんが、父親が謎の奇病に倒れたらしきことを口にしていた。

「でもおばちゃん、領主様が倒れたって、大丈夫なんすかね？」

「ホント、心配よねぇ。ほらうちの領主様、よその街から来た人の話じゃあ、かなりいい領主様だって聞くじゃない。税も良心的で、よそはもっとたんまり取られるっていうし。それに跡継ぎの長男は、あの放蕩者《ほうとうもの》でしょ？　今の領主様に万一のことがあったら、大変なのはきっとあたしらだよ」

「……おばちゃん、意外と現金っすね」

「あっはっは、つい本音が出ちまった。領主様には内緒だよ。でも本当に、たいしたご病気じゃないといいけどねぇ」

そんな与《よ》太話《たばなし》を聞きつつ、朝食を受け取った俺たちは、確保したテーブルに戻っていただきますをする。

風音さんがフォークでソーセージをつつきながら、こう聞いてきた。

「ねぇ大地《だいち》くん、つまりこういうことだよね？　アリアさんはこの街の領主様の娘さんで、そのアリアさんのお父さんイコール領主様が、謎の奇病で倒れた」

「まあ、そんな感じがしますね。これだけいろいろ符合しておいて、無関係ってことはないでしょうし」

「だとすると、結構ヤバい人がダンジョンで死にそうになってたんすね。ていうか何でそんなイイトコの娘さんが、冒険者なんてやってるんすかね？」

「さあな。執事っぽい人への態度を見る感じ、一応はお忍びで冒険者やってたみたいだが。ただのおてんば令嬢か、お忍びといえば世直し旅とかな」

アリアさんに関するあれやこれやの勝手な想像を膨らませつつ、朝食を終えた俺たち。

さて今日も冒険者ギルドに行こうと、準備をして宿を出たときだった。

「あっ！　よかった、間に合いましたわ！」

俺たちの前に現れたのは、噂《うわさ》をすれば何とやらのアリアさんだった。

駆け寄ってきたアリアさんは、両手で包み込むようにして、俺の手を取ってくる。

「ダイチさんたちに、お願いがありますの！　冒険者ギルドに持っていくよりも、まずはダイチさんたちに直接頼んだほうが――ヒィッ！」

だがそこで、アリアさんは悲鳴をあげて俺の手を離した。

見れば、風音さんの絶対零度の視線が、アリアさんに突き刺さっている。

涙目になったアリアさんは、風音さんに向かってふるふると首を横に振り、声を震わせる。

「ご、ごめんなさい……そんなつもりでは……ダイチさんをかどわかしたりしないから、殺さないで……」

「うん、大丈夫。分かってくれればいいよ、アリアさん。それともあの執事さんみたいに『アルテリアお嬢様』って呼んだ方がいいのかな？」

風音さんはにこにこしながら、アリアさんを威嚇《いかく》しているように見えた。

あ、あれ知ってる。いにしえの時代に局地的に流行《はや》ったと言われる、暗黒微笑《だーくねすすまいりんぐ》ってやつだ……。

「と、とにかく！　皆さんにお願いがありますの！　引き受けてもらえるなら、冒険者への依頼として、十分な報酬はお支払いするつもりですわ」

「うーん、『お願い』の内容にもよりますけど……」

俺は言葉を濁《にご》さざるを得なかった。

お願いを聞いてやりたい気持ちはあるけど、俺たちが本当に求めているのは冒険者としての金銭報酬ではなく、ミッション達成による経験値なのだ。

日数制限もあるし、そうそう無駄足を踏むわけにもいかないわけで。

まあなんとなく、ここらでピコンッと通知音が鳴りそうな予感はあるけど――

と思っていると、俺たちが求めているものは、予想外の角度からやってきた。

アリアさんが、少し言いにくそうにしながら、こう口にしたのだ。

「詳しいことは後で話すけれど、これは先に言っておかないとダメですわね。……すぅーっ、はぁーっ。い、言いますわよ。その……だ、ダイチさんたちには、私と一緒に――『ドラゴン』を倒しに行ってほしいんですの！」

……ほほう、ドラゴンとな？

俺の目はこのとき、キラリと光っていたことだろう。

念頭にあったのは、もちろんこのミッションだ。

ドラゴンを1体討伐する……獲得経験値３００００

獲得経験値３００００ポイントは見逃せない。

俺はアリアさんの「お願い」に、がっつりと食いついたのだった。

＊＊＊

詳しい話を聞くため、場所を変えることになった。

俺たちはアリアさんのあとについて、上流階級の邸宅《ていたく》がある一帯に足を踏み入れる。

やがてたどり着いたのは、この街を治める領主の居城だった。

アリアさんは門番に顔パスで、城の門をくぐっていく。俺たちもそのあとに続いた。

「ほえ～。やっぱりアリアさん、領主様の娘さんだったんすね」

「隠していてごめんなさい。わけあって、領主の娘であることは秘密にして冒険者をやっていますの。……でも、あまり驚いていませんわね」

だいたい予想は付いていていたからな。

とはいえ、こんな城の中に入るのは初めてだから、きょろきょろと見回したりはしてしまうが。

しかし城というからには、さぞかし煌《きら》びやかなものかと思っていたが、見た感じではそういった印象はあまり受けなかった。

どちらかというと、質実剛健《しつじつごうけん》な防衛施設といった感じ。とりわけ裕福そうな雰囲気は見受けられない。

城門をくぐった俺たちは、アリアさんのあとを追って中庭を通り、居館に入る。

居館の玄関ホールでは、昨日見た執事服の老人がアリアさんを出迎えた。

「お帰りなさいませ、アルテリアお嬢様。そちらの方々は、昨日もご一緒でいらっしゃった――」

「ええ、冒険者の方々ですわ。信頼できる優秀な人たちよ。お父様の容体は変わっていない？」

「はい。ときおり苦しんではおられますが、大きくお変わりはございません」

「そう。自然に快復する見込みはないのだから、良い知らせなのだけれどね」

少し沈んだ声のアリアさん。

その後、アリアさんは俺たちを、居館の二階にある領主の寝室へと案内した。

寝室のベッドでは、四十絡みの壮年男性が横になっていた。苦しげに荒く息を吐き、うなされている。

ベッド脇には医者と思《おぼ》しき老年男性がいて、布を水で濡《ぬ》らして絞り、患者の額に乗せるなどしていた。

アリアさんが、その医者と思しき人物に声をかける。

「お父様の容体は、変わりませんのね」

「何とも言えません。極端な悪化はしていませんが、体力は着実に奪われています。もって一週間が関の山でしょう」

「でも『飛竜の谷』の奥地に自生している薬草があれば、特効薬が作れる――そうですわね」

「はい。しかし『飛竜の谷』です。私は冒険者稼業については専門外ですが、この病が記述された医術書には、熟練の冒険者でも足を踏み入れることをためらう場所だと書かれていました。本当に行かれるおつもりですか、アルテリア様？」

「当然ですわ。お父様が助かる方法があるというのに、指をくわえて見てはいられないもの。でも私ひとりでは無謀が過ぎることも分かっていますわ」

そのとき、ベッドの上でうなされていた患者が、ゆっくりとまぶたを開いた。

アリアさんのほうを見て、弱々しくつぶやく。

「アルテリア、か……」

「お父様！　無理はしないで。必ずわたくしが、薬草を採ってまいりますわ」

「話は……聞こえていた……。お前は優しすぎるせいか、おてんばなせいか、無茶ばかりする……。私は、お前の身のほうが心配だ……」

「大丈夫ですわ。無茶でも無謀でもないように、心強い助っ人に協力を頼みますの。——こちらがダイチさん、カザネさん、ホタルさん。三人とも凄腕《すごうで》の冒険者ですわ」

アリアさんが俺たち三人を、ベッドの上の人物——アリアさんの父親であり、この街の領主に違いない——に紹介する。

俺たちは領主に向かって、軽く頭を下げた。

「そうか……キミたちが、アルテリアを助けてくれる冒険者たちか……。……頼む、娘を……守ってやってくれ……」

「お、お父様、そうじゃありませんわ！　わたくしも一人前の冒険者で、守ってもらう立場ではありませんの！　ダイチさんたちには、協力をしてもらうだけですわ！」

「ははは……そう、だったな……」

うーん……。詳しい話を聞きに来たはずが、すでに受ける前提で話が進んでいるな。

外堀がどんどん埋められている気がするのだが。これ、断れないやつなのでは？

そんな話をしているうちに、領主がゲホゲホと咳《せ》き込《こ》んで、また苦しみ始める。

医者が退室を示唆《しさ》したため、アリアさんと俺たちは寝室をあとにした。

＊＊＊

領主の寝室から退室した後、アリアさんは応接室に俺たちを案内して、そこで話を始めた。

「あらためて説明しますわ。ダイチさんたちにお願いしたいのは、わたくしと一緒に『飛竜の谷』に行って、その奥地に自生していると言われる薬草の採取を手伝ってもらうことですの」

「その『飛竜の谷』に『ドラゴン』が出没するということですか」

俺がそう返すと、アリアさんはこくんとうなずいて、【アイテムボックス】からモンスター図鑑を取り出す。

そしてページをめくり、ひとつのモンスターが記されている項を示した。

『飛竜の谷』の奥地は、この『エアリアルドラゴン』の縄張りであると言われていますわ。『最速のドラゴン』とも呼ばれる、風の竜ですの」

アリアさんが開いたページをのぞき込んだ弓月が、難しい顔をする。

「データを見た感じ、なかなか強いっすね。ＨＰ１１００、攻撃力７５、防御力１００、敏捷力《びんしょうりょく》５０、魔力４５……昨日戦ったストーンゴーレムより、ステータスは一回り上って感じっす。敏捷力だけならストーンゴーレムの二倍っすね」

「敏捷力５０！　装備効果込みでも、今の私より上かぁ」

「まあまあヤバいですね……」

風音さんですら届かないなら、俺にとってははるか彼方《かなた》だ。

敏捷力が高いモンスターは、当然ながら動きが素早い。こちらの攻撃を的確に命中させることが難しくなるし、向こうの攻撃を回避することも困難だ。

なおモンスターのステータスは探索者《シーカー》のそれとは様式が異なるが、敏捷力や魔力に関しては、探索者《シーカー》の同名の能力値と同等のものだと見做《みな》されている。

「『飛竜の谷』には、ほかにも『ワイバーン』なども出没すると言われていますわ。でも出現エリアが違うから、ドラゴンと同時に戦うなんてことはないはず」

「ワイバーンか……」

それもミッションに出てきていたな。１体討伐が条件で、獲得経験値は１２０００だったはず。

なおモンスター図鑑でワイバーンのページを見ると、そのステータスはざっくりストーンゴーレムと同格だった。

ボス格の強さではあるが、エアリアルドラゴンを倒しに行く前提で、こいつ相手に怖気《おじけ》づく理由はないだろう。

ドラゴン討伐で経験値３００００、ワイバーン討伐で経験値１２０００か。

首尾よく進んだ場合の経験値は、メチャクチャおいしい。

あとの条件は――

「アリアさん、ここから『飛竜の谷』までは、どのぐらいかかります？」

「片道で一日ちょっとの距離ですわ。『飛竜の谷』での探索時間も考えれば、おそらく往復三日ぐらいの道程になると踏んでいますわね」

三日か。ちょっとかかるな。

三日をかけたミッションで、経験値42000。

それでも十分な経験値だとは思うが、あとはリスクと見合うかどうかか。

そんなことを考えていると、応接室のテーブルを挟んで正面の席に腰掛けたアリアさんが、俺たちに向かって深々と頭を下げてきた。

「お願いですわ！　わたくしが知っている限り、ダイチさんたちが一番頼りになりますの。報酬はどうにかして、金貨500枚をご用意しますわ。――どうか、どうかお父様を助けてくださいませ！」

テーブルに頭をこすりつけるようにして、頼み込んでくるアリアさん。

さて、どうしたものか。

もちろん、助けてやりたいのは山々だ。報酬も文句はない水準。

問題は、リスクの大きさをどの程度と見積もるかだ。

今の俺たちの実力で、「ドラゴン」を倒せるのか。

試してみたい気はする。

アリアさんもいるし、成功したときに獲得できる経験値だって莫大《ばくだい》だ。

――と、そのときダメ押しとばかりに、俺の脳内でピコンッと通知音が鳴った。

特別ミッション『飛竜の谷の奥地で薬草を採取して、領主の元まで持ち帰る』が発生！

ミッション達成時の獲得経験値……３００００ポイント

「「「うわぁっ……」」」

俺、風音さん、弓月の三人が、同時に声を上げた。

アリアさんは首を傾《かし》げているが、さておいて。

特別ミッションまで出てしまった。

しかも獲得経験値は、ドラゴン討伐と同じ３００００ポイント。

現在見えている条件を全部満たせば、獲得経験値の合計はなんと７２０００ポイント。

破格も破格。これまでとは段違いだ。

リスクの大きさを考慮しても、昨日のオーク討伐再調査のクエストを受けておいて、これを受けない手はない気がする。

風音さんと弓月のほうを見ると、二人はこくんとうなずいてきた。この依頼を引き受けることに、異存はないようだ。

「ちなみにアリアさん。俺たちがこの依頼を断った場合、どうなりますか？」

「その場合は、この依頼を冒険者ギルドに持っていくしかないですわね。でも行き先が『飛竜の谷』と聞いて、挙手をしてくれる冒険者パーティが見つかるかどうか。仮に見つかったとして、それまでに何日かかるか。そのタイミングで出発して、お父様の容体がもつかどうか……」

アリアさんは、苦渋《くじゅう》の表情を見せる。そのぐらい展望が厳しいのだろう。

「なるほど、分かりました。意地悪な質問をしてすみませんでした。でもその上で。足元を見るようで申し訳ないんですけど、一つ条件を出してもいいですか？」

「条件……ですの？」

俺はアリアさんに、交渉を仕掛ける。

弱みに付け込むようだが、これはリスクを下げるために必要なことだ。

「ええ。成功報酬として金貨５００枚を約束してくれましたけど、それをすべて『前金として』ほしいんです。俺たちを信用してもらえることが前提になりますけど」

「……理由を聞いてもいいですの？」

「その金貨５００枚を使って、装備を強化したい。万全を期して挑みたいんです」

俺はアリアさんの目をまっすぐに見て、そう伝えた。

もちろん嘘《うそ》などではなく、俺の本心からの言葉だ。

それに対して、アリアさんは少し考え込むような仕草を見せてから、こう答えた。

「分かりましたわ。引き受けてもらえるのなら、その条件をのみますわ」

「では依頼を引き受けます。またよろしくお願いします、アリアさん」

「ありがとう！　恩に着ますわ！」

契約成立。俺はアリアさんと、がっちりと握手をした。

こうして俺たちは、アリアさんとともに「飛竜の谷」へと向かうことになった。

だが、その前に――

俺たちはこの城の廊下で、あまり好ましくない人物と遭遇《そうぐう》することとなる。

＊＊＊

アリアさんとともに応接室を出て、居館の廊下を歩いていたときだった。

「おいアルテリア、なんだその薄汚い連中は？」

廊下の向こうから現れた青年が、突然そう声をかけてきた。

アリアさんと同じ金髪碧眼《へきがん》。年の頃は二十代前半ぐらいだろうか。

「お兄様……！　彼らは私に協力して、飛竜の谷に行ってくれる冒険者の皆さんですわ！失礼ではありませんか！」

アリアさんが慌てて抗議するが、お兄様と呼ばれた青年は鼻で笑う。

「ハッ！　おいおいアルテリア、本当に飛竜の谷に行く気か？　やめとけやめとけ。あんな愚《おろ》かな父親のために、わざわざ無駄死にしにいくことはない」

「なっ……!?　何を言っていますの、お兄様!?」

「あの小煩《こうるさ》かった父上が、ようやく僕に家督を譲ってくれるんだ。父上が亡くなって僕が跡を継いだら、領民からたっぷり税を搾り取って、アルテリアにも多少はいい思いをさせてやるからさ。父上がぽっくりいくまで、城で大人しくしていたほうがいいぜ」

「な、なんてことを……」

「おおっと、口が滑った。今の無しな。――それにしてもアルテリア、お前もいつまでおてんばをやっているつもりだ？　貴族の娘がおしのびで冒険者をやっているなんて、恥ずかしくないのか」

「よくもぬけぬけと！　それはお兄様が、博打《ばくち》で借金を作ったからではありませんか！　その返済のために、お父様がどれだけ苦労をしているか分かっていますの⁉」

「だからそれは悪かったって、何度も謝っただろ？　まさか伯爵家《はくしゃくけ》ともあろう家に、こんなに金がないとは思ってなかったんだよ。それに金がないなら税を上げて領民から搾り取ればいいじゃないか。父上が好んで貧乏をしている理由が、僕にはさっぱり分からないね」

「税は民を守るために使われるものですわ！　わたくしたち貴族が、好きに散財をするためのものじゃないってお父様にあれだけ言われたのに、まだ分かっていませんの⁉」

「ああ分かった分かった、うるさいな。キャンキャン騒ぐなよ。じゃあ勝手にしろよ。兄の善意を受け取らない愚かな妹は、飛竜の谷でもどこでも行ってモンスターに殺されるがいいさ」

「この……！　誰が死んでやるものですか！　絶対に薬草を採って帰ってきますわ！」

「はいはい、せいぜい頑張ってくれ。どうせ竜に食われておっ死《ち》ぬのが関の山さ。じゃあな、おてんば娘」

青年はひらひらと手を振って、俺たちの前から立ち去っていった。

顔を真《ま》っ赤《か》にしてそれを見送ったアリアさんは、やがて大きく深呼吸をして、俺たちに向かって頭を下げてくる。

「ごめんなさい、皆さん。兄の暴言、わたくしが代わりに謝罪いたしますわ」

「いえ、俺たちはいいですけど。あれがアリアさんのお兄さんですか」

「はい。兄の名前はエルヴィス。万が一、お父様がお亡くなりになるようなことがあれば、長男であるエルヴィスお兄様が家督を継ぐことになりますわ」

「マジっすか。あれが領主になったら、街の人たち大変そうっすね」

「街だけではなく、この街の周辺にある村々も、すべてこのフランディル家の統治下にありますわ。数万人の民の暮らしが、領主の双肩にかかっているというのに。税も統治も、民の幸福のためにあるのだということを、お兄様はまるでわかっていない！　それにお父様が亡くなったほうがいいみたいな、あんな言い方、いくらなんでもあんまりですわ！」

アリアさんは、その手をぎゅっと握りしめる。兄が弓月から「あれ」呼ばわりされたことなど、まるで気にもとめていないようだ。

一方では風音さんが、青年が去って行った方向に「べーっ」と舌を出しつつ、こう口にする。

「とにかく。なんとしてでも目的の薬草を手に入れて、領主様の病気を治してあげないとってことだね。そうだよね、大地くん？」

「ええ。引き受けた以上は、必ず成し遂げます。弓月もいいな」

「もちろんっすよ。あのクソ跡取りの鼻を明かしてやるっす。……でも将来的な話、アリアさんが跡を継ぐとかできないんすか？」

「えっ……？　そ、それは……家督は普通、長男が継ぐものですわ。それにわたくしだって、そんな器ではありませんもの」

「だとしても、あの兄貴よりは百万倍マシっしょ」

「そ、それはそうかもしれないけれど……」

「弓月。その話は俺たちには関係ない。行くぞ」

「うぃーっす」

そうして俺たちは今度こそ、城館をあとにする。

領主の看病をしていた医者は、領主の容体はもって一週間が関の山だと言っていた。

場合によっては、もっと早くに容体が悪化するかもしれない。

実際にどうなるかは分からないが、俺たちにできる最善を尽くすしかない。

俺たちは準備を整え、武具の購入も済ませると、「飛竜の谷」を目指して出立した。

＊＊＊

「飛竜の谷」の最寄《もよ》りにある村までは、馬を使って移動した。

アリアさんは乗馬の技術を修得していたし、俺や風音さん、弓月も未経験なのにどういうわけか馬を乗りこなすことができた。これも探索者《シーカー》の能力の一環のようだ。

村に馬を預けて、そこからは徒歩の旅だ。

人里から離れて、険しい自然の地へと踏み入っていく。

道中では、特にモンスターと遭遇することもなく、初日の旅は順調に進んだ。

明るいうちは移動を続け、夕刻を過ぎて暗くなってきたら、野営の準備を始める。

アリアさんは貴族の娘とは思えないほどテキパキと、焚火《たきび》の用意やテントの設営など諸々《もろもろ》の仕事をこなしていった。

どちらかというと不手際なのは、現代の都会っ子である俺たち三人のほう。首を傾げるアリアさんの指示を受けつつ、どうにかこうにか野営の準備を行った。

すっかり暗くなった頃には、焚火を囲んで夕食を始める。

干し肉やチーズ、野菜やドライフルーツなどを使って、女性陣が見事な晩餐《ばんさん》を用意してみせた。

俺も最低限の料理はできるつもりだが、限られた食材でここまで本格的にはできる気がしない。

「はい、大地くん。あーん」

そしていつぞやのように、風音さんが俺に料理を食べさせてくる。

恥ずかしいけど、抵抗は許されない空気だ。

「あ、あーん……むぐむぐ……」

「どう、おいしい？」

「は、はい。すごくおいしいです」

そこまでしてアリアさんを威嚇しなくてもいいじゃないかと思うのだが、俺もちょっと嬉《うれ》しいので流されるままだ。

さらに——焚火を前にして、俺の左手側に風音さん、右手側には弓月がいるのだが。

何を思ったかこっちも、スープをすくった自分のスプーンを俺に向けてきた。

「先輩、こっちからも、あーんっす」

「いや、風音さんはともかく、なんでお前まで」

「なんすか。風音さんの杯《さかずき》は受け取れて、うちの杯は受け取れないって言うんすか？」

「どこの組のものだお前は。そもそも風音さんと弓月とじゃ立場が——むぐっ⁉」

「うるせぇっす！　先輩はおとなしくあーんしてればいいんすよ！」

スプーンを無理やり口にねじ込まれた。何なのこいつ？　反抗期？

いや反抗期はもともとか。どっちかというと、妹分のツンデレ期到来？

「もう、火垂ちゃん。それじゃダメだよ」

風音さんがくすくす笑いながら、弓月にツッコミを入れる。

「だって風音さん、先輩が」

「気持ちはわかるよ火垂ちゃん。ほら、おいで。お姉ちゃんがよしよししてあげる」

「うわぁん、風音お姉ちゃ～ん。ひしっ」

弓月が風音さんに飛びついた。風音さんはそれを抱きとめると、子供をあやすように弓月の頭をなでなでする。なんのこっちゃ。

ちなみにアリアさんはというと、そんな俺たち三人の様子を、焚火の向こう側でしょんぼりしながら見つめていた。

孤独感を味わわせているようで、なんかごめんなさいという気分になる。

えーっと……何かアリアさんを巻き込んで会話を……そうだ。

「アリアさん、この先の道程を、もう一度確認させてください。今日はここで見張りを立てながら交代で就寝。明日の朝に出発して、昼前には『飛竜の谷』に入る予定――で、あってますよね？」

「え、ええ。そうですわね。そこから目的地である谷の奥地に行くには、ワイバーンの出没地帯である一帯を抜けて、さらにヴァンパイアバットが現れる洞窟《どうくつ》をくぐり抜ける必要がありますわ」

「で、その飛竜の谷の奥地に、目的の薬草がある。でもそこには――」

「ええ、エアリアルドラゴンが待ち受けていると言われていますわ」

「そこがゴールってわけですね」

目的地までの道のりは、至ってシンプルだ。

遭遇するモンスターを乗り越えられるかどうかがポイントになる。

と、ここで弓月がふと疑問を挟んでくる。

「そういえば先輩、ワイバーンとかエアリアルドラゴンって、空飛ぶんすよね？　うちは魔法攻撃メインだからいいっすけど、先輩とか風音さんは戦いにくくないっすか？」

「まあな。キラーワスプみたいな低空飛行タイプとも違うらしいし、それなりに厄介ではあるな」

弓月が言うとおり、【三連衝《さんれんしょう》】がメイン火力である俺や、短剣二刀流による物理攻撃が主力の風音さんは、飛行能力を持ったモンスターとは相性が悪い。

相手が空中にいたら、近接攻撃が届かないからだ。

俺も風音さんも一応の魔法攻撃はできるが、物理攻撃と比べるとはるかに威力が低い。

相手が上空にとどまって攻撃してくるようであれば、弓月の魔法が頼みになりかねない。

「でもワイバーンは、向こうも遠隔攻撃を持ってないからね」

そう言うのは風音さんだ。

風音さんは弓月をそっと退《ど》けて立ち上がると、手にしたチーズを頭上にポーンと投げて、腰の鞘《さや》から二本の短剣を抜き取る。

チーズが落ちてきたところで、シュパパパッと短剣を振るった。

細かく分割されたチーズが、用意されていた皿の上に落ちる。

「向こうも攻撃するには下りてこないといけないから、そこが狙い目だね。はい大地くん、あーん」

「あ、あーん……むぐむぐ」

短剣を鞘に収めてしゃがんだ風音さんが、指でチーズをひと欠片《かけら》つまんで俺に食べさせてくる。言いなりになってチーズをパクッとした俺は、風音さんの指をちょっとしゃぶってしまった。

風音さんはその指をぺろりとなめて、んふふっと笑いかけてくる。天然サキュバスかな？

「だからワイバーンはいいとして、問題はエアリアルドラゴンだね。こっちは『ウィンドブレス』っていう特殊攻撃があるみたいだけど。それも連続しては撃てないって書いてあった」

「ええ。一度撃ったらしばらくクールタイムがあるから、その間は近接攻撃しかできないらしいですね」

ドラゴンには口から吐く「ブレス」という攻撃手段がある。

ブレス攻撃は魔法攻撃相当であり、中距離からの攻撃が可能であることに加えて、広範囲をまとめてなぎ払ってくる。厄介な特殊能力であることは間違いない。

ただブレス攻撃は、短時間に連続して放つことはできないとのこと。一度撃ったら二十秒程度のクールタイムが必要らしいので、そこに付け入る隙があるはずだ。

「あと今回、もう一つ重要なポイントがあります」

「重要なポイント？　それって『モンスターは逃げることはない』かな？」

風音さんの言葉に、俺はうなずく。

「そうです。自分がどれだけ危機的な状況にあっても、一度戦闘状態に入ったモンスターは狂戦士《バーサーカー》のごとく襲い掛かってくる。そのことが今回は、俺たちにとってプラスに働きます」

「飛んで逃げられることがないのは、やりやすくていいっすね」

逃げられてしまっては、ミッションが達成できない。経験値３０００ポイントをみすみす逃すわけにはいかないのだ。

一方でアリアさんは、首を傾げる。

「……？　でも逃げてくれたなら、それはそれで万々歳な気がするけれど……」

「あ、いえ、まあ……。どっちにしても、無意味な仮定ですね」

「確かに。モンスターが逃げるなんて、わたくしも聞いたことがありませんわ」

「ブレスを撃ってから、クールタイム稼ぎに一時退避《たいひ》とかもしないっすかね？」

「それは分からないが、ないことを祈ろう」

いざそうなったら、こっちは相手のクールタイム中に回復を回すことになるだろうから、それはそれでという気もするが。その場合は、じれったい戦いになりそうだな。

――俺たちはそんな風に、焚火を囲みながら作戦を語り、食事を終えるとしばらくしてから毛布に包《くる》まって就寝した。

交代で見張りを立てながら眠りについたが、夜の間にモンスターに襲われるようなことはなかった。

やがて朝になり、出発する。

元の世界への帰還までは、あと９４日だ。

＊＊＊

早朝、朝食をとってから野営地を発ち、徒歩で旅を続けること数時間ほど。

太陽がもう少しで真上に来る頃に、俺たちは「飛竜の谷」に到着した。

「これが飛竜の谷か」

「すっごい……」

「でっかいっすねぇ～」

「わたくしも、実際に見るのは初めてですわ」

俺たちはそれぞれに頭上を見上げ、その風景の雄大さに圧倒されていた。

左右にそれぞれそそり立つ、切り立った崖と崖。

俺たちが立っているのは、それらの崖に挟まれた、細長い谷の入り口だ。

ただ細長いといっても、そう錯覚するだけのこと。実際には、右の崖と左の崖とのあいだの谷底の幅は、四車線の高速道路ぐらいはゆうにある。

左右の崖の高さは、何十階とある高層ビルにも匹敵するほどだ。

その巨大な崖と崖が、ずーっと奥まで、緩やかに蛇行しながら続いている。

しかし圧倒されてばかりもいられない。俺たちは、赤茶けた土の大地を踏みしめ、飛竜の谷を進んでいく。

しばらくは、何事も起こらなかった。ただ雄大な自然の地形を、順調に進んでいっただけ。

だが、谷底を小一時間ほど進み続けた頃のこと。

「あ、大地くん。あれ――」

風音さんが、空を指さす。

左右の崖の合間から見える青空に、翼を広げた黒い影が、ぽつんと浮かんでいるのが見えた。

その影は、上空で一度旋回《せんかい》したかと思うと、ぐんぐん大きくなっていく。

それはつまり、急速に近付いてきているということ。

こんなところで遭遇する巨大飛行物体など、モンスター以外の何者でもない。

そしてここは、ワイバーンの出没地帯だ。

俺は女性陣に向けて叫ぶ。

「戦闘準備！」

「「了解！」」

俺は槍と盾を構え、風音さんは腰から二本の短剣を引き抜く。

アリアさんは細身剣を、弓月はフェンリルボウを手にして攻撃姿勢を整えた。

それと同時に、俺は【プロテクション】を、風音さんは【クイックネス】を、弓月は【ファイアウェポン】を味方全員に、優先順位を踏まえて順繰《じゅんぐ》りに付与していく。

急速に近付いてくるとはいえ、あの上空からだ。

味方全員に強化魔法《バフ》を付与する程度の猶予は十分にあった。

数十秒後。急降下してくる巨大飛行物体が、いよいよ戦闘距離近くまでやってきた。

その姿は、まさに「飛竜」だ。何の予備知識もなしに遭遇していたら、「飛竜の谷」が示す「飛竜」とは、あいつのことだと思い込んだに違いない。

その飛竜はくすんだ緑色のうろこを持ち、前肢《まえあし》がなく、尻尾《しっぽ》の先が鏃《やじり》のように鋭く尖《とが》っているのが特徴。

あの尻尾こそが、目前に迫ったモンスター――ワイバーン最大の武器だ。

あれにぐさりと突き刺されると、そこから「猛毒」が注ぎ込まれる。

「猛毒」の威力は、デススパイダーやジャイアントバイパーが持つ「毒」とは比べ物にならない。「毒」は数時間をかけて被害者を死に至らしめるが、「猛毒」は数十秒から数分で致命的な結果をもたらすという。

間もなく攻撃魔法の射程に入る。アリアさんも含めた俺たち四人は、それぞれに魔力の燐光《りんこう》を身にまとわせている。

そのときワイバーンが、バサッ、バサッと翼を羽ばたかせた。

飛行軌道が、ジグザグに変化する。めまぐるしく軌道を変えながら、稲妻のように迫ってくるワイバーン。

狙いを付けづらいが、それでも――

「【ロックバズーカ】！」

「【ウィンドスラッシュ】！」

「【アイシクルランス】！」

俺、風音さん、アリアさんの攻撃魔法が、一斉に放たれた。

なお俺が放ったのは、いつもの【ロックバレット】ではなく、新たに修得した上位攻撃魔法の【ロックバズーカ】だ。

土属性が弱点のエアリアルドラゴン対策として、わずかでも足しになるかと思って修得したのだ。

俺のすぐ前の空間から、抱えるほどもある大きな岩塊《がんかい》が、大砲のような勢いで発射される。

緩やかな追尾性を持った魔法攻撃は、風音さんが放った風の刃《やいば》、アリアさんが撃った氷の槍とともに、狙いあやまたずワイバーンに直撃した。

「全弾命中！　残りＨＰ５９８／７００っす！　――【フレイムランス】！」

俺たち三人より一拍遅れて、弓月が魔法を放つ。

俺、風音さん、アリアさんの魔法と比べて、はるかに魔力密度の高い炎の槍が放たれ、ワイバーンに突き刺さった。

ちなみに弓月が魔法発動を遅らせたのには意図がある。

この戦闘そのものは若干不利になるが、それでもやっておきたい、とある「検証」のためだ。

四つの魔法攻撃が直撃しても、ワイバーンは怯《ひる》むことなく接近してきた。

間もなく近接戦闘距離だ。

「残りＨＰ４８４っす！　——先輩、風音さん！」

「任せろ！」

「火垂ちゃんとアリアさんは下がって！」

俺と風音さんが、炎を宿した武器を手に前に出て、前方上空から襲い来るワイバーンを迎え撃つ。

直後、俺たちとワイバーンとが、交錯した。

＊＊＊

「いけっ、【三連衝】！」

「はぁあああっ！」

「シギャァアアアアッ！」

俺の槍による三連撃と、風音さんの短剣二刀流、そしてワイバーンの尻尾による毒針攻撃とが交錯した。

「くっ……！」

苦悶《くもん》の声を上げたのは、風音さんだ。

回避行動がわずかに及ばず、その腹部にワイバーンの尾針が突き刺さっていた。

どくんっと尻尾が脈動してから、引き抜かれる。

「風音さん！」

「はぁっ……はぁっ……だ、大丈夫、だけど……これが、ワイバーンの猛毒……ははっ……きっついな……」

いったん後方に飛《と》び退《しさ》った風音さんの声は、やや苦しげに聞こえた。

その一撃だけで、すぐにどうこうなるようなダメージではないはずだが、やはり心配にはなる。

なお猛毒対策として、俺と風音さんは「毒・麻痺《まひ》除《よ》けの指輪」を装備していたのだが、残念ながら今回は効果が発揮されなかったようだ。

「猛毒」相手の場合は、指輪の効果発動率は５０％ではなく１０％になるらしく、もともと気休め程度の対策ではあったのだが。

「カザネさん！　いま治療しますわ――【ピュリフィケーション】！」

「……ふぅっ。ありがとう、アリアさん。楽になったよ」

風音さんが受けた「猛毒」は、すぐにアリアさんが治療した。ＨＰを回復する魔法ではないので、受けた物理ダメージそのものは残っているだろうが、ひと安心だ。

一方でワイバーンも、当然無傷ではなかった。

先の接触で、俺と風音さんによるトータル五連撃はすべて命中し、大きな手傷を負わせていたのだ。

そこに——

「風音さんをよくも！　フェンリルアロー！」

弓月が手にした弓から、氷の矢を放つ。

それもあやまたず命中し、ワイバーンは苦悶の叫びをあげる。

全身に受けた幾多の傷から、黒い靄《もや》をもらすワイバーン。その姿は、いかにも瀕死《ひんし》といった様相だ。

「残りＨＰ１３っす！　先輩！」

「よし、これで終わりだ！　——っと⁉」

俺はトドメのつもりで、槍による攻撃を放った。

だがそうは問屋が卸《おろ》してくれなかった。

後ろ肢で地面に着地していたワイバーンが、巨体に似合わない素早い横移動で、俺の攻撃を回避してしまったのだ。

また同時に、死角から迫ったワイバーンの尻尾が、今にも俺を突き刺そうとしていた。

直後――

その尻尾を含めて、ワイバーンの全身が、黒い靄となって消滅する。

あとには魔石が落下した。

「油断大敵だよ、大地くん」

いつの間にかワイバーンの懐《ふところ》に潜り込んでいた風音さんが、燃え盛る二本の短剣を突き立てて、飛竜にトドメを刺していたのだ。

俺はホッと安堵《あんど》の息をつく。

「油断をしていたつもりはなかったんですが……でも、助かりました。ありがとうございます、風音さん」

「どういたしまして。最近、大地くんや火垂ちゃんばっかり活躍してお姉さんらしいことできてなかったから、こういうのはちょっと嬉しいかも」

「そうでしたっけ？　風音さん、いつも格好《かっこう》良《よ》く攻撃を回避しているイメージとかありますけど。俺のほうがドンくさくて」

「そんなことないよー。大地くん、ダメな私のことをいつも助けてくれてるのに」

「はいはい、二人とも。謙遜《けんそん》合戦はいいっすから。今は勝利を喜ぶっすよ。ほら、アリアさんも」

弓月が俺たちの前にやってきて、両手を上げてみせてくる。

アリアさんもおずおずとやってきて、俺たちは四人でハイタッチをした。

アリアさん、ちょっと嬉しそう。
もちろんミッションも達成だ。

ミッション『ワイバーンを１体討伐する』を達成した！
パーティ全員が１２０００ポイントの経験値を獲得！

新規ミッション『ヒュドラを１体討伐する』（経験値２００００）が発生！

六槍《むそう》大地が３０レベルにレベルアップ！
小太刀《こだち》風音が３１レベルにレベルアップ！

▼現在の経験値
六槍大地……１３８９４４／１５８９２５（次のレベルまで：１９９８１）
小太刀風音……１６０２５６／１８１４９０（次のレベルまで：２１２３４）
弓月《ゆづき》火垂《ほたる》……１３８７４１／１３８８６７（次のレベルまで：１２６）

経験値にずいぶん開きが出てきたな。ストーンゴーレムやワイバーンといったボス格を、いずれも風音さんが仕留めているからだが。

ちなみにワイバーンは見た目ほとんどドラゴンなので、これでドラゴン討伐のミッションもクリアされたりしないかとほのかな期待を抱いていたが、さすがにそんなことはなかった。残念。

俺たちはその後、アリアさんの治癒魔法で風音さんを治癒してから、魔石を拾いつつ谷底の移動を再開する。第一関門は、無事に突破だな。

――と、そうだ。

「検証」の結果がどうなったか、弓月に確認しておこう。

＊＊＊

ワイバーンを倒した俺たちは、飛竜の谷の谷底をさらに進んでいく。

もうしばらく進むと、中継地点である洞窟の入り口にたどり着くとのことだが。

「ところで弓月、『検証』の結果ってどうだった？」

俺は歩きながら、弓月に聞く。

弓月はこう返事をした。

「結論から言うと、『フェンリルボウ』のほうが強かったっす。具体的に言うと、【フレイムランス】が１１４点、『フェンリルボウ』が１３２点のダメージっすね」

「ほー。多少のブレがあると考えても、『フェンリルボウ』のほうが上であることはまず間違いなさそうだな。消費ＭＰに見合うだけの威力はあるってことか」

「っすね。しばらく単体攻撃は『フェンリルボウ』を愛用するつもりっすよ」

「分かった。ＭＰにも余裕あるしな」

弓月が行った「検証」とは何かというと、【フレイムランス】と「フェンリルボウ」、どちらのほうが威力が上なのかを調べるものだ。

これは大ボスであるエアリアルドラゴンと戦う前に、はっきりさせておきたかった事項だ。

だが全員で一斉に魔法を撃つと、弓月の攻撃単体のダメージを観測するのが困難。ゆえに攻撃タイミングを少しズラしたという次第だった。

「ただこの先が問題なんすよね」

「【弓攻撃力アップ】を取るかどうか、か」

俺の相槌《あいづち》に、弓月はこくんとうなずく。

フェンリルボウの特殊効果の説明には「【弓攻撃力アップ】スキルによって威力が増加する」という趣旨の内容があった。

フェンリルボウを弓月の主力攻撃手段と見据《みす》えるなら、【弓攻撃力アップ】のスキルを修得して威力を上げていく方向性は、有力な選択肢の一つと考えていいように思う。

だが一方で、弓月は通常の武器攻撃には絶望的に向いていない。もし【弓攻撃力アップ】を修得するとしたら、事実上、フェンリルボウのためだけに修得することになる。

　また【弓攻撃力アップ】を修得したときに、フェンリルボウによる攻撃の威力がどの程度伸びるかも未知数だ。最悪、「外れ」のスキルにスキルポイントを注ぎ込むことになる。

　だがもしその効果が大きければ、エアリアルドラゴン戦を優位に運べることは間違いない。今後を見据えても、悪くない選択肢であるように思う。

「先輩はどっちのほうがいいと思うっすか？　実際うちのスキルポイント、今は少し余りがちなんすよね」

　弓月は、自分のステータスと修得可能スキルリストを開いて、俺に見せてきた。

　俺はすぐそばに寄り添ってきた弓月の頭をなんとなくなでながら、それを確認する。

「確かにな。残りスキルポイントが2ポイント。今取れるスキルでめぼしいものは取り切っていて、リストに残っているもので有力候補は【弓攻撃力アップ】か【耐久力アップ】【敏捷力アップ】、あとは【宝箱ドロップ率3倍】ぐらいか」

「ん。そんなトコっす」

「難しいところだな。でも俺だったら、この状況なら【弓攻撃力アップ】を伸ばすかも。【耐久力アップ】や【敏捷力アップ】の目もあるが」

「やっぱりそんな感じっすか。ところで先輩、なんで今うちの頭をなでてるっすか？」

「ん……？」

　弓月のスキルチェックをしながら、なにげなく妹分の頭をなでていた俺に、なでられていた当人からツッコミが飛んできた。

なんでと言われると、そこに弓月の頭があったからとしか言えないが。

そして、このあたりからだった。

話の流れが、この場、この時に似つかわしくない方向へと向かっていったのは。

「すまん、嫌だったか？　なんとなく、なでたくなっただけなんだが、嫌だったら悪かった」

「嫌じゃないっす。脈絡がなかったから気になっただけで、むしろ先輩の愛玩物《あいがんぶつ》って感じがしてうちは嬉しいっす。だからうちのこと、先輩の好きにしていいっすよ♡」

俺のほうを見て、きゃぴっとあざとく笑いかけてくる弓月。

そのかわいらしくも挑発的な妹分の仕草には、正直に言って、少しドキッとしてしまった俺がいた。

それでも、ここで俺がいつものように、弓月の冗談として軽くあしらっていれば、話はそれ以上先には進展しなかったのかもしれない。

だが俺はこのとき、そうはしなかった。

「お前さぁ。前々から思ってたんだけど、俺のこと誘惑してんの？」

これまで薄《う》っすらと感じていたことを、ふと踏み込んで口にしてしまったのだ。

＊＊＊

「お前さぁ。前々から思ってたんだけど、俺のこと誘惑してんの？」

俺のその問いかけに、弓月は俺から顔を背けて前をむき、普段通りのトーンで答える。

「してるっすよ。先輩がなかなか誘惑されてくれないから困ってるっす」

かわいい妹分の声は、少しだけ上擦《うわず》っていた。

「……冗談だよな？」

「冗談じゃないっす。うちは本気っす」

「ちょっと待ってくれ。混乱してる」

「へぇ、混乱してくれたっすか。それは朗報っす」

弓月はずっと前を向いていて、俺に顔を見せようとしない。

だが耳は真っ赤だった。

「…………」

俺は「その可能性」については、ずーっと考えないふりをしていたのだが、いい加減に認めざるを得ないところまで来た気がしていた。

しかも、そのとき――

「大地くん、もうそろそろ気付こうよ。いい加減に、火垂ちゃんがかわいそうだよ」

「……っ!?」

いつの間にか、風音さんがすぐそばにやってきていて、俺の耳元でそう囁《ささや》いた。

心臓が飛び出るかと思った。

風音さん、ときどき気配をなくして間合いに入るのはやめてほしい。

「そ、それは、どういう……」

「どういうも、こういうもないよ。ずーっと、私と火垂ちゃんは結託してました。気付いてないのは大地くんだけ」

「え……それって……」

落ち着いて話を整理しようと思い、一つ深呼吸をする。

それから俺は、現実と向き合うために、思考を始めた。

まず——外れていたらクソ恥ずかしいけど——弓月は俺のことが好きな気がする。

兄妹《きょうだい》とかじゃなくて、男女的な意味で。

いつからかは分からないけど、最近の弓月の態度はそうとしか思えないときがある。俺の自意識過剰でなければの話だが。

その上で、風音さんもそう認識しているふしがある——つまり風音さんも、弓月が俺のことを男女的な意味で好いている、と認識している。

その状況下で、風音さんは俺に、弓月の気持ちに気付けという。

そうしたら、どうなるのか。

俺が弓月の好意を受け入れるとしたら、俺は二股をかけることになる……よな？

どうして風音さんがそれを支持するのか。

風音さんは、なおも耳元で、甘い声で囁いてくる。

「私は大地くんに、『二股をかけていいよ』って言ってるの。でもその代わりに、私と火垂ちゃん、二人とも幸せにしてほしいな」

「えっ、と……」

頭が真っ白になる。

今、何を言われたのか、にわかに理解できない。

「私と火垂ちゃんは、とっくに覚悟してる。あとは大地くんの覚悟だけ。お願いだよ、大地くん。こんな私と火垂ちゃんを、受け入れて」

妖艶《ようえん》だった風音さんの声に、わずかに不安の色が混ざった。

ここで俺がノーと言ったら、壊れてしまいそうな脆《もろ》さをはらんだ声。

俺はこう答えた。

「ごめんなさい、風音さん」

「えっ……?」

風音さんの声に、ガラスにヒビが入ったような響き。

ち、違う違う。誤解されている。俺は慌てて付け加える。

「いや、そうじゃなくて——俺、本当は風音さんのことも、弓月のことも好きなんです。今、はっきりと気付きました。二人とも大好きです。愛おしくてたまらないです。風音さんにも、自分にも嘘をついてました。ごめんなさい」

「な、なぁんだ、そういうことか。もう心臓に悪いよ、大地くん。私いま、死んだかと思ったよ」

風音さんの声に、安堵の音色が戻った。

「す、すみません。俺も、言葉を選んでいる余裕がなくて」

「でもよかった。こんな私たちのこと、受け入れてくれるんだ」

「当たり前です。俺のほうがそれ断るとか、あり得ないでしょ」

「でも告白するほうは不安なんだよ。——ていうか大地くん、また気付かなかった！　いつもいつも、私や火垂ちゃんにばっかり告白させて！」

「面目次第もございません」

「じゃあほら、せめて火垂ちゃんには、ちゃんと」

「うっ……。で、ですよね」

当の弓月はというと、俺と風音さんの会話の様子を、ずっとチラチラと窺っていた。

俺はもう一度深呼吸をしてから、呼びかける。

「弓月」

「は、はいっす！」

弓月は、いつになく緊張した様子で、背筋を伸ばして俺と向かい合った。

死ぬほどドキドキしている感じの、かつて見たことのない妹分の顔。

俺は意を決して、両腕を弓月の背に回し、その華奢《きゃしゃ》な体を強く抱きしめる。

「弓月、大好きだ。今まで気付かないふりしてた。俺、嘘ついてたよ。ごめん」

「うっ……ぐすっ……ほ、ホントっすよ……！　先輩の……先輩の、バカぁっ……！」

弓月は泣きじゃくって、俺を抱きしめ返してきた。

俺はそんな妹分を片腕で抱き、もう片方の手で頭をなでる。

なお三人の世界に入っていて気付かなかったが、アリアさんはいつの間にかかなり離れた場所に退避して、崖の陰からキャーキャー言いながら俺たちの様子を見守っていた。

なんか本当、申し訳ない。

と、そんな一幕がありつつも——

やがて俺たちは、崖の一角にぽっかりと口を開けた、洞窟の入り口へとたどり着いたのだった。

＊＊＊

洞窟の入り口にたどり着いた俺たちは、ランプに灯《ひ》をつけて、真っ暗な洞穴の中へと踏み込んでいく。

「この洞窟を抜ければ、目的地である谷の奥地にたどり着きますわ。でもここは『ヴァンパイアバット』の出現地帯。牙を使った吸血攻撃は要注意ですわ」

ランプを手にしたアリアさんが、あたりを照らしながら進んでいく。

頼りない灯《あか》りだけで進む洞窟は、どこかおどろおどろしい雰囲気を感じさせる。

「でもワイバーンなんかと比べると、全然たいした強さじゃないっすよね」

楽観的な見解を示す弓月。

たしかにそのあたりと比較すると、ヴァンパイアバットのステータスはよっぽど下ではあるが。

「でも数が出てくるらしいからな。油断は禁物だぞ、弓月」

「出たっす、先輩の『油断は禁物』。もうさんざん言われたから分かってるっすよ。小言がうるさいのは相変わらずっすね先輩」

「そういうお前の減らず口も、相変わらずだな」

「そりゃあ、うちと先輩の間柄っすから。これがなくなったら物足りないっす」

「同感だ」

俺はそう答えて、弓月の頭をなでる。

弓月は嬉しそうな顔で「うきゅっ」と鳴いた。

「やっぱり二人、仲いいなぁ……。でもちゃんと私のことも構ってね、大地くん。じゃないと私、心が闇に呑《の》まれちゃいそう」

「えっ……あ、はい。もちろんです」

「ううっ、羨《うらや》ましくなんてないですわ……。わたくしもいつか、いい人を見つけますの」

アリアさんの口から、心の涙を流すような声がボソッと聞こえてくる。

なんかホント、すみません。

それからしばらく、俺たちは洞窟の中を進んでいく。

緩やかな登りの道が続くものの、ほとんど枝分かれのない一本道なので、迷わずに進める。

ふと、弓月がつぶやく。

「でもせっかくだから、ここで【弓攻撃力アップ】の効果の検証とかできないっすかね」

「そうだな。ヴァンパイアバットなら、強さも手頃か」

調べたいのは、弓月が【弓攻撃力アップ】を取った場合に、フェンリルボウのダメージがどれだけ増加するかだ。

一撃で倒せてしまう相手だと、ダメージの観測ができないから検証にならない。

「問題は今、うちがレベルアップ直前なんすよね」

「レベルが上がると、そもそもの魔力が上がるから純粋な差分が観測できない、か。まあ可能な範囲で調べるしかないだろ」

「っすね。臨機応変で行くっす」

「——ストップ。この先、何かいるよ」

そのとき風音さんが、俺たちを制止した。

俺たちが進む先にあるのは、洞窟の通路が広がって、広間のようになった場所だ。

ここからだと、ランプの灯りだけでは、広間の奥のほうまではよく見えない。

「ヴァンパイアバットですか？」

「多分ね。この広間の奥、天井付近に気配が三つ。左右に散らばってるから、範囲魔法で全部を巻き込むのは難しそう」

「単体攻撃で地道に落とすしかないってことですか」

「だと思うよ」

その後、俺たちは軽く作戦を練ってから、広間へと踏み込んでいく。

広間に入り、アリアさんがランプの灯りで周囲を照らすと、待ち構えていたそいつらが一斉に襲い掛かってきた。

深紅《しんく》の体をもった巨大蝙蝠《こうもり》だ。翼を開いた差し渡しは、ゆうに四メートルを超える。

それが三体。鋭い牙をむき出しにして、俺たちに向かって飛び掛かってくる。

「来たな――【ロックバレット】！」

「【ウィンドスラッシュ】！」

「【アイシクルランス】！」

「お前たちは実験台っすよ――フェンリルアロー！」

待ち構えていたのはこちらも同じだ。

俺たち四人は、まずは遠隔攻撃で、次に接近戦を交えて迎撃行動《げいげきこうどう》をとった。

ヴァンパイアバットは、決して弱いモンスターではない。むしろかなり強い。

ガーゴイルやサーベルタイガーといったそこそこのモンスターと比べても、一回り以上は高いステータスを持つ。

だが今の俺たちが、三体を相手にして特に苦戦するほどでもない。

一体ずつ順調に撃破して、問題なく戦闘を終えた。

この戦闘で、弓月がレベルアップ。

受けたダメージを治癒魔法で回復してから、俺たちは探索を再開した。

＊＊＊

ヴァンパイアバット三体との戦闘終了後。

洞窟の登り坂の道を、俺たちは確かな足取りで進んでいく。

「やっぱりダイチさんたち、強いですわ。ヴァンパイアバットの群れは、熟練の冒険者パーティでも苦戦する相手なのに。こんなにあっさりと……」

ランプを手に先頭を進むアリアさんが、感嘆の声をもらす。

俺はそれに、自分が手にした新品の槍を見せつつ答える。

「アリアさんが報酬を前払いしてくれたおかげもあります。それで装備をしっかり強化できましたから」

俺が装備している槍は、以前のコルセスカ（攻撃力２１）から、街の武具店で購入したアルシェピース（攻撃力２８）へとランクアップしていた。

これは通常の店売り品では最上級の槍であり、俺はひとまず最善と言える武器を入手できたことになる。

　そればかりでなく、風音さんの二本目の短剣もクリス（攻撃力１３、魔法威力＋１）からルーンクリス（攻撃力２５、魔法威力＋２）に格上げされているし、弓月の帽子もメイジハット（防御力３、魔法威力＋１）からウィザードハット（防御力９、魔法威力＋２）に強化されているなど、パーティメンバー全員の装備品パワーアップが実現されている。

　それもこれも、アリアさんが前払いしてくれた金貨５００枚――およそ５００万円相当という高額報酬のおかげだ。

　あとこっちの世界だと、戦闘回数が少ない分だけ装備品の消耗が少ないから、武具の耐久値を気にせずに装備品を新調できるのも大きい。俺の【アイテム修繕】だけで、パーティ全員の装備品の耐久値減少を賄《まかな》いきれるからな。

　一方でアリアさんは、俺の言葉に対してかぶりを振る。

「だとしても、ですわ。ダイチさんたち一人ひとりが、熟練冒険者二人分に匹敵する戦力といっても過言ではないかも……」

「いや、さすがにそれは過言じゃないですか？」

「ならダイチさん。仮にわたくしが二人いたとして、ダイチさん一人でそれを相手にして、絶対に勝てないと思いますの？」

「それは……」

　やってみないと分からない感じはする。

アリアさんは優秀だと思うが、それはヒーラーとして見たときの印象が強く、戦闘能力自体はさほどでもない。

「こう見えてもわたくし、25レベルの熟練冒険者の中でも優秀なほうだと自負していますの。でもダイチさんたちといると、その自信がどんどん削られていきますわ。ぐすんっ」

「えっと……す、すみません」

「それにダイチさんたち、すぐにイチャイチャするし……見せつけられるこっちの身にもなってほしいですわ」

「えぇっと……す、すみません……？」

アリアさんが何やら拗《す》ねておられる。拗ね方がちょっとかわいい。

「で、でもアリアさんなら、その気になれば相手はいくらでも見付かるんじゃないっすか？」

「そ、そうだよ。アリアさんなら、その気になればさ」

弓月と風音さんが、慌ててフォローを入れようとしたのだが——

「いい人がいないんですのぉ～！　じゃあホタルさんとカザネさん、ダイチさんを譲ってほしいって言ったら、譲ってくれますの？」

「「それはダメ（っす）」」

「ほらぁ。そういうものですわ」

二人のにべもない手のひら返しに、ぐすんっと、なおも涙目で拗ねるアリアさんである。

才色兼備《さいしょくけんび》で家柄も良いのに、なぜだか悲哀《ひあい》が似合うんだよな、この人。

あと俺に対する評価がまた、妙に高いのは何なのか。異世界七不思議の一つである。残りの六つは募集中。

それはさておき。俺たちはその後も、順調に洞窟探索を進めていった。

その途中、ヴァンパイアバットの群れと三度ほど遭遇したが、いずれも順当に撃破。

ＭＰは徐々に削られていくが、それも現段階で大きく問題視するほどではない。

おまけに途中で宝箱が一個出て、「ＭＰポーション」を一本手に入れたりもした。

なおこの間に弓月は、【弓攻撃力アップ】のスキルを修得して、フェンリルボウによる与ダメージの検証を行っていた。

四度の戦闘を重ねた後、難しい顔をしながら隣を歩く弓月に声をかける。

「【弓攻撃力アップ】の効果、どんな感じか分かったか？」

「うーん……確実なことは言えないっすけど、一応目に見えるだけの効果はある感じっすね。【弓攻撃力アップ（＋2）】だけじゃはっきりしなかったから、【弓攻撃力アップ（＋4）】まで取ってみたっすけど、それでダメージ＋１０って感じっす」

「スキル二枠ぶんで、ダメージ＋１０？　それはかなり大きくないか？」

「大きいっす。少なくとも、純粋な『外れ』じゃないのは間違いなさそうっすね」

結局弓月は、先のレベルアップで獲得した1ポイントも注ぎ込んで、【弓攻撃力アップ

（＋6）】まで修得した。

これで対エアリアルドラゴン戦の戦力は、さらに強化されたはずだ。

また俺と風音さんも、先のレベルアップで獲得したスキルポイントを使って、それぞれに戦闘能力を強化した。

やがて俺たちは、洞窟の出口へとたどり着く。

ここまで来れば、目的地である飛竜の谷の奥地までは、あと一歩だ。

薄闇に慣れた目に、まばゆい太陽の光を受けながら、俺たちは洞窟の外へと踏み出していった。

六槍大地
レベル：３０（＋１）　経験値：１４２４４４／１５８９２５
ＨＰ：１８６／１８６　ＭＰ：１００／１６２（＋６）
筋力：２７（＋１）　耐久力：３１　敏捷力：２４（＋１）　魔力：２７（＋１）
スキル：【アースヒール】【マッピング】【ＨＰアップ（耐久力×６）】
【ＭＰアップ（魔力×６）】【槍攻撃力アップ（＋２４）】【ロックバレット】
【プロテクション】【ガイアヒール】【宝箱ドロップ率2倍】【三連衝】
【アイテム修繕】【命中強化】【グランドヒール】【翻訳《ほんやく》】【隠密《おんみつ》】
【ロックバズーカ】（new!）【回避強化】（new!）

残りスキルポイント：０

小太刀風音
レベル：３１（＋２）　経験値：１６３０５６／１８１４９０
ＨＰ：１６８／１６８（＋３６）　ＭＰ：１０２／１２０（＋５）
筋力：２４（＋１）　耐久力：２４（＋２）　敏捷力：４０（＋２）
魔力：２４（＋１）
スキル：【短剣攻撃力アップ（＋２２）】（Rank up!×２）【マッピング】【二刀流】
【気配察知】【トラップ探知】【トラップ解除】【ウィンドスラッシュ】
【アイテムボックス】【ＨＰアップ（耐久力×７）】（Rank up!）
【宝箱ドロップ率２倍】【クイックネス】【ウィンドストーム】
【ＭＰアップ（魔力×５）】【二刀流強化】【回避強化】【翻訳】【隠密】
【トラップ探知Ⅱ】
残りスキルポイント：０

弓月火垂
レベル：３０（＋１）　経験値：１４０１４１／１５８９２５
ＨＰ：１３８／１３８（＋６）　ＭＰ：２１４／３０６（＋６）

筋力：19　耐久力：23（＋1）　敏捷力：28（＋1）　魔力：51（＋1）
スキル：【ファイアボルト】【MPアップ（魔力×6）】【HPアップ（耐久力×6）】
【魔力アップ（＋12）】【バーンブレイズ】【モンスター鑑定】
【ファイアウェポン】【宝箱ドロップ率2倍】【アイテムボックス】
【フレイムランス】【アイテム鑑定】【エクスプロージョン】【翻訳】
【弓攻撃力アップ（＋6）】（new!）
残りスキルポイント：0

＊＊＊

洞窟を出ると、そこは山の中腹にある、広めの岩棚のような場所だった。

正面は、足を踏み外したら真っ逆さまの崖っぷち。

左手側は、そそり立つ崖がふさぐ行き止まり。

右手側には、断崖絶壁に沿って進む登り坂の道が続いている。

「ひぇえっ……た、高いっすねぇ……。ここから落ちたら、うちら探《シー》……冒険者でもヤバそうっす」

崖っぷちから下を覗《のぞ》いて、怯《おび》えた声を上げる弓月。

俺も覗いてみたが、普通に恐怖心を煽《あお》られる高さだ。ここから落ちたらどうなるかは、あまり想像したくない。

「弓月、一応言っておくけど、ふざけて押したりするなよ」

「わ、分かってるっすよ！　先輩はうちを何だと思ってるんすか！」

「んー、場を盛り上げるためには手段を選ばないトリックスター？」

「的確すぎて否定しづらいっすね。でもうちだって手段は選ぶっすよ」

「じゃあ、ここは意外性を狙って、私が大地くんを押してみるとか？」

「風音さん。意外性のために俺を亡き者にするのはやめましょう」

「ええっと……そろそろ進んでもいいですの？」

「「あ、はい。すみません（っす）」」

　アリアさんからやんわりとツッコミを入れられつつ、俺たちは右手側に続く崖っぷちの道を登りはじめる。

「この道を登り切った先に、最終目的地があるはずですわ」

「そこに特効薬のもとになる薬草があるんすね」

「でもって、エアリアルドラゴンがいる。……私たち負けないよね、大地くん」

「できる限りの準備は整えました。ステータスから見て、普通に殴り合えば多分負けないと思いますけど――一番の問題は、エアリアルドラゴンの敏捷力の高さでしょうね」

　先に戦ったワイバーンもかなり素早い動きを見せたが、あれで敏捷力３５だ。

対してエアリアルドラゴンは、敏捷力50。

俺はワイバーン相手でも、一度攻撃を外している。そのあたりを楽観視するべきではないだろう。

「何か動きを止める手段でもあればいいんすけどね」

「それができれば苦労はないな」

「ロープを使って縛るとか……って、武器や魔法を当てるより難しいか」

「ですね。それができる状況なら、速攻で攻撃をぶち込んで倒したほうが早いかと」

「ま、楽はできないってことっすね。ガチンコでやり合うっすよ」

「きっと勝てますわ。――お父様、待っていて。すぐに薬草を持って帰りますの」

俺たちは緩やかな登り坂の道を、確かな足取りで登っていく。

だが――

「えっ……？」

アリアさんが、行く手に現れた光景を見て、言葉を失った。

進むべき道が、崖崩れでも起こしたのか、途中で断絶していたのだ。

道の一部がぽっかりと抜け落ちていて、その向こう側に、さらに道が続いている形だ。

抜け落ちている距離は、四メートルほどか。

「あちゃー。これは……」

風音さんが、道が途切れている場所まで行って、下を見下ろす。

俺も覗いてみたが、当然のように、ここから落ちたら谷底まで真っ逆さまのコースだ。

とはいえ――

「でもこの距離なら、跳《と》べる気はしますね」

「そっすね。風音さんとか、余裕じゃないっすか？」

「まあ、そうだね。これが跳べない気はしないかな」

「少し怖いけど、やるしかないですわね」

高校で走り幅跳びをして測ったときには、たしか四メートルに届かないぐらいの跳躍距離だったと思う。そのときの運動能力のままなら、とてもじゃないが、こんな崖を跳ぼうという気にはならなかっただろう。

だが今の俺は探索者《シーカー》の能力を持っていて、その運動能力は常人の比ではない。風音さんや弓月、アリアさんも同様だ。

「――よっと！」

まずは最も敏捷力が高くて余裕そうな風音さんが、助走をつけてジャンプした。

綺麗《きれい》な反り跳びのフォームで跳んだ黒装束《くろしょうぞく》姿は、まったく危なげなく、余裕で向こう側に着地した。

さらに俺、弓月、アリアさんが跳ぶ。風音さんほどの飛距離ではなかったが、三人とも問題なく跳び移ることができた。

いざやってみれば、どうということはなかったな。度胸と実力があれば、たいていのことはどうとでもなるのだ。

その後、俺たちは順調に登り坂の道を進んでいき――

ついに、目的地である飛竜の谷の最奥、崖の上の大地へとたどり着いた。

そしてそこには、くすんだ緑色のうろこを持った巨大モンスターが待ち受けていた。

＊＊＊

一方その頃。

冒険者アリアこと領主の娘アルテリアの実家である居城では、望ましからぬ異変が起きていた。

「うぐっ、ぐぅううううっ……！」

領主の寝室では、ベッドの上の領主が、これまで以上の苦しみの様子を見せていた。

ベッド脇では医者や執事などが見守っているが、彼らにはどうすることもできない。

苦渋の表情を浮かべた執事が、同じく険しい表情の医者に声をかける。

「旦那様の容体が急変してから、すでに半日ですか」

「ああ、まさかこれほど早く病状が進行するとは。アルテリアお嬢様が出立したのが、昨日の朝だったか」

「ええ。順調に事が運べば、明日の夜には戻ってこられるかと思いますが」

領主の体力は、もって一週間——

アルテリアや冒険者たちにはそう伝えたが、病状は今朝早くに急変を見せた。

思いのほか早い、病状の悪化。

もって一週間という昨日の段階での見込みは、間違いとは言えないものの、今となっては楽観的な指標であったと言わざるを得ない。

「あと一日半か。それまで領主様のお体がもつかどうか。いや、そもそもアルテリアお嬢様が向かったのは、あの『飛竜の谷』。無事に帰ってこられるかどうかも分からない」

「私は信じております。アルテリアお嬢様が、首尾よく薬草を持って戻られることを。ですが信じて待つことしかできない我が身が、悔しくもあります」

「同感だ。覚醒者の才能を与えられたのがアルテリアお嬢様であったこと。神のイタズラであるなら、少々悪趣味だと思うがね」

医者がそう皮肉を口にしたときだ。

寝室に一人の青年が入ってきた。

長男エルヴィス——アルテリアの兄にして、この貴族家の跡取り息子である。

「やあお前たち、父上の様子はどうだ？　あとどのぐらいで亡くなりそうかな？」

「エルヴィス様！」

エルヴィスのあまりの言い草に、歯噛《はが》みをした執事だったが、次には押し殺したような声でこう答える。

「分かりませんが、容体は思わしくなく」

「そうか、いや残念。父上が早く楽になってくれることを祈るよ」

「…………」

「ハハッ、そんな顔するなよ。まあお前は、父上の側近だから不安だよな。父上がお亡くなりになって僕が跡を継いだら、自分が真っ先に首を切られるって思ってるんだろ？　ま、その通りなんだけどさ。僕も僕に忠誠を誓わないやつを、そばに置いておきたくはないし」

「エルヴィス様、お言葉が過ぎます。どうかお控えを」

「えー？　別にいいじゃないか。どうせここには瀕死の父上と、近い将来に僕に忠誠を誓って仕える忠実なしもべ、それか僕に逆らって首を切られる愚か者のいずれかしかいないんだからさ」

「…………」

何を言っても無駄——そう悟った執事は、無言でかぶりを振った。

いつの頃からか、エルヴィスは歪《ゆが》んでしまった。

ちょっとした悪事を働いてひどく叱られたときか、妹のアルテリアと比べられたときか、あるいは——

いずれにせよ、彼は一つの人格として、このように成長してしまった。

領主が辛抱強く矯正《きょうせい》しようと頑張ってきたが、その努力をあざ笑うかのように、彼は歪み続けた。

その結果が、今のエルヴィスだ。

「ま、父上もいつまでも苦しんでいたら、かわいそうだ。あまり延命措置を張り切らずに、早く楽にしてあげたほうが父上のためだと思うけどな。――って、お前たちにはこんなことを言っても無駄だろうけどさ。それじゃ、せいぜい頑張って」

エルヴィスはそう言い残して、寝室を出ていった。

あとには苦渋の表情を浮かべる家臣たちと、苦しみ悶《もだ》える領主が残る。

だが――このとき領主の耳には、自らの息子の言葉が確かに聞こえていた。

愚息《ぐそく》だが、彼にとっては、今は亡き伴侶《はんりょ》が生んだ忘れ形見の一人だ。

その伴侶の不貞によって生まれた疑惑もありながら、それでも我が子として辛抱強く育てようとしてきた領主だったが――今このとき、その糸が切れた。

あの愚息のことを、もはやこれ以上、野放しにしておくわけにはいかないと考えた。

それと同時に、彼はある想いを強くする。

――生きなければならない。

少なくとも、娘のアルテリアが戻ってくるまでは。

領主は病苦に苛《さいな》まれる中で、これまで以上に、生きるのだという強い意志を募らせていた。

＊＊＊

いつの間にか、吹きすさぶ風が強くなっていた。

崖沿いの道を登り切った先——崖の上にあったのは、広大な台地だった。

学校のグラウンドよりも広いそのフィールドの奥に、一体の巨大モンスターが待ち受けている。

その大きさは、ちょっとした住居にも匹敵するほど。

くすんだ緑色のうろこを持った竜は、俺たちの存在に気付き、こちらをじっと見つめていた。

彼我《ひが》の距離は、目算で百メートルを少し超えるほど。ここからではこちらの攻撃魔法は届かないし、向こうのブレス攻撃も同様のはずだ。

そのとき、竜が鎌首をもたげた。天に向かって咆哮《ほうこう》する。

——グォオオオオオオオッ！

大気を震わせるような、竜の雄叫《おたけ》びが響き渡った。

威嚇だろうか。ここで引き返せば、まだ見逃してやるとでも言わんばかりだ。

もちろん、ここまで来て引き返すなんて選択肢はない。絶対王者を気取っているあのデカブツに、そうではないのだと教えてやらなければいけない。

なお目的の薬草は、あの竜が陣取っている位置のさらに向こう側、崖をロープで下りていかなければたどり着けない場所にあるらしい。やつを倒してから採取に向かった方が、はるかに安全だろう。

俺たちは、まずは補助魔法《バフ》を全員に付与していく。いつものボス戦仕様——【プロテクション】【クイックネス】【ファイアウェポン】だ。

竜はその間、動くことなく待ち構えていただけだった。余裕か、油断か。そもそもモンスターにそのような心理があるのかどうかも分からないが。

補助魔法《バフ》をかけ終えた。俺たちは急ぎ、駆け出していく。各種補助魔法《バフ》の効果時間は、およそ六十秒。それまでにケリをつけることが望ましい。

竜もいよいよ動き出す。

翼を広げ、バサッバサッと大きく羽ばたいて、崖の上の大地から浮上していく。

俺たちは一定距離まで進んだところで足を止め、魔法の発動準備に入った。

俺・風音さん・弓月・アリアさんの体が、各々《おのおの》の魔法属性を象徴する色——茶・緑・赤・青の燐光をまとっていく。

ちなみに、四人の相互の距離は、ある程度離れている。範囲攻撃能力を持つドラゴンのブレス攻撃で、一網打尽にされないようにだ。

だが離れすぎてもいけない。誰かがドラゴンの近接攻撃に狙われたとき、俺や風音さんがすぐに援護に行ける距離を保っておく必要がある。

——グォオオオオオッ！

ある程度上空まで浮上したエアリアルドラゴンが、翼を羽ばたかせ、俺たちのほうに向かって飛び掛かってきた。

速い。ワイバーンが見せたのと同様の稲妻のような軌道で、猛烈な速度で迫ってくる。

「来るぞ！　【ロックバズーカ】！」

「速いけど、この程度っ——【ウィンドスラッシュ】！」

「狙いが……！　フェンリルアロー！」

「くっ……！　【アイシクルランス】！」

右に左にと目まぐるしく軌道を変えるエアリアルドラゴンを的確に狙うのは難しかったが、それでも魔法攻撃は、そうは外さない。危ういものもあったが、緩やかな追尾性を持った高速の魔法弾は、四発ともどうにか命中した。

だがエアリアルドラゴンは、被弾部から黒い靄を漏らしながらも、そのまま構わず突進してくる。

その口には、煌々《こうこう》と輝く魔力の光。

——ゴォオオオオオッ！

エアリアルドラゴンの口から、ブレス攻撃が放たれた。

「「ぐぅっ……！」」

「風音さん！　弓月！」

ブレス攻撃の範囲には、風音さんと弓月の二人が巻き込まれていた。

エアリアルドラゴンが放つ「ウィンドブレス」の効果は、風音さんが使う【ウィンドストーム】のそれとよく似ている。無数の風の刃を含んだ嵐で、その範囲に巻き込まれたターゲットをズタズタに切り裂く効果を持つのだ。

ブレスによる嵐が過ぎ去った後、風音さんと弓月の二人はその装備のあちこちを切り裂かれ、白い肌に幾多の切り傷を負っていた。

ドラゴンブレスは魔法攻撃相当のダメージを与えてくる。全員に「抗魔《こうま》の指輪」を装備させることで一応の対策はしてあるが、それがどの程度の効果を持つかは未知数だ。

「な、なんとか大丈夫、だけど……！」

「二発目もらったらまずいっす——って、そのまま来たっすよ！」

エアリアルドラゴンはブレス攻撃を放った後、あろうことか、弓月に向かって突進していった。……チッ、イヤなところに行きやがって。

俺か風音さんに近接攻撃を仕掛けてくれれば比較的楽だったが、弓月やアリアさんに行かれるのはまずい。

もちろんそれを想定したフォーメーションにはなっていて、風音さんがすぐさまカバーに入ることに成功した。

だが風音さんも手負いだ。

「ぐぅぅっ……！」

エアリアルドラゴンの爪や牙が、恐ろしい勢いで風音さんに襲い掛かる。

さしもの風音さんでも、そのすべてを回避することは不可能だった。

爪による攻撃の一つが命中し、黒装束を破り裂いて、風音さんの体に浅くない裂傷《れっしょう》を負わせる。

「風音さん！　この——【三連衝】！」

近接戦闘の場に駆けつけた俺は、エアリアルドラゴンの横合いから、必殺のスキル攻撃を放った。

【ファイアウェポン】の炎をまとった俺の槍が、エアリアルドラゴンの横っ腹を穿《うが》つ——はずだったのだが。

「なっ……!?」

俺が放った三連撃は、見事に空《くう》を切っていた。

エアリアルドラゴンの巨体が、その身に似合わぬ素早い回避行動を見せ、俺の攻撃を回避したのだ。

エアリアルドラゴンの顔が、俺に向かってニヤリと笑ってみせたように思えた。錯覚かもしれないが。

そしてエアリアルドラゴンは、まるで俺など眼中にないと言うかのように、風音さんに向かってさらなる攻撃を仕掛けようとする。

だがこっちだって、当然ながら、俺一人で戦っているわけじゃない。

「させないっす！　フェンリルアロー！」

「回復しますわ！　【ハイドロヒール】！」

「助かる！　――そこぉっ！」

弓月が放った氷の矢がエアリアルドラゴンに突き刺さって氷華を咲かせる一方で、風音さんが負ったダメージをアリアさんの治癒魔法が癒す。

さらに竜が怯《ひる》んだ隙に、風音さんの短剣二刀流が火を噴く。炎をまとった二本のルーンクリスが、斜め十字にドラゴンの体を切り裂いた。

無論、エアリアルドラゴンとてやられてばかりではない。風音さんに向かって、爪や牙、尻尾を使った猛攻を仕掛けていく。

風音さんはまた傷を負うが、致命傷には至らない。高い回避能力に加えて、黒装束や椿《つばき》のかんざしの防御力がいい仕事をしているようだった。

そしてダメージを負うそばから、アリアさんの治癒魔法によって治癒されていく。全快するわけではないが、被ダメージと回復量が拮抗《きっこう》している印象だ。

また、俺も――

「今度こそ――【三連衝】！」

エアリアルドラゴンの動きを見て、外さないタイミングを見計らってスキル攻撃を仕掛けた。

ボボボッと快音をたてて放たれた三連撃は、今度こそ過《あやま》たず命中し、エアリアルドラゴンの胴を横合いから抉《えぐ》る。大ダメージを与えた確かな手ごたえ。

「――はぁああああっ！」

「もう一発っす、フェンリルアロー！」

加えて、風音さんと弓月のさらなる攻撃が直撃し、風竜を追い詰める。

全身の至るところから黒い靄をもらしたエアリアルドラゴンは、苦悶の叫びをあげて悶え暴れた。

「うっし！　残りＨＰ１２４っすよ！」

【モンスター鑑定】で残りＨＰを観測していた弓月から、そんな声が上がる。

よし、あと一歩で勝てる。

俺が勝利を確信した、そのときだった。

バサッバサッと翼を羽ばたかせて、竜の巨体がその場から飛び上がった。

同時に、瀕死のエアリアルドラゴンの口に、まばゆい輝きが灯《とも》る。

次の瞬間、竜の口から二度目のブレス攻撃が放たれた。

＊＊＊

瀕死のエアリアルドラゴンが放った、二度目のウィンドブレス。

それは接近戦に参加していた俺と風音さん、さらに近くにいた弓月をも巻き込んで、嵐を巻き起こした。

暴風の中に含まれた無数の風の刃が、俺たちの全身を切り裂いていく。

——と、俺はここで、自分のミスに気付いた。

俺が受けたダメージはまだ一撃目だし、特に問題にならない。

都度で回復を受けていた風音さんも、致命傷にはならないだろう。

だが回復を受けないままに、二度目のブレス攻撃を受けた弓月は——

嵐がやんだ。

弓月のほうを見ると、魔法使い姿の少女は、全身をズタズタに切り裂かれた格好で立ち尽くしていた。

しかしその目は、まだ死んでいない。

「はっ……ははっ……よくも、やったっすねぇ……！　——お返しっす、フェンリルアロー！」

満身創痍《まんしんそうい》の弓月が、反撃の一矢を放った。

キィイイインッと大気を引き裂くような音を立て、青白い軌跡を残して高速で飛んだ氷の矢。それは一瞬の後にエアリアルドラゴンの胴に突き刺さると、直撃部から幾本もの氷柱《つらら》を咲かせて、砕け散る。

同時に竜の巨体も、黒い靄となって消滅した。魔石が地面に落ちる。

見上げる空に残るのは、青い空と白い雲、そしてぴかぴかの太陽だけ。

俺たちとエアリアルドラゴンとの死闘は、こうして幕を閉じたのだった。

「や……やったっすよ……うぐっ……」

「弓月！」

弓月が、がくりと膝をつく。

そのまま前のめりに倒れ込みそうになる妹分のもとに駆け寄り、慌てて抱きとめた。

「はぁっ……はぁっ……せ、先輩……」

「すまん、俺のミスだ……！　アリアさんだけに回復を任せるべきじゃなかった。待ってろ、すぐに回復してやるからな」

「し、死亡フラグみたいな言い方……しないでほしいっす……。ちょっとぶっ倒れそうになっただけで、普通にＨＰ、残ってるっすよ……一桁《ひとけた》っすけど……」

「いいからしゃべるな――【グランドヒール】！」

「だから台詞《せりふ》で、死ぬ感じにしないでほしいっす～……」

俺がかけた治癒魔法で、弓月の傷は大部分が癒された。

だがそれだけでは全快に足りなかったので、もう一発治癒を施す。

弓月は普通に、元気を取り戻した。

「ふぅっ、生き返ったっす。でも先輩、別にミスって言うほどでもないと思うっすよ。先輩が回復を優先していたら、やつを倒すのが遅れて、もっと面倒なことになってた可能性もあるっす」

「まあ、それはそうかもしれないが」

「結果オーライっすよ、先輩♪　それにもしＨＰが０になったって、すぐに死ぬわけじゃないんすから。最大ＨＰぶんマイナスにならなければ大丈夫なんすよね？」

「まあな。でも心配にはなるだろ。何にせよ弓月が無事でよかったよ。あと、よく頑張ったな」

　俺は弓月の頭をなでる。

　弓月は相好《そうごう》を崩して「にへへ～♪」っと声をもらした。

「ていうか先輩、自分の怪我《けが》も早く治したらどうっすか？」

「あ、そういえばそうか」

「人のことばっかり心配して、自分のことにはホント無頓着なんすからね、先輩は」

　その後、俺のダメージも治癒魔法で癒し、同じく傷を癒された風音さんやアリアさんとも合流。

　俺と弓月の様子を見ていた風音さんが「火垂ちゃんばっかりずるい！」と言うので、風音さんにも頭なでなでして頑張りを褒めたら、蕩《とろ》けたように幸せそうにした。

　ちなみにアリアさんは、顔を赤らめてもじもじしながら、羨ましそうに俺たちのことを見ていた。いつもながらすみません。

　ともあれ、エアリアルドラゴンの討伐を完了した俺たち。

　視界にはミッションメッセージボックスも出現していた。

ミッション『ドラゴンを1体討伐する』を達成した！

パーティ全員が３００００ポイントの経験値を獲得！


新規ミッション『モンスターの【テイム】に成功する』（経験値１００００）が発生！

新規ミッション『ドラゴンを4体討伐する』（経験値１０００００）が発生！

新規ミッション『エルダードラゴンを1体討伐する』（経験値１００００００）が発生！


六槍大地が３１レベルにレベルアップ！

小太刀風音が３２レベルにレベルアップ！

弓月火垂が３２レベルにレベルアップ！

▼現在の経験値
六槍大地……１７２４４４／１８１４９０（次のレベルまで：９０４６）
小太刀風音……１９３０５６／２０６８７６（次のレベルまで：１３８２０）
弓月火垂……２００１４１／２０６８７６（次のレベルまで：６７３５）

俺と風音さんが1レベルアップ。弓月は戦闘前と比べると一気に2レベルのアップだ。

なお、弓月が風音さんを抜いて、経験値トップに躍り出ていた。エアリアルドラゴンの撃破経験値を持っていったからだろう。

あとまた気になる新規ミッションが出てきたが、それはひとまず置いておくとして。

最大障害は排除した。

目的の薬草を探すと、想定していた場所に、一輪の白い花を咲かせる野草が見付かった。

それはエアリアルドラゴンがいた台地の奥、崖からロープをつたって下りないとたどり着けない小さな岩棚にあったので、最も運動神経がいい風音さんに取りにいってもらった。

そうして無事に薬草の採取を終えた俺たちは、帰還の途《と》につく。

あとはもう、何も問題は起こらない――はずだった。

だが崖っぷちの道を下り、途中の崩落した地点を一人ずつ飛び越えて、洞窟の入り口へと戻ろうとしたときのことだ。

「えっ……？」

その声を上げたのは、最後に跳んだアリアさんだった。

どういう運命のイタズラなのか。

唐突に吹き荒れた突風が、ジャンプ中のアリアさんを強く押し返したのだ。

アリアさんは空中で勢いを失い、その場で落下を始める。

たしかに少し前から、吹きすさぶ風が強くなってきてはいた。でもこれほどの突風が吹くなんて、誰が思うだろうか。

「――アリアさん！」

俺はとっさに手を伸ばした。

アリアさんも、俺に向かって手を伸ばし返してくる。

だが、届かない。

「お願いですわ！　その薬草を、お父様に――！」

アリアさんは谷底に、真っ逆さまに落ちていった。

＊＊＊

「嘘……だろ……？」

俺は呆然《ぼうぜん》とつぶやいていた。

アリアさんは谷底へと向かって落ちていった。

俺が伸ばした手は、アリアさんに届かなかった。

アリアさんが落下した途中には、木々の葉が茂った一帯があり、そこへと突っ込んだ彼女の姿はもはや見えない。

ただ、ギィイイイインッと金属がこすれるような凄《すさ》まじい音がして、次にドンという鈍い音が聞こえてきただけだ。

谷底からここまでは、高層ビルの十階以上の高さがありそうだ。常人だったら、まず間違いなく命はないと思える高さ。

だがアリアさんは「常人」ではない。

俺たちと同じ、超人的な力を持った覚醒者――この世界の「冒険者」だ。

「すぐに谷底に下りて、アリアさんを探そう！」

「う、うん。そうだね」

「き、きっと大丈夫っすよ。うちらそう簡単に死なないようにできてるっすから。アリアさんだって、こんなところから落ちたぐらいじゃ……」

震える声で言う弓月の言葉を、俺も信じたかった。

俺たちは洞窟を通って、可能な限り急いで、谷底へと戻った。

だがそこは、アリアさんが落ちたであろう場所とは、崖を挟んで反対側。アリアさんが落ちた場所は、谷底といっても、厳密にはこの谷の外側なのだ。

俺たちは焦る気持ちを抑えながら、崖の向こう側へと出られる道を必死に探した。

この作業には、実に数時間がかかった。

俺たちがアリアさんの墜落地点へとたどり着いたときには、あたりはすっかり暗くなっていた。

そこにあったのは、著しく流血したあとが見られる、ぐったりとした金髪女性の姿だった。

少し離れた地面には、アリアさん愛用の細身剣が突き刺さっている。

見れば、アリアさんの前にある崖の上部には、縦に鋭くえぐられた亀裂《きれつ》のようなものがあった。剣を崖に突き立てて、落下の勢いを殺そうとしたのだろうか。

いずれにせよ、俺がやるべきことは一つだ。

「【グランドヒール】！」

俺は倒れ伏したアリアさんに治癒魔法をかけた。ひどい怪我を負っていたアリアさんだが、その傷が癒えていく。

一度では足りなかったので、もう一度使うと、傷はすっかり癒された。

だが意識を失ったアリアさんが、目を覚ますことはなかった。

ＨＰが０を下回って戦闘不能状態になると、減少したＨＰを回復したとしても、意識を取り戻すまでには少し時間がかかるらしい。

心臓の鼓動はあり、呼吸もある。大丈夫だ、死んではいない。

俺はアリアさんを背におぶって、風音さん、弓月とともに帰路を進み始めた。

するとしばらくして、背負った相手の声が聞こえてきた。

「んっ……こ、ここは……？」

「アリアさん、意識が戻りましたか。今は飛竜の谷からの帰り道です」

「ダイチさん……えっ……ふぇえええええっ!?　わ、わたくし、おんぶされていますの!?」

「ああ、すみません。しばらく意識が戻りそうになかったので、運ばせてもらいました」

「い、いえ、あの、その……カ、カザネさんに、殺されるのではと……」

びくびくと怯える声。

その言葉を聞いた風音さんは、くすくすと笑う。

「ふふっ、今回だけは許してあげるよ、アリアさん。でも意識を取り戻したなら、自分で歩けるよね？」

「え、ええ、もちろんですわ。だから殺さないで……」

「あははっ、殺さないよ～。せっかく救った命だもん。でも調子に乗って、大地くんを誘惑しようとしたら――」

「し、しませんわ！　だから短剣に手を伸ばさないでください！」

アリアさんのその声で、俺たちの間に笑いがもれる。

よかった。アリアさんが無事で本当によかった。

だがアリアさんが俺の背から下りたところで、懐中時計を取り出して、険しい顔をする。

「もうこんな時間。わたくしのせいで、こんなにタイムロスを。お父様……！」

確かに、アリアさんを探すのに手間取って、かなり時間がたってしまった。

予定していたよりも半日ほど、帰還が遅れる流れになる。

「でもアリアさんのお父さん、一週間はもつって話じゃなかったっすか？　このまま帰っても、出掛けてから四日っすよね」

「いや、あの医者が言っていたのは『もって一週間』だ。悪ければもっと早く……いや、とにかく急ごう」

悪い想定をしても仕方がない。俺たちにできることをするしかない。

できる限り急ごうという話になり、行きとは違って、俺たちは夜通し歩いて帰還することにした。

行きのときにはボス戦が控えていたから、コンディションを最善に保っておく必要があった。だがあと帰還するだけとなれば、多少の無理をしても大きな問題はないはずだ。

食事も歩きながらの軽食で済ませ、どうしても意識が朦朧《もうろう》としてきたときに短い仮眠だけを取りつつ、俺たちは強行軍で帰還をした。

その甲斐《かい》あって、ほぼ本来の予定通りのタイミング——街を出てから三日目の夜に、再び街の門をくぐることができた。

その頃には全員、眠さと疲労で今にも倒れそうになっていたが、どうにか馬を操って城までたどり着く。

城門前には、執事が待ち受けていた。

「アルテリアお嬢様！　よくご無事でお帰りになられました！」

「爺《じい》や……これ、お父様の、薬草……これを早く、お医者様に……」

「おおっ、これが！　ではさっそく、医者に渡して煎《せん》じさせます。しかしお嬢様も、だいぶ顔色が……」

「眠くて……疲れているだけですわ……お願い、早く、お父様を……」

「か、かしこまりました！　すぐに医者に届けてまいります」

その後、俺たちはアリアさんとともに城に入り、領主の寝室へと通されて患者の様子を見守った。

領主の病状は、俺たちが出立したときよりも、はるかに悪化しているようだった。会話をできるほどの意識もなく、ずっと苦しみ悶えているばかり。

しかしアリアさんが声をかけると、苦しみながらも口元にわずかな笑みを浮かべたようにも見えた。

医者が急ぎ、薬草を煎じて薬を作ってきた。その薬を、領主に飲ませる。

「あとは領主様の体力次第です。一晩様子を見ましょう」

医者がそう言ったので、その場は解散となった。

だが領主の寝室から出ると、廊下でまた嫌な人物と遭遇した。

慌てた様子でやってきたその青年——アリアさんの兄エルヴィスは、妹の顔を見るなり表情をひくつかせる。

「ど、どうしてアルテリアが戻ってきているんだ……⁉　飛竜の谷に行って死んだはずじゃ……そ、そうか！　ハハッ、分かったぞアルテリア！　どこかその辺で、それっぽい草でも摘《つ》んできたんだろ。自分は全力を尽くしましたって綺麗事《きれいごと》アピールのためにな！　冒険者に口裏合わせまでさせて、ご苦労なことだな！」

「ああ、もう……お兄様、邪魔ですわ……夜通しで眠いんだから、いい加減にしてください……ふわぁあああっ……」

「なっ……!?」

アリアさんは、わめき立てる兄をぐいと押しのけて、廊下を進んでいく。

エルヴィスは廊下に尻餅《しりもち》をついて、置き去りにされた。

俺たちもまた、その横を通りすぎていく。

ホントもう、こっちは疲れているんだから、余計なものに付き合っていられるかという感じだ。

「それじゃあ、ダイチさんたち……本当にありがとう……明日また、宿まで伺《うかが》いに行きますわ……ふわぁああああっ……ご、ごめんなさい……本当、眠くて……」

「いえ、俺たちもふらふらだから、分かります。じゃあアリアさん、また明日」

俺たちはアリアさんと別れると、自分たちの宿に戻って、一晩ぐっすりと休んだ。

＊＊＊

翌朝。まだ寝足りない気もしたが、ひとまずまともな活動力を取り戻した俺たち。

朝食を終えた頃に、アリアさんが宿まで迎えにきた。俺たちは彼女について、再び城へと向かう。

領主の寝室に入ると、そこには顔色が良くなってベッドから身を起こした領主の姿があった。

聞けば領主の病はすでに癒え、体調も急速に快復に向かっているとのこと。

今はまだ体力が回復しきっていないが、二、三日もすれば普通に活動できるようになるだろうとの話だった。

領主はベッドに腰掛けた姿のまま、俺たちに向かって頭を下げてくる。

「本当にありがとう、勇敢な冒険者たち。キミたちの話は、娘のアルテリアから聞かせてもらったよ。キミたちがいなければ、私もアルテリアも命を落としていただろうとも。あらためて礼を言わせてほしい。本当にありがとう」

「いえ、ご病気が治ったようで何よりです。お大事になさってください」

と、俺がそう言ったところで――また厄介者が現れた。

「父上！　貴族ともあろうものが平民に頭を下げて、何をしているのですか！　それでは上に立つ者としての威厳が損なわれます！」

その厄介者――エルヴィスはずかずかと寝室に入り込んでくるなり、父親にそう抗議をした。

それからぎろりと、俺たちのほうを睨《にら》みつけてくる。

「だいたい平民ども、なぜお前たちがまたここにいる！　もう用は済んだはずだろう！　さてはアルテリア、またお前か！　昨日は兄である僕を蔑《ないがし》ろにして――女のくせにそんなことをして、許されると思っているのか！」

相変わらずのアレな言い草だ。

アリアさんが何かを言い返そうとしたが、領主がそれを手で制する。

そして領主は、一度大きくため息をついてから、こう言った。

「エルヴィス――お前を当家から追放する。この城から出ていきなさい」

「は……？」

エルヴィスは何を言われたのか分からないという様子で、口を開けたままポカーンとしていた。

いや、俺たちとしても「なんだこれ？」ではあるのだが。

唐突にドラマのワンシーンでも見させられている感じ。

「ち、父上……な、何を、突然……」

「お前を勘当すると言ったのだ、エルヴィス。これまでのお前の数々の所業、大目に見てきたのが間違いだったようだ。私の病中、この部屋でお前が口にした言葉もすべて聞こえていた。もはや私も堪忍袋《かんにんぶくろ》の緒《お》が切れた。出ていきなさい」

「なっ……⁉　ま、待ってください父上！　僕はこの家の長男ですよ⁉　長男の僕がいなくなったら、誰がこの家を継ぐというのですか！」

「アルテリアに継がせる。過去に例のないことではない」

「そん……な……」

エルヴィスはよろよろと部屋の外まであとずさり、そこで尻餅をついた。

そして次には、そんな自分の無様な姿に気付いたのか、顔を真っ赤にして何かをわめきながら駆けていってしまった。

一方で、アリアさんもまた、激しくうろたえていた。

「わ、わたくしが……この家の、跡継ぎ……？　お、お父様、でも……」

彼女にとっても、今初めて聞いた話のようだ。

だがここから先は、俺たちには関係のない話だろう。

ひと仕事を終えたという様子の領主が、俺たちに向かって微笑《ほほえ》みかけてくる。

「内輪の見苦しいところを見せてしまったな。あらためて、今回は本当に助かったよ。もし何か困ったことがあったら、いつでも訪ねてきてくれたまえ。私にできることなら何でも相談に乗ろう」

「はい。ありがとうございます」

俺がそう返事をして、話は終わりになるかと思った。

だが領主はニッと口元を吊《つ》り上《あ》げ、こんなことを付け加えた。

「あと――ダイチくん、だったかな？　キミは特に娘のお気に入りのようだから、もし婿《むこ》養《よう》子《し》に来てくれるつもりがあるなら歓迎するよ。キミのような者になら、娘を任せられると思えるな」

「お、お父様!?　いきなり何を言っていますの!?　――ち、違いますわダイチさん！　これはお父様が勝手に勘違いをして――カザネさん、短剣に手を伸ばすのはやめてください誤解ですのぉっ！」

真っ赤になるアリアさんと、暗黒微笑《だーくねすすまいりんぐ》を浮かべる風音さん。

領主はというと、冗談のつもりだったのか朗らかに笑っていた。

……まったく、突然何を言い出すことやら。冗談にしてもタチが悪い。

「最近の先輩モテすぎ現象が意味わかんないっす。先輩は陰《いん》キャの非モテじゃないと先輩らしくないっす」

弓月がいつものように俺をディスってきたので、俺は「遺憾《いかん》ながら同感だ」と答えつつ妹分を小突いておいた。

そうして俺たちはまた一つの事件を解決し、ミッションを達成した。

昨日の段階で、ミッション達成のメッセージボックスも出ていた。


特別ミッション『飛竜の谷の奥地で薬草を採取して、領主の元まで持ち帰る』を達成した！

パーティ全員が30000ポイントの経験値を獲得！


六槍大地が32レベルにレベルアップ！

小太刀風音が33レベルにレベルアップ！

弓月火垂が33レベルにレベルアップ！

▼現在の経験値
六槍大地……２０２４４／２０６８７６（次のレベルまで：４４３２）
小太刀風音……２２３０５６／２３５４３５（次のレベルまで：１２３７９）
弓月火垂……２３０１４１／２３５４３５（次のレベルまで：５２９４）

元の世界への帰還までは、あと９２日。

でも異世界に来てからずっと動き詰めだし、徹夜《てつや》をしたぶんの疲れも残っている。

今日ぐらいはゆっくり休んでもいいんじゃないかなと思いつつ、俺たちは城をあとにしたのだった。

＊＊＊

エアリアルドラゴンの討伐を終え、領主に薬草を届けるミッションを完遂《かんすい》した俺たち。

領主の城を出たときはまだ朝だったが、連日のミッション続きに加えて徹夜まで重なって、みんな疲れがたまっていた。

そんなわけで、この日は久しぶりに一日休みを取ることにした。

宿でだらだらしたり、三人で街を見て回ったり。

夜になると、宿のベッドでごろごろしながら、のんびりとスキル修得作業を行った。

ああでもないこうでもないと話をしつつ、各々《おのおの》のスキルを修得していく。

なお三人とも、３１レベル段階で修得可能スキルリストが更新され、新たなスキルが修得可能になっていた。

そんな中、俺のリストにだけ出現していたとある新スキルが、女性陣の興味を強く惹《ひ》いたようだった。

「ねぇねぇ大地くん。【テイム】ってどんなスキルか分かった？」

「あ、はい。なんとなくですけど」

「教えて教えて！　やっぱりモフモフできるの？」

「モ、モフモフ……？　まあ、だいたいそんな感じっぽいですけど」

俺の修得可能スキルリストには、新たに【テイム】というスキルが出現していたのだ。

俺は諸々《もろもろ》考えた結果、そのスキルを修得することにした。

スキルを修得すると、そのスキルの効果や使い方がなんとなく分かるようになる。

その俺の感覚によると、【テイム】は特定のモンスターを手懐《てなず》けて、使役することが可能になるスキルのようだ。

【テイム】可能なモンスターが限定されているなど、いろいろと制限はあるが、それでもかなりの強スキルであることは間違いないと思う。

だが風音さんたちの興味は、それとは違うところにあるようだった。

「いいなぁーっ！　大地くんだけモフモフずるい！」

「そうっすよ。先輩だけずるいっす。うちらにもモフモフさせるっすよ。さもなくばうちが先輩にべたべたするっすよ？」

俺のベッドに乗り移ってきた弓月が、うつぶせに寝転がった俺の上にまたがりつつ、そう言ってくる。

背中側の腰のあたりに乗っかられて、柔らかな感触が伝わってきた。

これも仲のいい妹っぽい仕草と言えなくはないが、俺の弓月に対する認識は、もはやそれではないわけで。

「弓月。お兄ちゃんを試しているのでなければ、そういう座り方をするのはやめなさい。はしたないですよ」

「お兄ちゃんを試してるなら、いいんすか？」

「それがどういう意味か分かってんのか？」

「エッチな意味っすよね？」

「……そうだが。ほら、俺がお兄ちゃんでいられるうちに、さっさとどいた」

「へーい」

俺は弓月を一度どかしてから、ベッドの上で胡坐《あぐら》をかき、もう一度弓月を招き寄せる。

俺の前に来て、ベッドの上でちょこんと正座する弓月。

俺はその頭をなでる。妹分は、にへへっと笑って懐いてきた。

「今のところ【テイム】候補でモフモフと言えそうなのは、ミュータントエイプかサーベルタイガーだな。でも、あの手のモンスターを触って嬉しいか？」

「そう言われると、微妙な気もしてくるっすね。もっとかわいいのないんすか先輩」

「ない。そもそもかわいさより戦力を優先したい」

「えーっ。かわいさは大事だよー」

そう言って、今度は風音さんが、俺の背後から抱き着いてくる。

後ろからくる甘いにおいと柔らかさと首筋に当たる吐息にやられて、俺の理性は瀕死になった。

「……あの、二人とも。俺のこと人畜無害な男子だと思ってるでしょ。俺の中の狼《おおかみ》さんを抑えるのが大変だから、その気がないならほどほどにしてほしいんだけど」

「先輩はモフモフしたくなる、かわいい狼さんだから大丈夫っす」

「待って火垂ちゃん、そうでもないよ。大地くん、その気になったら本当にケダモノだよ？」

「マジっすか」

「うん、マジ」

「でも一度、そういう先輩も見てみたいっすね」

……とまあ、そんなわけで。この日は一日、休息を取ったのである。

そして宿で一晩を過ごした俺たちは、翌日から再び、活動を開始した。

──しかしまあ、妙なことになったものだと思う。

ある日突然、朝起きたら探索者《シーカー》になっていたと思ったら、今度はどことも知れぬ異世界に飛ばされて、今ここだ。

この異世界に来てからも、いろいろなことがあった。

ゴブリン退治をして、村娘を救ったり。

ドワーフ集落絡みで、邪教徒と対峙《たいじ》したり。

人さらいからエルフ娘たちを助け出して、エルフの集落まで護衛したり。

オーク討伐に向かったと思ったら、謎のダンジョンに飛ばされたり。

領主の娘と一緒に、ドラゴンが待ち受ける秘境を探索したり。

しかもこの異世界での冒険は、まだほんの入り口に過ぎないようだ。

果たしてこの限界突破イベントの間に、俺たちはどこまでレベルを上げることができるのか。

そして俺たちは、無事に元の世界へと帰還することができるのか。

俺たちの身に降りかかる不思議な冒険の日々は、これからも続いていく。

あとがき

「物語は生き物である」――そんな言葉をどこかで聞いた覚えがあります。いま検索してみたら、特に見当たりませんでした。あまり有名な物言いではないようです。

どうもこんにちは、こんばんは、ごきげんよう。著者のいかぽんです。皆様におかれましては、いかがお過ごしでしょうか。

おかげさまで『朝起きたら探索者《シーカー》～』第二巻、こうして出版させていただくことができました。ありがとう！　ありがとう！　皆様のおかげです！　わーい！

すでに本編を読まれた方はご承知のとおり、第二巻はこのような物語となっております。現代ファンタジーじゃなかったの？　そこで冒頭の文言に至るわけでございます。

物語の作者という存在は、物語を意のままに操り、物語世界を好き放題することができる神のごときナマモノであるわけですが、これが意外と「自由ではない」のだなぁと感じたりもする今日この頃《ごろ》でございます。どういうことかと申しますと、たとえば「面白くなる道」と「つまらなくなる道」があるとしたら、物語は面白くあるべきだと考える作者なるナマモノは、前者を選ぶよりほかないわけでございます。ここに自由はございません。意外や意外、作者という神は物語に支配されておるのです。

物語なるものは、独自の生き物でございます。自らうねり、進化し、成長するバケモノでございます。作者の頭に思い浮かんだ餌《えさ》の中のいくつかを、自ずから選んで食べ、発展していきます。神に許されるのは発想のみ。どの発想を食べるかは、物語が選ぶのです。わりと適当ぶっこいているので、あまり真に受けないでください。偉い人はもっと違うことを言うかもしれません。言い訳バリア展開！

　さてさて、ともあれそんなわけで、本作はこのような生き物に進化しました。第二形態って感じです。ですが大地《だいち》くんたちが今後も楽しく冒険をして、少しずつレベルアップしていくことは変わらないと思います。あとこいつら三人がずっとイチャイチャするところもきっと変わらない。そうに決まっている。きいいっ。

　というわけで無事に主人公に嫉妬《しっと》したところで、謝辞に移りたいと思います。

　編集の和田様。いつも助かっております。要所要所で希望や感想をほどよく織り込んでもらえて嬉《うれ》しいです。ありがとうございます。

　イラストのｔｅｆ先生。本巻もありがとうございます。このあとがきを書いている段階ではパッケージラフや二巻登場キャラのラフなどを拝見しておりますが、毎回のように「きゃわわっ」「いい」「尊い」などとつぶやきながら心を躍らせております。

　また校正担当の方、パッケージなどのデザイン担当の方、書店で本の販売に携わっている書店員さんなどなど、本作の製作・流通・販売に関《かか》わってくださったすべての方に感謝を。

　そして、本作を手に取ってくださったあなたに。ありがとう！

ではまた三巻にてお会いしましょう。できたらいいな。またね～。

いかぽん

『朝起きたら探索者』第二巻
発売おめでとうございます!!
tef

朝《あさ》起《お》きたら探索者《シーカー》になっていたので
ダンジョンに潜《もぐ》ってみる2

2023年7月28日　初版発行

著　　者　いかぽん
イラスト　tef
発 行 者　山下直久
発　　行　株式会社KADOKAWA
〒102-8177 東京都千代田区富士見2-13-3
電話 0570-002-301（ナビダイヤル）
編集企画　ファミ通文庫編集部
担　　当　和田寛正
デ ザ イ ン　横山券露央、小野寺菜緒（ビーワークス）
写植・製版　株式会社オノ・エーワン
印刷・製本　凸版印刷株式会社

［お問い合わせ］
https://www.kadokawa.co.jp/（「お問い合わせ」へお進みください）
※内容によっては、お答えできない場合があります。
※サポートは日本国内のみとさせていただきます。
※Japanese text only

 ISBN978-4-04-737543-7 C0093　　定価はカバーに表示してあります。